飛魂

tawada yōko
多和田葉子

講談社文芸文庫

目次

飛魂

飛魂

ある日、目を覚ますと、君の枕元には虎が一頭、立っているだろう。天の色は瑠璃、地の色は琥珀、この両者が争えば、言葉は気流に呑まれて百滑千擦し、獣も鳥も人も、寒暑喜憂の区別をつけることができなくなる。虎は君に向かって話しかけるだろう。虎の言葉は学習することができないが、その日、君は虎の言うことに耳を澄まし、理解するだろう。もしも煙をたいて虎を消そうとするならば、虎は消え、身体中の皮膚から冷ややかなサヤマチ草の芽が無数に伸び出て、この世の中からは音がなくなるだろう。煙をたかなければ、虎は毎日来るようになる。

または、虎は君のところへは一生来ないかもしれない。君は毎朝目覚める度にまわりを見まわすが、ハヤカ虫の羽音ひとつ聞こえない。来なければ、一生待っても一度も来ない。虎を密かに待つ人間たちは、都市にも農村にも多い。虎が来るようにと願って、枕をヤラ山脈の方向に向けて寝たり、寝ることをやめて夜通し茶を点て、意識を立て続ける人間もいる。

虎を求める心は、遠い昔からあったようだ。数百年前には、森林の奥深く住むと言われる亀鏡という名の虎使いの女を訪ねて、家を捨て、森林に入っていく若い女たちの数多くいたことが、寺院の記録などに記されている。虎使いの家のあったと言われる場所に今は寄宿学校ができている。やはり亀鏡という名前の女性が書の師として名を響かせている。そして数百年前と同じように、家を捨てて、その寄宿学校に向かう若い女たちがいる。梨水もある日、荷物をまとめて家を出た。梨水とはわたしの名前である。

わたしが家を出た当時の、女の服装と言えば、盾巻き襟は紫紺、胸は鎧を思わせる内光りの前合わせで隠し、腰上がりの帯をしめて、襞の特に多い巻き物の膝帽子、靴は弓頭でかかとの低いものが流行っていた。八月の暑さがウシカ虫の大群といっしょになって渦を巻く中に顔を突っ込むようにして前へ進むのは気持ちが悪いので、腰をかがめて息をなるべく吸わないようにして歩いた。鳴神が毎晩夕立ちを引き寄せるような夏には、昼間から「枝叫び」という現象が起こる、とよく話には聞いていたが、実際、松や杉の何の変哲もない樹木が、頭上で突然、ぎゃっと叫ぶことがあった。わたしはその声に首筋を噛まれたように縮み上がって、こんなことを怖がっているのでは、亀鏡の学舎には辿りつけないのではないかと不安になった。辿りつけないかもしれないことも不安なら、辿りついてしまうことも不安だった。この師匠を庶民の口は「女虎使い」と呼んでいたが、このあだ名には軽蔑の色合いは全くない。女虎使いの評判はわたしも学童の頃から耳にし、「亀鏡」という名前を聞くと、空に突然浮かび上がる六角形の雲を見るほどの畏敬を感じた。それだけに、まさか自分がいつかその亀鏡のところに弟子入りすることになるとは思わず、虎など自分のような者の一生とは縁のないものと諦めていた。わたしは、幼児館でも若年学校でも、書の運びも朗読の声響も鈍く、教師に褒められたことは一度もなく、特に弁論が苦手で、敵を舌で打ちのめすことなど思いもよらなかった。だから、虎の道を究めたいなどとは考えてみたこともなかった。普通ならば、卒業後は大人たちが声を抑えて「幽密」と呼ぶ生殖器的出会いを重ねて身ごもり、親戚一同から緑赤金の縁飾りの付いた祝儀通知を受取り、裸子に乳房を含ませながら甘い朝粥をすすって暮らすことになっていただろう。ところが三度の幽密で情の芯まで発酵させあった男が、偶然にも亀占師で、わたしの内股に現われたホクロの並び方を、「六千人にひとりの虎模様」と読んだ。虎模様を持つ女は、子供を作れば三つ子が生まれてすぐに病死するが、夫を捨てて修行林に入れば道が徘徊天まで開けるのだ、と男は断言した。当時はわたしも知らなかったことだが、天にもいろいろあって、虎模様の人間が行き着く「徘徊天」という天は、高さは低いが一番遠くまで伸び広がっているため、思考する言葉の力が沸騰点に達しやすいのだと言う。でも、もしも新しい道を選んでも目的地に到着できないとしたら、と心配の幅は大きい。歩いても森林の枝がわたしの足を捕え、求めて学んでもわたしの目に映る書物の文字が暗く翳っていく一方だったらどうするのか、わたしは内心ひどく不安だった。男はわたしの額に鰐の油で作った香料を一滴垂らして、幸運を祈って拝んだ。その日から、わたしは出発の日を目指して、膨大な書物を所有していることで有名な人の家に使用女として潜り込み、独学し、二年後に亀鏡に手紙を書いた。亀鏡のところに弟子入りする場合は、貨幣省や兵器省の学校への入学を希望する人たちの受けるような難しい試験はない代わり、入門の意志を伝える手紙を亀鏡に直接書き送り、承諾の手紙を待たなければならない。承諾の返事をもらうのは大変なことだ、と聞いた。もう二十三年も待つのに返事の来ないと言う人もいれば、すぐに断わりの手紙をもらった人もいる。亀鏡から承諾の手紙をもらったという話はまだ誰からも聞いたことがなかった。わたしは、亀鏡からの返事を受け取った日のことをこれまで何百回も思い出した。

あの日のことを思い出すと、森林を歩いて行かなければならない恐ろしさも、消えていった。小川の水の表面に「水鬼」ができて、こちらを睨みすえるのを見ても、家へ引き返したいとは思わなかった。あの日のことを思い出すと、微熱が剃刀になって額を横切る。それは春の日差しが庭に置かれた古い鯉灯に反射して、まるで石の中から金色の鱗が生えてくるように見える朝だった。わたしはその頃は一日部屋に閉じこもって読書するのが習慣になっていたので、庭にぼんやり立っていることなどないのに、この日は朝の混穀粥を食べてから滑るように庭に出て、塔の見える遠方をじっと見張るようにして立っていた。

どうした、と母に聞かれても、どうも気分が酸いので深呼吸しているのだ、と答え、今夜は簡易会館で影芝居があるそうだ、と父に言われても人形のことを考える気にはなれなかった。やがて塔の方向から、真紅の尻かけ帯を風になびかせて通運支局の局員見習いが走って来た。その手に大きな茶色い封筒が大蛾の羽のようにはためいているのが、遠くはなれたところからでも、はっきり見えた。通運支局の見習いの男の身体の輪郭は、近づけば近づくほどぼんやりとして、わたしの目の前まで来たらその時には乳色の光の中に消えてしまうのではないかとさえ思われた。やっと男が目の前まで来て、封筒を手渡してくれたが、その手紙は開いても読むことができず、わたしは、呼吸が興奮に締めつけられているので、アハアアハアと喉ばかり鳴らしていた。不思議なことに、読まなくてもそれが承諾の手紙であることは分かった。まだ会ったことのない人物に選択されて、その時、全身の肌がすっぽり蒸したての糖饅頭の皮に包まれていくような気持ちを初めて味わった。選ばれたというのはどういうことなのか、ずっと後になってもわたしは亀鏡に尋ねることができなかった。今から思えば、知識を蓄積することができず、思考がいつも十転して、行き着く先はいつも矛盾であるわたしのような者がそれでも採用されたのは、古代の人々が「飛魂」と呼んでいた心の働きが偶然わたしの中で強かったせいだろう。飛魂という現象のあることは書物で読んで知っていたが、その言葉の具体的に意味することが分かったのは、ずっと後になってからのことだった。心細さに臓物を締め付けられ、樹木の影に凍えるように歩いていく時にも、亀鏡からの手紙を受け取ったその時に、わたしのまわりを包んでいた光の感触を思い出しただけで、おののきの呪縛が解けていく、そういう作用も「飛魂」と関係があるのかもしれない。記憶の中のひとつの状況に魂を飛ばして、今そこに居るのも同然になるのだから。

午前の光に包まれて、手渡された封書を開き、文面を黙読するという静寂の数分が、まるで光の破片のひとつひとつが声になったかのように賑やかだったのを今でも覚えている。手紙の内容は全く理解できなかったが、それをかえってありがたがるように繰り返し読んだ。と言うよりも、文字の上を何度も視線が往復した。心臓の鼓動が早まり、体液の流れが激しくなっていった。その時のわたしは愛欲しているように見えたかもしれない。それは、どのような文面だったのか。わたしにも理解できる言葉で書いてあったのかどうかさえ、思い出せない。わたしは手紙を本当に読んだのだろうか。脇に立つ局員見習いの若者は、事情は知らなかったようだが、わたしと息を合わせて興奮し、わたしが恥を忘れて続けざまに思いきった溜め息をつくと、若者は手足を落ちつきなく動かしながら、目でわたしのくちびるに吸いついてきた。わたしは手紙をたたんで、よかったよかったと初めて見る若者と抱きあって喜びあった。亀鏡の手紙を運んできてくれたというだけで、わたしはこの若者に蜜を送った。今でも、あの若者の顔を思い出すと、手紙の重さが手のひらに蘇ってくるような気持ちになる。

森林が暴力の土地になりうるのは、獣たちのせいではない、目には見えないものがわたしたち自身の妄想に身を借りて姿を現わすせいである、と新古代の書物には書いてある。「断頭風」も、頭を奪われることを何よりも恐れている人間という生き物がそこを通過しなければ、ただの小さな突風に過ぎないのだろう。樹木には頭がないから断頭の心配もない。わたしは腰をかがめて歩き続けたので腰が痛みだし、真直ぐに立つ勇気もないので、その場にしゃがんだ。しゃがむと膝が痛むので、今度は湿った地面にべったりと尻をつけて坐った。すると、藪を通して向こう側に、藍媚茶の肩隠しが見えた。どうやら女性がひとり、わたしと同じように地面にお尻をつけて休んでいるらしい。ちらっと見えた横顔は花嫁人形のようで、好感は持てなかったが、このような森林の奥まったところで出会ったのだから、声をかけずに通り過ぎることはできなかった。もしもし、あなたはどちらまで、と藪を通して尋ねると、その人は壺が割れたように驚いて、あたりをきょろきょろと見回した。こちらから向こうが見えても、向こうからはこちらが見えないらしい。そういうことが頻繁にあるということを当時のわたしはまだ知らなかった。ここですよ、あなたの首筋の斜め右後ろの藪の向こう側の、と説明すると、その人は、ますます混乱し、平静を失って、霧か雲かとうろたえて四方を見回すばかりだったので、わたしは腰を上げて、藪を回って向こう側へ出た。わたしを見ると、相手はやっと心を平らにして、あなたも亀鏡様の学舎へ行くのですか、と礼儀で角を仕切って尋ねた。わたしはうなずきながら内心がっかりした。このように声のうわずった、髪を傲慢に結い上げた、経験の薄そうな、年齢の足りない女でさえ採用されるのだとしたら、亀鏡の人を見る目は大したことないということになる。わたしはそこに坐って腰の痛みを少しほぐしてから出発するから先に行ってほしい、と頼んだ。女はその名前を粧娘と言って、腰の痛みと聞くと、悪い病の伝染るのを恐れるかのように、急いでわたしの傍を離れた。粧娘が去ってしまうと、わたしはほっとした。皮膚感覚のなじまない人と並んで厳しい道を歩いていくのはつらい。ひとりで歩く時は、少し気分が沈んでいてもどういうことはない。ひとりなら、栗のいがを針鼠に見立てて笑い、キツツキが樹皮をつつく音を舌先で真似て楽しむこともできる。そうするうちに気分も軽明になってくる。話の通じない人間とおしゃべりしながら行くのでは、日没も肩に重く、暮れれば闇は実際以上に深く感じられるだろう。

ひとりになると、風の音が強くなった。今思えば、あの時、上空下空を吹きまくり、何重もの音層を醸し出していた風の音は、亀鏡の声と似ていないこともない。彼女の声は、ひとつの流れを追っていこうとすると、方向を失う。澄んだ流れを捕まえようとすると、淀んだものが溢れ出す。それは亀鏡の抑制された愛欲が声に漏れているのだと勘違いして、彼女の声を聞きながら、茎を固くする男たちもいた。これはずっと後になってからのことだが、学舎の屋根の一部が壊れて工人たちが作業していた時期、彼らは亀鏡の声を盗み聞きして、そんなことをささやき合っていたのだ。実際には彼女の声は声の内部で摩擦を起こし自己増幅して、音響の空間を絶え間なく膨張させていくだけで、抑制とは関係がない。少なくとも、わたしは初めのうちはそう思っていた。そんな亀鏡の声と、この日、闇の迫る時間に聞いた風の音とは酷似していた。

風ではない別の音がふいに聴界を横切ったのは、それからしばらくしてからのことだった。もうすでに、草の鋭角も影絵になった時刻のことで、目を凝らすと杉の格子を何十も透かしてやっと見えるところに、海亀ほどの大きさの岩が横たわっていて、その石にまたがっている女がたてる激しい呼吸の音が、植物界の雑音と混ざって聞こえてきた。わたしは道をはずれて杉の中へ踏み込み、尻から腿にかけてむき出しの肉の芳情を見た。女が肉を擦りつけている石の隣には、脱ぎ捨てられた絹の胴落としが小動物のようにうずくまり、その上をサラサラとナガメ虫が横切っていくところだった。女が身体を前後に動かすと、額の結び物の絹が、ふわふわと舞った。断髪に柑橘の口、目は閉じていた。女は動きを止めると、ミミズクの目をかっと見開き、わたしを見ても驚く様子もなく、裸の下半身を隠そうともせず、幼女の微笑を浮かべていた。この人となら、道中の不安を分かち合ってもいい。快鬼と戯れているところを邪魔されても、それで友達ができるならいい、と女は言った。快鬼などという言葉を平気で会話に混ぜるのは、どういう土地の出身者なのだろうと興味をひかれて尋ねてみると、女の名前は煙花と言って、出身は大山脈の向こうの牧畜のさかんな土地であるという。あんたも亀鏡のところへ行くのならば急ごう、日が暮れてくるから、と言う。絹の胴落としを素早く腰に巻き付けると、煙花は先に立って歩き始めた。土がこびりつき湿った煙花の腿を思うと、わたしは自分の内股に隠された虎模様のことを思い出した。運勢を占ってもらったら、亀鏡の元でしか天が開けないと言われて入門の決心をしたわたしであったけれども、皮膚の表面から読み取られた運勢など本当に正しいものなのかどうか、わたしは自分の迷いを思いきって煙花に尋ねてみた。あたしは占いを信じる、理由がなければ印が現われるはずはないから、と煙花は答えた。

この時はまだ、煙花にとっては、虎模様も虎の道も、混沌とした獣のイメージの中で朦朧と輝く一塊の希望の別名に過ぎなかったのだろう。学問は頼りにならない、占いとまじないだけが救いになる、という論旨が出てきたのは、煙花の中に隠されていた病が出口を塞いでも塞いでも、次々と新しい出口を探してにじみ出るようになってからのことだった。初めて出会った時には煙花が病気だとは思いもよらなかった。病気という概念は実はその頃はわたしの頭の中にははっきりとした場所を占めておらず、それは休養の間接的な呼び方だろうくらいに思っていた。わたしの母も父も本当の病気をしたことがなかった。今日は病気だから、と言うと、それは、仕事をしないで、日陰で身体を休めることを意味した。そのせいか、わたしもまた病気というものにかかったことがなかった。煙花の場合は、増殖し過ぎた精の力に身体を侵食されていったのかもしれない。肌から羨ましいほどの熱気を発散させながら、その割に歩調が遅かった。まるで、精力が脚を発熱させ、逆に重荷にしてしまっているようだった。熱のある物は冷たい物に比べると同じ大きさでも重量があるので、運ぶのが大変になる。

この時、鳴神の悪戯がなかったら、わたしと煙花の心はこれほど近づくこともなかったかもしれない。闇に沈み始めた空に光柱が一本立ち、続けて雷塊が轟音を地に落とした。頭髪が痙攣し、手足の力が抜けて、煙花とわたしは申し合わせたように胸を合わせて、その場に倒れた。地に身体を伏せ、自分は泥土の一部だと言うように強く肌をなすり付ければ、鳴神の気紛れな暴力の犠牲になることはない。鳴神は、生き物が胸を張って傲慢な歩き方をするのが嫌いなのだ。二度目の雷は、表現が後退したようで、その代わり、大粒の雨粒が森林を叩き始めた。一斉に鞭打たれる樹葉のたてる騒音はすさまじく、わたしたちは、耳を塞ぎ、目を塞ぎ、土に同化することだけを考えて、じっとしていた。闇は降りるところまで降りてしまったから、このまま待つしかない。隣に伏せて何か叫んでいる煙花の言葉さえ聞き取れないほどの激しい夕立ちの中で、寒さを感じる前に濡れた衣服に誘われて身体がぶるぶる震え始めた。いつの間にか雷声は止んでいて、それから雨が小降りになるまで何呼吸もなかった。雨が霧に変わると、膨々忘々と夜鳴く鳥の声が聞こえた。夜の樹木の漆黒の格子を通して、灯りが見えた。煙花とわたしは濡れた衣服に縛られながら、ゆっくりと灯りの見える方向へ歩いていった。木こりの休息にでも使われていたのだろうか、壁の崩れかけ、屋根の古い小屋が建っていた。その小屋を照らし出す光は焚き火から出たもので、ひとりの女が几帳面な四角にその火を管理していた。その女がわたしたち濡れ雌鹿に向けた軽蔑の目は、火をおこすことも知らないくせに天候のことも時刻のことも考えずに出発したわたしたちの無知無分別さに向けられたものだった。あなたたちも亀鏡の学舎へ行くのでしょう、と言う女の声には競争心の刺が含まれていた。自分自身をも引き裂いてしまいたそうな厳しい目をしたこの紅石という女が亀鏡に対して子猫のようでもありえるということ、不安の発作に襲われた煙花の心情を誰よりもよく理解できるのはこの紅石であること、などはずっと後になって分かったことだった。この時の紅石は、ためらわず火に近づいていった煙花に牙を剝くような顔を見せた。衣の水滴が火の中に飛ばないように、と厳しく注意したのも、実は、火の暖かさを当然のように享受しようとした煙花への戒めだったのかもしれない。他人の暖火を分けてもらうわたしたちは、濡れた自分の愚かさをまず反省して、それから感謝の念を示すべきだと、紅石は思ったのだろう。そこには濡れた同性の身体への嫌悪感のようなものもあったかもしれない。衣服も頭髪も、皮のように肌にはりついて、煙花は有り余る肉房を、わたしは貧弱で中性的な身体をさらけ出していた。病の進行が激しくなり煙花が痩せ衰えた頃には、わたしは煙花以上に脂肪が付いていたが、当時はそんなことは予想もできなかった。人の身体などというものはうつろいやすいもので、昔の話をする時には、その当時の自分や他人が、別の肉体を生きていたことを念頭に置かなければいけない。わたしは初めは火に接近するのを遠慮していたおかげで、紅石の反感をやわらげることができた。もっと近くへ、と紅石はわたしを誘いさえした。わたしたちは以前出会ったことがあるのではないか、とも言い出した。わたしを味方につけることで、三人の中で二対一の構図を作ろうとしたのかもしれない。この時の紅石は、髪の急流カットから、靴紐の蛇尾模様に至るまで服装には隙がなかったが、人間との付き合いという点では不安が多いようだった。不安を敵意の外套で隠し、知識の蓄積を編み上げ靴にして履いて、紅石は出発した。わたしたちはその夜三人で小屋の中に眠ることになった。

翌日目が覚めると、紅石はもういなかった。先に出発する、という文章が、食台の上に塩を撒いて書いてある。塩文字は幸福を招くと言うから、と言って、わたしは煙花の額にかかった陰を吹き払おうとしたが、煙花は、そんな迷信は聞いたことがないと沈んだ声で答えた。紅石は、何時頃出発したのだろう。夜明けとともに出発したのだろうか。三人で歩く煩わしさを逃れて出発したのか、わたしたちよりも早く到着したいから出発したのか。しばらくしてから、わたしたちも出発した。修行林に東の入り口から入れば、学舎には一日歩けば到着すると言われていたのに、鳴神のせいで、昨日は着くことができなかった。今日は必ず到着するはずだ、と思うと歩調が速まった。煙花は歩いていくうちに機嫌がよくなり、身体もいくらか軽くなったようで、樹木の皮を手のひらで打って伴奏の代わりにしながら、足は旋律を歩調にして歩いていった。わたしは、煙花に昨日の粧娘との出会いのことを話してみた。彼女は昨日どこで宿泊したのだろう、昨日のうちに学舎に着いたのだろうか、とわたしが尋ねると、その粧娘という女は親戚から噂に聞いたことのあるあの女に違いない、と煙花は愉快そうに言った。それはある商人のひとり娘で、美しさ以外にはこれと言った取り柄もないが、その美しさを資本に、幼少の頃には予想していなかった世界に入り込むことになった。と言うのは、両親が洪水に流されて早死にし、親戚もなく路頭に迷うことになった粧娘の顔に現われた喪の色に心を奪われた学者がこの娘を拾った。娘よりずっと年を食っていた学者は最近増えつつあるという無肉茎の類に属し、娘の口を嘗め、耳を嚙み、果物を分け合って食べるだけで満足していた。粧娘はそれに耐えることが自分の仕事であり義務であると信じ、健康な忍耐力でそれに耐えた。やがて粧娘は、書斎を好むようになった。書物の世界に、筆の誘惑に、ますます心を奪われていくの娘を、学者は初めは春を迎える心で、やがては悲しい思いで見守っていた。ついに森林への出発が決定した時には、学者は袖を濡らして獣の声で泣いた。煙花が語った粧娘の前歴というのは、そのようなものだった。

森林を抜けて走る道は一本で、枝分かれしていなかったから、先に出発した紅石は途中で会わない限り、先に到着するはずだった。それよりも前に出会った粧娘はそのまた前に到着するはずだった。昼過ぎ、炎天が頭髪を焼き始めた時間、ひとりの女がわたしたちを追い抜いていった。それは身の軽い伝言少年のような女で、服装も爽快だったが、目は泣きはらしていた。顎で軽く会釈するだけで、逃げるように脇を通り抜けていった。あんたも亀鏡という価値観にだまされて学舎へ行くんでしょう、と煙花が戯言を言うと、その女は目の両脇に猫の髭のような皺を寄せて笑い、その通り、詐欺に会うものは真実をも摑む、とわたしの聞いたこともないような諺を引き合いに出して笑った。それから、突然わたしたちと歩調を合わせて歩き始めた。一見全く共通点のない指姫という名前のこの女の心にするりと入り込む言葉を、煙花が出会いと同時に言い当てたのは今でも不思議だ。その後、ふたりの親交は特に深くも浅くもならなかったように思う。ふたりの間には対立する要素も共通する流れもなく、ただ時にぴったりと言動が一致して、快感が胸に下るということがあるようだった。ふたりの人間の性が合うか合わないかは、事前に言い当てることができない。一致点と不一致点が夜空の星のように多数散らばっていれば、星と星を繋ぐ線が引かれ、星座が生まれ、友情は深まり長続きすると言われる。星の数は数えられるものだろうか。ひとりの人間に深い関心を持てば、自分と一致するところも一致しないところも星の数ほど見つかるのではないか。だからと言って、性が合うとは限らない。これは後で分かったことだが、指姫は歩くのが好きで、道という道はいつも忠実な犬のように指姫の後ろについて歩いた。この日も、指姫は歩くことそのものが嬉しくて仕方ないというように歩いた。それにつられるように、煙花の足取りも踊るように変化してきた。いよいよ学舎が近づいて来たなと感じたのは、昆虫の歌声がはっきりと聞き分けられた時だった。「女たちが遊んでいる。道に捨てられた文字を拾う女、蜘蛛が怖いから密封テントの中で寝る女、いつも煙草の三分の一を吸っては火を消してしまう女、郵便配達の手伝いをしている女、何をしても指が痛い女、詩を書く時にいつも梨を齧っている女」この歌を聞いて、わたしたち三人は深刻に黙り込んでしまった。

学舎の前には、様々な色の絹衣が群をなし、女たちの話声が滝壺の泡騒ぎのように聞こえた。黙っているとその音に押しつぶされてしまいそうだったので、わたしたち三人も負けずに声を張り上げて、入門者の数の多いことを呪ったり、足の痛みを訴えたりした。後ろの方に立つわたしたちには、前の列で何が起こっているのか、果たして亀鏡自身はすでに姿を現わしたのか、何も見えないので、空想に判断を任せるしかなかった。その時、昆虫的騒音がまっぷたつに割れて、中心に姿を現わした一筋の道を通って亀鏡が向こうから歩いてきた。集まって来た女たちの全体を貫いて、彼女の身体は犀のように進んだ。犀ほど女性的美しさに恵まれた生き物はない、と熱帯湿地国の詩人たちも書いている。犀の左右にぶらさがった鎧の一枚一枚が革装丁の高価な書物の表紙を思わせ、犀の角は敵のいない前方に向かって優雅に挑戦する。亀鏡の顔にはいつも犀があるわけではなかった。犀は現われては消えた。犀が消えるとそこには別の美しさが現われた。気流の動きへの信頼と遊びの快楽を失わない童顔に、婦人によくあるすねたような恨みつらみが付け睫されて、妖艶なくちびるは両端に刻まれた決意の厳しさのおかげで溶解することがない。瞳の中には思考がいくつもの小さな炎になって見えた。亀鏡は最後の最後に到着した女たちの列までまばたきせずに歩いて行き、その間ずっと人の群れを麦の穂のように見つめていた。見ていながら見ていないかのようだった。見ることを拒否する潤んだ視線が女たちの額より少し上の頭髪のあたりを微風のように通過していった。その微風がわたしのところに来てふいに下降し、ほんの一瞬のことだが、わたしの視界にはまった。亀鏡が正面からわたしを見た。これは気のせいだったのだろうと、この時は思った。何百人という女たちが集まって来ているのに、なぜ亀鏡がわたしだけに目を向けるはずがあるだろう。しかもその瞳には、媚びるような湿った温かさと挑戦者の刺すような冷気が混溺していた。

修行林を抜けて学舎にたどり着くまでのことを後になって振り返ってみると、必ずこの瞬間に行き着いた。ある瞬間にひとりの人間の将来の重要な水路が掘られてしまうということがあるのでしょうか、とわたしはある時亀鏡に尋ねた。それは後になって起こった諸々のことを数珠玉のように繋げて考えるからそこに最初の珠があるように思えるだけで、実際には出来事は若竹がここそこと地上に頭を現わすのと同じで、竹の根が地下でどのように繋がっているかを知るのはとても難しい、と亀鏡は答えた。

この学舎に来た、というだけではまだ運命の鼻先も決まったことにはならない、と指姫が言った。指姫は、その後、何度も家に帰ろうとした。ここへ来たのが偶然であるのと同じで、これまで家に帰らなかったのも偶然に過ぎない、と言っていたこともある。一度は荷物をまとめているうちに空腹感に襲われた。土曜晩餐にだけは参加して行くつもりで膳に着くと、ふとしたきっかけで、隣に坐った女と「道」について討論することになった。もしも「道」があるなら、人の感覚も時間の流れもすべて直線状にできているはずだ、と言われ、指姫はそれは違う、とほとんど反射的に熱っぽく言い返した。それから、灼々とした議論熱を額に感じた。その時自分が何を言おうとしたのか、くわしくは覚えていない。口から出てきたのがとにかく熟語の乱打に過ぎなかったため、相手には意味が伝わらず、自分でも混乱してきた。ただひとつだけ、星馬の横腹にある模様のように明確なことがあった。家へは帰らずに、学舎に留まろうということ。この時、指姫の運命は決定した。学舎に招待され到着しただけでは運命が決定したことにはならない、と指姫が言うのはそういうことである。到着の日に家にもどった者も百人はいるだろう。それから一年以内に家に戻った者も百人は下らない。しだいに数が細り、お互いの息が混ざりあって、学舎の雰囲気は変わっていった。初めの頃には、群衆の泡の中に投げ込まれたような気がした。わたしたちのほとんどは農村の出身で、群衆というのを見たことがなかった。これだけの人数の圧力の下でどれだけのことが学べると言うのか。三年いても五年いても、いったい何度、亀鏡と口をきくことができるのか。これは後になって知ったことだが、紅石はそう思ってこの翌日寝込んでしまったそうだ。わたしも群衆に潰されそうな不安を覚え、なるべく隅の方に身体を置くようにしていたが、紅石のように具体的な心配をしていたわけではなかった。滝の下の泡のひとつであることの意味について考えたことのないわたしにとって、それは気を絶たれるほどの絶望を意味しない代わり、泡の出生を瞑観して自他の境界を越えるといったような肯定的な意味も持たなかった。

あの時、亀鏡は群衆を縫って最終列まで来ると、何も言わずに方向転換をして、また前に戻っていって、それから、前の方で話し始めたが、声が小さいので後ろの方に立っているわたしたちには聞こえなかった。小さな声の破片が風に運ばれて飛んでくることはあったが、言葉は聞き分けられなかった。わたしは亀鏡がわたしには聞こえないようにわざと声を抑えているような気がして、肝臓の辺りが熱くなった。そのようにありえないことを考えて腹を立てた自分が後になってみると滑稽でもあった。やがて、群衆がどよめいて、崩れ、散っていった。亀鏡の話が終わったのだろう。その時、人ごみを掻き分けて紅石が近づいてきた。亀鏡の目の中にあなたの姿が立つのを見た、と紅石は報告した。その時亀鏡の目の中に現われたわたしの鏡像は消えかかって悶える炎のように見えた、と紅石は付け加えた。「嫉妬を粉に碾《ひ》いて、餡を入れずに饅頭にしたような言葉」という表現が古代の仮面喜劇に出てくるが、この時の紅石の口調がそれに当てはまるかもしれない。亀鏡がわたしを見たと思ったのは、幻覚ではなかったのか。しかし、それを主張するのは紅石ひとりで、あとの女たちにはわたしに注意を払うものなどなかった。紅石は、亀鏡の他の子妹に対する態度には人一倍過敏だったのかもしれない。

これはずっと後になってからのことだが、茸の胞子が飛び交うようなある夕暮れ時、わたしは紅石とふたり庭園の石に腰掛けて、血を胆から吐くということについて話していた。その頃、亀鏡は三臓を病んで療養し、学舎は閑散としていた。その間、帰郷した女たちもいれば、これを機会に退学した女たちもいた。わたしが家へ帰らず寒寂とした土地に居残っていたのは、亀鏡が帰って来た時に、カイフクの花を門に飾り、大きな火を焚いて、迎え入れたいと思ったからだった。その時わたしたちの他に学舎に残っていたのは行き場のない感傷的な連中が多かった。亀鏡が帰って来た時に彼女らが群がり、身の不幸を訴え、絞り雨のごとくすすり泣き、あたりに不満の臭気だけが立ち昇るのでは、せっかく治った亀鏡の病もぶりかえすかもしれない。わたしを見れば、亀鏡も喜ぶだろう。わたしを見て喜ばない人など滅多にいない。その頃のわたしは、自分の自惚れを恥じるということを知らなかった。生まれて初めて洞察力が草花のように額に繁り始めて、自分で鏡をのぞいても草原の一角のように美しいと思うことがあった。恐ろしいのは、これと言った理由も思い浮かばないのにそれがふいに完全に消えてしまう日々のあることだった。

亀鏡は病に冒されるまでは、本舎の横でわたしに偶然出くわしたりすると、湖の表面を微風が吹き撫で、日の光が波に細かく砕かれるような微笑を浮かべた。そんな気候を満喫していたわたしにとって、亀鏡の病気は突然の寒波だった。病気のことは、亀鏡が自分の口から教えてくれた。ちょうど、紅石と指姫とわたしとが庭園に立って、雑談しているところに亀鏡が現われて、自分は三臓の病のためしばらく学舎を去らなければならない、と言った。三臓とは残酷な偶然、せめてひとつの臓物の病ならば、と言いかけると、亀鏡は敵を睨むようにわたしを睨んで、病はひとつふたつと数で数えられるものではなく竜巻のように何もかも巻き込んでしまうものだ、と答えた。竜巻ならば渦巻いて消えていく、と言いかけて、わたしは口をつぐんだ。亀鏡の寵愛も渦巻いて、みんなを巻き込んで、それから消えていってしまうものなのだろうか、と思ってその時わたしは、ひやりとした。亀鏡が療養に出ると聞くと、同情する者も、大きすぎる野心の受ける刑罰だと軽蔑する者もいたが、帰還する亀鏡を無条件の敬愛で迎え入れる者はいないようだった。わたしが英雄的な気分に酔って、学舎が蔦の緑に覆い隠され、道が雑草に揉み消されても自分だけはここで待ち続けるつもりだと言うと、紅石は冷乾に唇笑して、自分は亀鏡を慰めるために待っているのではない、と言う。自分は実家に帰りたくないだけなのだ。紅石の実母は紅石を出産した時に出血がひどかった。その時流れた血液が実母の舌を濡らし続けた。その後、父が離婚して新しい母親が来た。これは泉のように言葉の澄んだ人だったが、すぐに病死してしまった。継母は常に意地の悪いものと決まっている、と隣人に教えられたが、紅石にとって継母は幻のように消えた憧れの像だった。それから父親を失ない、紅石にとって、肉親は実母だけになった。人生の苦痛を出産の苦痛にすり替えて娘に刺の生えた靴を履かせる実母の元には帰りたくない。紅石はそう語った。自分よりもずっと楽な人生を送り続けてきた亀鏡を一度病んだというだけで慰める気持ちなど全くない、と紅石は付け加えた。紅石には道を求める意志はあっても亀鏡に対する愛情はないのか、とわたしはその時は誤解した。当時、紅石は、庭師をしていた青年と密会し何度か堕胎した。

わたしは、亀鏡の視線の湿気と刺激に当てられて、すでに学舎に着いた日の夜、自分でも理解できない混沌とした夢を見た。夢の中では、亀鏡の皮膚がところどころ耳ほどの大きさの赤い花びらになって開いていた。花と言うと華やかだが、それは腫瘍か傷口のようでもあった。花だから人の言葉を話すことはできないが、そこから発散されている強烈なにおいは確かに言語のようなものだった。読まずに素通りすることはできないが、足を止めても理解することができない。淫爛熟がまわりの空気を腐敗させるほど濃密な毒を発し、咳にむせび、目が覚めた。この夢は亀鏡にはふさわしくないと思いながらも、一度見てしまったらもう記憶から抹消することはできなかった。もちろん、この夢の話は亀鏡にしたことがない。一度だけ、この夢の中に現われたのと同じにおいを嗅いだことがある。それは、猫の死骸を森林の中で見つけて埋葬した日のことだった。一度学舎に到着してしまうともう森林の奥深く入って行くことは滅多になかったが、天雲の爽快な午後にほんのひととき、樹木の間を呼吸しながら歩くことはあった。森林の中には、しばしば不可思議なものが落ちている。その日、虎模様の猫の死体を見つけ、冷え切って硬直した身体を抱いて帰った。霜の降り始める時期のことで、腐敗は始まっていなかった。みんなが晩餐に関わっていると間に埋めてしまおうと、空腹を抑え、冬を迎えるために無機質的になった土の中に無臭の死骸を横たえた時、食堂別館の脇から亀鏡が現われた。埋葬と言うと祖先を敬うということをまず考えますが、これは「落ち猫拾い」という全く困った状況の結果で、とわたしが言い訳しようとすると、亀鏡は土にまみれたわたしの両手をいきなり強く握った。土に触れることを嫌っていると思っていた亀鏡がそうしたので、わたしは驚いて目を見開いた。祖先を敬うということはなく、敬われる者が祖先になるのだ、と亀鏡が説明した。するとわたしの祖先は虎模様の猫ですね、と戯れてわたしが笑うと、亀鏡は顎をかすかに持ち上げて目を細めた。笑っているように見えた。わたしがしゃがんで作業を続けると、亀鏡はわたしのすぐ後ろに来て、立っていた。わたしが立ち上がると、亀鏡の息の音が耳をかすめ、胸を後ろから強く抱かれた。左の乳首が強く押されて、その時、果物の腐るにおいがした。この後に起きたことはよく覚えていない。背中から新しい乳首が生え出してきたような、または自分の右手が股の間をくぐって後頭部まで伸びていったような、奇妙な感覚だけが記憶に残っている。この話は誰にもしなかった。

一度だけ、煙花にこの話をしたいと思ったことがある。煙花は、わたしのことを身体が空気のようで、根が生えていないから、涙の泉もなく、頬が美しいのだ、と言った。その時、煙花は自分の肉に病が根を張り重くなってきたのを感じていたのかもしれない。それから亀鏡の身体に触ったことがあるかと煙花は突然そんな質問をした。わたしは喉を枝先で突かれたように感じて、あの時のことを話そうかどうしようかと三歩進む間、迷ったが、思いとどまった。煙花が言おうとしていたのは、わたしが考えていたようなことではなく、もっと思索的なことだった。亀鏡には身体がない、みんなの注意を集めるために具象的な身体を舞台に乗せているが、あの身体は実際は霧でできているようなものだ、と煙花は言った。わたしはそれは信じられない、亀鏡には汗涙流れる情がある、と反論したが、意外そうな顔をしている煙花に何と説明したらいいのか分からなかった。

初期の亀鏡は方向の定まらないままに何かを強く欲望することが時々あったような気がする。それがいつの間にか、まわりの視線に食べ尽くされて消えてしまったのではないか。それからは、むしろ他人の欲望の部品を操作し、虎の道に向かわせたり、そこから遠ざけたりすることに喜びを見出すようになったのではないか。それでも亀鏡は、つい手が伸びてしまう。欲しいものがあれば、つかんで、よく見ないで口に入れてしまうそのような欲望を完全に制御することはなかった。むしろ、抑えれば抑えるほど、予想外のところで、それがはみ出し、染み出し、噴き出して、まわりにいる人間たちを濡らすことがあった。

虎の道と言っても、その原典は全三百六十巻、夜更かしして月の兎影をながめ、徹夜明けて書斎の窓から朝露をながめ、白髪が頭を覆うまで読書に専念しても、読み通すことはできない。それに、一度読んだだけでは意味を表わさない部分が多いので、初めから終りまで通読しても意味がない。人に尋ね、尋ねられ、穴につまずき、落ち、這い上がり、病み、振り返り、思い出し、人と語り合うことによってしか、近づいていくことのできない部分が多いように思う。書物に記された順番は、わたしたちの頭にそれが吸収される順番とは一致しない。人の頭の中はどうやら、本のページや書架のようにはできていないらしい。五日間、雨が続いて、六日目に晴れれば、その日の光は、五日という時間の尻尾に置かれるのではなく、濡れ曇った五日をひとまとめにして逆光の中に球状に浮かび上がらせるのだ。書物を朗読する時には二行を同時に読むことはできない。行を下から上へ読むこともできない。出来るのは、繰り返し読むことだけである。読んでいるのが自分なのか他人なのか分からなくなるまで、繰り返し読む。初めて書を音読した時、わたしは手が震えて、文字が床に振り落とされてしまいそうだと思った。初音を喉にかける時に急ぎ過ぎれば、言葉は空洞になって、人は何も発音できないうちにその空洞を抜けてしまう。ひとつの音に長居すれば、その音に舌が粘着して、先に進むことができなくなってしまう。

初めて音読の授業に参加した時、講堂がしんと静まりかえっているのが恐ろしかった。雨の後、古い板にいっせいに生えそろったカビのように子妹たちが集まっている。これではどの頭髪もどの顔も同じように見えるだろう。そう思って安心していると、亀鏡の視線が鷲の視線のように正確にわたしを射とめたのが感じられた。わたしに声を出せと言うのだ。まるで猥または褻なことでも強いられたように、わたしの声は萎れてしまう。亀鏡は、自らの厳しさを楽しむように、わたしに向かって声を出せと言っている。身体を動かしているわけでもないのに、わたしの左右前後の頭髪が目の前で勝手にゆらゆらと揺れ始める。手渡された小冊を両手で支え、音読し始める。「地中に潜って自分の力を見せない」「田んぼに現われ小動物に認められる」「自分自身に食われることのないように走り続ける」「記憶を失わなければ淵の前に立っても落ちない」「空を飛べるようになっても大気の理性を疑わない」「雲となって夢天に姿を現わすが、誰の目にも見えない」もちろん内容のことなど考えていなかった。ひとつの項から次の項に飛び移る度に、息が詰まりそうになった。顔を上げてみることもないのに、亀鏡の姿が耳の怪物のようになってはっきり見える。声が萎えてかすれて呑まれてしまいそうになる。亀鏡はわたしの声を呑み込んでしまおうとしている。消えてしまいそうになる声を無理に大きく吊り上げると、まるで無理やり裸の自分を群衆の前に引っぱり出していくような気がした。恥辱感に蒸されて意識を失わないように、声を柱にして、柱になった声につかまる。

講義や研究には熱心に参加しても、音読は馬鹿にして参加するのをやめた者たちがたくさんいた。紅石は声を出すのは流行歌を歌う時だけ、真面目な研究は目読と討論以外ないと決めてかかっていた。だから、粧娘のように無垢の心で何にでも筆を整えて出向いていくのを馬鹿にして、朗読して何の役に立つ、と反問した。そのような問いを受けると粧娘は返答に詰まり、無言のまま駆け去り、後で陰口をきいた。紅石は顔が歪んでいる分だけ心掛けも歪んでいる、などと粧娘は言った。「顔」などというものは現実にはない、顔の醜美を言う人は、相手を批判したいのに言葉の能力が劣っていてうまくできないから、相手の顔が醜いなどと言うのだ。そうとは分かっていても、わたしたちの会話には美しい醜いという基準が頻繁に顔を出した。たとえば、煙花は、音読には意味がないが、亀鏡の「美しい」姿を仰ぎ見るためには音読にでも何にでも居合わせたい、と言った。わたしの場合、音読に行くのは、亀鏡の美しい姿とは関係なかった。人の声をじっと聞いている時、わたしには、話している相手の顔が見えなくなる。声は顔を食べてしまうらしい。内容のことを考えている余裕もなく一心に書を声に変えた最初の音読の時、わたしは初めて書の肌に近づいたような感触を持った。指姫と紅石が書の内容について討論しているのを聞いている時などは、書の世界が自分とは縁のない、砂漠のように近づきがたい風景のように感じられることもあったが、書の部分部分を模写して綴じた小冊を手に音読していると、言葉が舌に密着し、身体が熱くなってくるのだった。

ある時、庭園で亀鏡がわたしを呼び止めた、紅石と指姫への伝言を頼まれた。伝言の内容は、蝶と虎が戯れる場面が書の中に一箇所あるはずだがそれが見つからないので探してほしいというようなことだった。亀鏡がしゃべりながら、指先でしきりとわたしの襟を触り、答えを求めるように喉と唇を交互に見つめるので、わたしは混乱してきた。直接指姫か紅石に言えばいいのに、わざわざわたしに伝言を頼むのは、わたしには蝶と虎の戯れる場面を探す能力がないということが言いたいのではないか。この日わたしの着ていた胸上薄幕の襟は洗いたてで高峰の雪のように冷たく白かったのだが、亀鏡の汗ばんだ指に触れて、それが桃色に変色してきた。伝言の内容は小さいのに、亀鏡の声はいつまでもとぎれることがなく、懇願するような強制するような調子まで混ざってきている。そうするうちに、何か焦りのようなものが蚊の群のようにわたしのまわりに群がり始め、わたしは亀鏡を非難するように、わたしにいつも音読をさせるのはわたしには他にこれと言った能力がないからでしょう、と言ってしまった。亀鏡は頰を打たれたような顔をして、黙ってその場を去ってしまった。他にこれと言った能力がないから、というと、わたしに朗読の能力があったように聞こえるが、実はその逆で、幼少の頃、サルスベリの木から落ちて舌の両端を嚙み切ってしまい、舌が細くなってしまっているため、わたしの発音発声の能力は劣っていた。幼少の頃にはそのせいで、蛇舌とからかわれ、苛められたこともある。ところが、その劣った朗読が徐々に、呪術的な力を持ち始めた。あれはいつのことだっただろう。わたしの声のよろめきに合わせて、聴衆の身体が右へ左へと揺れ動いているのに気がついた。聴衆を動かしているのは、わたしの喉から出る声そのものではなく、何か透明な袋のようなもの、宙に浮かびあがり、お互いに戯れ合いながら、人々を巻き込んでいく霊のようなものだった。わたしは催眠詐欺師たちのように、人々を誑《たぶら》かすために霊を操作していたのではない。霊の現われてくるのを邪魔しないように用心深く敬意を忘れずに音読したただけだ。すると霊たちはわたしの声を招待状と理解して勝手に出てくる。あなたが読んでいると意味が全然違って聞こえる、意味の不明な意味が不明のままに立ち上がる、と何人かが言い始めた。

亀鏡は、初めのうちは何か肉体的快感のようなものを味わいながらわたしの声を聞いていたようだ。わたしにばかり長い項を読ませて、目を細め唇を湿らせて聞き入っている、と煙花が愉快そうに言った。あんたの声には変にはずれた波長があるから、それが内臓まで振動させて、淫らな気持ちにさえさせられることがある、きっと亀鏡もそういう気持ちをこっそり楽しんでいるのだろう、と煙花は言った。煙花は亀鏡の性生活について思いをめぐらせ、またその思いをわたしに向かっては臆することもなく、詳しく話して聞かせる癖があった。身体には襞がたくさんあり、その数は人によって違うけれども、襞の数が多く、その一枚一枚が薄い場合は、声のように微妙なものに激しく反応するものだと煙花は言う。何千何億という細かい襞に包まれた球になった亀鏡の身体をわたしは思い浮かべてみた。声を出すと襞が震える。声の高さ、低さ、流れと滞り、打つような調子、嘗めるような調子、それによって、あちらの襞が震えたり、こちらの襞が震えたりする。

初めの頃は、亀鏡はわたしの声をただ楽しんで飲食していたようだ。ところが、子妹たちが霊に動かされるのを見ると、厳しい言葉で陶酔を中断した。思考を麻痺させる霊は暴力だ、と亀鏡は言った。わたしは思考を麻痺させようとしたのではない。霊が現われるのが嬉しかったのだ。霊は無数に現われて、群がる子妹たちの身体をゆっくり揺らし始める。難しい文章は頭の中で粉々になって、あとは麻酔粉のように血液に溶けて流れ始める。これほど甘い味わいの時が学舎の生活には他にあるだろうか。亀鏡が音読を中断したので、わたしは気を悪くした。講堂を出て、修行林に入り、ひとり樹木の顔に向かって、声を出した。

　時がたつにつれて、毎日学ぶというのは辛いことだということに気がつかずにはいられなかった。食も充分に取り、寝台はいつも暖かかったが、一日が終わって日が沈み舞台が暗くなっても、また次の一日が必ず幕を開け、何事もなかったかのように、空っぽの舞台を照らし出す。前の日と比べて、理解力にも知識にも何の進歩も現われていない。学ぶということは、恐ろしく退屈なことでもあった。新鮮な驚きがなくなっていくから退屈なのではない。いくら先へ進んでも、驚きが連続して、神経が不感帯を形作ってしまうから退屈なのだ。紅石でさえ、朝、寝休舎を出る時に、ああ、また書と向かい合う一日が明けた、などとつぶやきながらため息をついていることがある。

　わたしたちは、祭や音楽のようなものを欲していたのかもしれない。年の暮れには祝祭の連なる年もあったが、初めの一年は音楽をひとしずくも聞くことがなかった。なぜ音楽がないのか、と尋ねると、亀鏡は音楽は思考には欠かせない、とだけ答えた。これでは答えになっていない、と煙花なら言っただろう。亀鏡の答えは答えになっていない、それは肌が愛撫されることを拒んで脇へ脇へとそれていく時の感じと似ている、と煙花は言った。それでも、音楽を聞く機会がないのだった。町から町へ音楽を奏して旅する楽士の集団も、森林地帯は避けて通る。子妹たちの中には歌を好み庭園に集まっては声を合わせて歌う者たちもいたが、その歌はいわゆるはやり歌で、溜まった涙を絞り出し珍色に染めて差し出すだけの粗品であることが多く、聞く方は耳を汚されるばかりだった。

亀鏡は音楽を禁止することはなかった。暴飲暴食を禁止することもなかった。淫欲を禁止することもなかった。その頃、指姫は毎晩、寝休舎を抜け出して、夜更けに泥まみれになって帰ってきた。わたしたちの部屋は六人部屋で、寝台は、丹念に乾燥させて編上げた海底樹の蔓を木の枠に張って作ってあった。海は遠いのになぜ海底樹の蔓をわざわざ使うのか、わたしは不思議に思う。ひょっとしたら、海がすぐ近くまで波を伸ばしてきていた時代から、この寝休舎はあるのか。指姫は夕飯の後、薄闇の中で密かに口をすすいで、靴に足を通し、そのまま姿を消した。真夜中に、指姫は軋む木戸をゆっくりと開いて、小動物のように寝室に忍び込んだ。その時、別の動物の垢のにおいがした。その頃の指姫は、わたしたちとはほとんど口をきかなかった。指姫が会いに行っていたのは、株男だと紅石が教えてくれた。

株男というのは、政権交代の時代に職を追われて森林に彷徨い込んだ役人たちの子孫らしい。茸や薬草の採集知識に優れ、町に出ずに自給自足の生活を送っている。彼らの顔立ちは高貴で、脚は鹿の横腹の色をしているそうだ。指姫はその美しい脚に胴をからみ取られ、うっとりするような薬草の香を吸わされて、時を過ごしてくるのだろうか。強すぎる花香のような情欲の余韻を、昼になってわたしたちへの敵意のように発散させることもあった。わたしは、いつ指姫が外出し、いつ帰ってきたかということを、かなり正確に知っていた。

不眠症のせいで、わたしは月とはすっかり友好関係を深めていた。月の出る夜には寝台を抜け出して、月面に現われる百影千像を組み合わせ、説話を考え出して時を過ごしたりした。説話は帳面に細かい字で書き付けることもあった。その帳面は誰にも見せなかったが、説話を書いているということは煙花にばれてしまった。

秋の夜は、寝台そのものが肉感的になり、身体と呼応して、数々の記憶を呼び起こす。不眠症は家具の病である、と年とった医者などがよく言うのは、そういう意味だろう。家家具との接触、家具の姿、家具の匂いが、わたしから眠りを奪い取るのだ。月の光が寝室の床を照らし、それが間違ってこぼしてしまった飲料水のように光り出すと、わたしはもう横たわっていることができなくなり、寝台の上に正座して、物語の宙に遊んだ。煙花が目を覚まして、どうしたのか、と尋ねるので、考え事をしている、と答えると、死ぬことを考えているのか、と尋ねた。その時は煙花のこの問いを突飛なものに感じて、わたしは吹き出してしまった。煙花は笑わなかった。煙花にはこのような問いを立てることが多かった。亀鏡に対しても、死について尋ねることが多かった。

あれは、いつのことだったろう。個人の能力が地中に隠れている時期のこと、それが外に出てからのこと、それが認められてからのこと、それぞれの時期の区切り、段差、ずれ、遅れ、展開などについて書に記されていることを亀鏡が説明すると、そのように一生を時期に分けて語ることができるのか、死の視点から逆に見れば、すべてがひとつの球のように照らし出されて見えるのではないか、と煙花は反論した。時期というものを想定しなければ発展について語ることはできない、と亀鏡は音節をはっきり区切りながら言った。いつもの亀鏡と比べて顔の表情が固いように思った。煙花は上下の唇を一直線に押し合わせて黙ってしまった。

また、煙花はこのように言うこともあった。能力の出現発展の形がそれほど大切な課題であるとは思えない、と。亀鏡は子妹を先へ先へと駆り立てようとする、しかし、それは死を恐れるあまり逆に死を急ぐようなものではないか。煙花はそう言うのだ。亀鏡は出世論を展開しているのではなく、何か別のことを言おうとしているような気がする、とわたしはあやふやに否定した。もちろん、亀鏡が出世を否定していたとは思えない。むしろ、外の政治に参加することや学舎の中で名声を得ることを不純とする者がいると、腹を立てることさえあった。謙虚さを装って自分の中に籠ってしまう者、勉強をして目立とうとする者を叩いて凡俗の地平に叩き落としてつぶそうとする者、政治を馬鹿にする者を亀鏡は良い目では見なかった。

煙花は勢力の団子のように講堂に走り込んで来て、いきなりものを言うことがあった。すると煙花の意図に反して、講堂を占めていた雰囲気との間に摩擦が起こった。わたしは煙花の不器用さが群衆の嘲笑の的になることを恐れた。煙花には、高慢さがなく、怒ることは稀だった。怒っているのではなく、ただ勢力が爆発してしまうということがあるようだった。煙花の四肢は日々微量ながら痩せていったが、少しでも動けば身体が膨張して規格からはみ出した。話しながら息を切らすのは、息が余り過ぎているからだという印象を与えた。息が豊富なのは健康の印だとわたしは誤解していた。

ある時、わたしは煙花と亀鏡の話をしていた。亀鏡のせいで自殺しかけた女がいるという噂を聞いたが本当だと思うか、と煙花がわたしに尋ねるのだ。わたしが考え込んでいると、煙花は急に、脇腹が痛いと言い出した。わたしは笑って、果物の食べ過ぎに違いない、と答えた。煙花は珠の涙をこぼし、痛い、痛い、と繰り返した。医者を呼ぶために、わたしが情報事務室に走って行こうとすると、煙花は、医者を呼んではいけない、と夢中で言った。煙花は医者を憎んでいた。医学は覗く、切る、捨てる、つぶす、捻る、覆い隠す。煙花の祖父は有名な医者だった。煙花は、毒汁に浸食されたと診断された子宮を、祖父の命令で切除されそうになったことがあった。煙花は、祖父を憎み、父を軽蔑し、母を知性の花壇として崇拝していた。医学は全く信用していなかった。やがて煙花の激痛はやわらいだ。激痛があると制裁という言葉を思い出す、と煙花は語った。

わたしは痛みというものについては、まだよく理解できずにいた。生まれてから、病とは縁がなく、両親や兄や姉が苦しんでいるのを見たこともなかった。これは、人の心を知るにつけてはたいへんな欠点になるだろう、とある時わたしがこぼすと、亀鏡は、意外なことを言った。不幸の味、苦労の色を知らないことが必ずしも悪いことだとは限らない。輝きの瞬間ばかりを繰り返し体験していれば、輝きの好機が近くを通った時に取り逃がすことがない。その度に必ず摑み取って、やがてありあまるほどの輝きに包まれ、それを他人にも分け与えるようになる。逆に、苦労しか知らない者は、輝きの瞬間が脇を通っても、それが信じられず、または見分けられず、取り逃がしてしまう。虎しか見たことのない者は豹を虎と見間違えることはない。亀鏡はそう言った。

煙花の呼吸の数が頻繁であったのは、実は身体の芯まで弱り切っていたせいだった。わたしにはそれが見抜けなかった。身体の弱さを思わせるのは、むしろ指姫だった。まず、指姫は上唇のまわりが赤く腫れていることが多かった。鼻汁を拭いながら泣いているように見えることも多かった。それに比べて、煙花の肌は滑らかで、瞳は水晶、髪はしっかりしていた。

煙花はいつの日か、髪を針鼠のように短く刈らせた。髪はそれ以来、上空を向いていた。煙花はいつも笑っているように見えたが、それは顔の形がそうであったに過ぎなかった。煙花は笑っていたのではなく、怯えていたのだった。それを見抜いていたのは、紅石だけかもしれない。紅石には、わたしとは違って、他人の苦しみが見えてしまうらしかった。その結果、紅石は煙花を軽蔑し、避けるようにしていた。

紅石が言うには、煙花の痛みは五体を放浪するもので、腹の痛みが消えれば、肩に来る、肩の痛みが消えれば胸に来る、そんな循環を繰り返すだけで、痛みそのものが消えるということはない。痛みだけでなく、不安も同じで、闇への恐怖感が癒えればふいに人が怖くなる、人が平気になればふいに雨が怖くなる、雨が何でもなくなれば自分自身の親指が恐ろしく見える、というように循環する。紅石はなぜそれを知っていたのか。愛する人のことならば何となく本能的に分かるというのは嘘である。紅石は煙花に不快感を持ち続け、愛情のかけらもなかった。

煙花は、生理帯を食卓に置き忘れたり、歯を清める時に大きな音をたてたりする癖があった。眠っている間に寝夜衣がめくれて陰毛が丸出しになっていても全く気にかけることがなかった。そんなところが紅石だけでなく、同部屋の女たちの神経を逆削りした。

煙花が痛む腹を抱えて一日中寝台に横たわっていた日、わたしたちは初めて震霊行列を見た。数年に一度だけ、わたしたちの森林を通過する老人の行列だった。老人たちの姿が森林の中から現われた時、わたしたちはどよめいた。それは、鳴神などを恐れる気持ちとも似ていた。老人たちの姿は様々だった。腰の曲がった者は真直ぐな杖をつき、目の悪い者は隣の者の袖を取り、荷を担いだ者たちは先頭に立ち、靴の無い者は時々手で足の裏を摩りながら進んだ。彼らは、学舎で足を休め、水を飲み、贈り物としてもらった穀物を麻の袋に入れて、また出発する。亀鏡は彼らに敬意を示し、贈り物を差し出した。行列に加わっている者の顔は毎年ほとんど入れ替わっている。歩きながらものを考える学派があるように、歩きながら死を迎える学派もある。亀鏡には若い娘の表情が陽炎のようにゆらめき現われることがある。ものを考える人は瞳の光が強いので、年や性別に関係なく、娘のように見えることがあるのかもしれない。

この日、寝台に横たわったまま起き上がることのできなかった煙花は、老人たちを自分の目で見ることができなかったことをひどく悔やんだ。仮死の列石を見たことがあるかと煙花が尋ねるので、ない、と答えると、老人たちの行列はそれと似て見えたかもしれない、と煙花はつぶやいた。わたしは仮死の列石の話はどこかで聞いたことがあったが、それが犬を生贄にして埋める犬柱の話と重なって鳥肌がたち、寝休舎を飛び出して頭を振りながら走った。そうすれば、湧きあがり始めた嫌な映像がばらばら地面に落ちて、頭が軽くなることがある。その夜、煙花は夢を見た。夢の中では、純白の紙飾りを全身に付けた男たちが鶏のように首を縦に振りながら、庭を歩きまわっていた。何かおかしい。よく見ると、彼らは鶏くらいの大きさしかなかった。更に目を凝らすと、彼らは雄鶏そのものだった。これが老人たちの姿だったのだろうか、と目覚めてから煙花は尋ねてみた。夢を語りながら、煙花はめずらしく笑った。祖先を敬うべきなのではなく、敬うものが祖先になるのだ、といつか亀鏡が言ったことをわたしは思い出した。虎模様の野良猫を敬って葬ったわたしの祖先は、虎模様の猫ということになる。すると煙花の祖先は白い鶏たちということになるのかもしれない。鶏にはどのような意味があるのか、と煙花はそれを随分気にしていた。鶏には多分何も意味がない、とわたしが言っても、煙花は耳を貸さなかった。鶏卵にその丸さの意味を問うのは楕円の答えしか返ってこないから無駄である、とわたしはその日、帳面に書いた。説話のようなものを書いていた帳面だが、次第に物語だけではなくて、一寸の釘語も増えてきた。これは滑稽と語勢を楽しんで書いた。

煙花が見ることができなかった老人たちには、夢に現われた鶏とどこか共通点があったか、と尋ねられても、わたしには答えられなかった。実際に見たはずの不可思議の行列が後になってみるとこれもまた夢の中のことのように思えてくるのだった。煙花は、その頃から、みんなの目には見えるものが自分の目にだけは見えないという思いに捕えられ始めた。それは煙花の目が見えなくなったということではない。煙花にも見えるものはたくさんあったのだが、その多くが夢に現われるようになった。だから、夢で見たものと、わたしたちが見たものとの間に共通点がないかと、しつこくわたしに聞くのだった。夢をみることが多くなったのは、睡眠の時間が多くなったせいだった。それは安眠安楽安静とは縁のない、苦しい眠りだったに違いない。煙花の額にはいつも脂汗が浮いていた。病に苦しめられる眠りであっても、手欲は忘れなかった。半睡状態で背を丸め呼吸を乱しその額に汗の粒が浮かんでいても、煙花の指が自らの陰魚と戯れているのを目にすることがあった。

ある時、煙花が自分の鞘に指を入れたまま明りも消さずに眠っているのを粧娘が目にして即刻、寝室の変更を要求する書類を提出した。寝室はすべて六人部屋で、理由があれば変更することもできた。粧娘が出ていくと聞いても、わたしたちは唇の端を動かすことさえしなかった。わたしたちと粧娘の間の距離はすでにそれほど遠くなっていた。煙花の方は衝突もあったが、相変わらず、わたしたちの仲間のひとりだった。

粧娘の代わりに入って来たのは、朝鈴というおそろしく背の高い童顔の女だった。わたしたちは五人とも、粧娘よりも朝鈴を好んだ。

粧娘は時がたつにつれて、この学舎で行われる学問が自分とは無縁のものであることに気がついたようだった。粧娘は毎日耳にしたことを帳面に細かい字で記述し、それを暗記した。ところが、昨日書いたことと今日書いたことの間には、必ず矛盾があった。「淵の前に立っても落ちない」と暗唱したすぐ後に、「淵は落ちる者がいるから淵なのだ」とあり、そのすぐ後に、「淵というものはない」、そして「淵がなくても落ちることはある」とある。粧娘は自分の能力が劣っているために理解できないのだと思って、自分の能力はどの程度のものだろう、とそれとなくまわりの人間たちに聞いてまわった。優秀だ、という答えが返ってきた。それならば、なぜ自分には講義の意味が理解できないのか。ある時、粧娘は細々とした勇気を集めて講堂で質問した。矛盾とはどのようなことでしょうか、と。それは一口で言うことができないけれども、矛盾というのは、例えば、ものが見えてくる時の輪郭だと書には書いてある、と亀鏡は答えた。粧娘の頬から血の気が引いた。自分とまわりの言語とを隔てる壁が今はっきりと現われた。逆に、それまで硬直した顔に憂いを浮かべていた指姫は、この亀鏡の言葉を聞いて、恋しい旧友に思いがけず出会った時のように朗らかに笑い出した。講堂には百人あまりの女たちが集まっていた。この日、粧娘は学舎を去る決心をし、同じ日、指姫は、苦の塩を嘗め、悲の胡椒を嘗めてでも、虎の道を究めようと決心したのだった。

指姫は、その頃から、時々表情に金色の波を走らせるようになった。それは、亀鏡の額から流れ出て、指姫の肉に滴となって垂れる液体状のもので、わたしは、これを見ると、まるで指姫に亀鏡が乗り移ったところを目撃してしまったかのように少し恐ろしい気がした。亀鏡はそれを見て嫌がる様子はなく、むしろ喜んでいるようだった。淡水と海水を混ぜれば海水になる、と亀鏡は語るようにまでなった。淡水というのは、指姫だけではなかった。子妹には淡水が多く、それがみな亀鏡の塩を受けて、海水になっていくように見えることさえあった。わたしは自分が淡水ではなく墨であり、酢であるのだと思い、それを誇らしく感じていた。わたしは、愛する人の塩の色に染まらない。亀鏡は、そんなわたしの性格をすでに見抜いていたのかもしれない。しかしわたしはまだ問題にならない弱者であったから、亀鏡はそれはそれで仕方がない、と感じていたのだろう。わたしは、むしろ書とは関係のない、形のない世界に漂う甘いにおいのようなものだったかもしれない。あるいは、染まらないのも良いことだと、亀鏡は無意識に考えていたのかもしれない。

満月の夜に庭園の隅の月見木に近づき、裏をこっそりとのぞくと、亀鏡が立っていることがあった。暗闇の中で亀鏡と目を合わせ、無言で共に月を眺めていると、首筋から胸にかけて、蜜を塗られていくようだった。亀鏡は月依存症にかかっているため、満月の夜には言葉が満月の引力に引き寄せられて、意識の表面にあり続け、決して眠れないのだった。それでも、月の満ち欠けにかかわらず毎晩不眠症に悩むわたしよりは病が軽いと言えるかもしれない。わたしは生まれてから今日の日まで、自分の横たわる土地の地形を忘れてぐっすり眠った記憶がない。地形がはっきりしているのならば、眠れないこともないだろう。ところが、うとうとしてくると、矛盾に満ちた重層地形が人物になって夢に現われてくる。昼のうちに探索を重ね、ここは大地で、あの坂の勾配はこのくらい、というようなことをくわしく調べておいても、闇が降りると、わたしは、勾配傾斜に追いかけられたり、平地に泣かれたりしながら、そうではない、これもちがうと、辞書の中で迷子になっていくような苦痛を覚え、そうしているうちに、空が少しずつ明るくなっていく。わたしを眠らせないものは月の光や風の音ではなく、人の姿になって夢に現われる地形だった。月依存症には、不眠症にはない問題がある。満月に吸い寄せられて何歳になっても閉経が来ないのである。だからと言って、遅すぎる出産をすれば母体が危ない。亀鏡は子供が欲しいと言ったことはなかった。子供はいらない、と言ったこともなかった。亀鏡の出産は閉じることのない仮定だった。

月見木の裏に立つわたしたちの脊髄を走り抜けていく甘い湿気があった。「身体を水滴に譬《たと》えようか、水滴を光に譬えようか」古代の詩を引用すれば、そういうことになるだろうか。満月の夜には決して風が吹かない。樹木は静まりかえり、ヨバイ鳥さえも眠りに落ちる。時の脈は池に沈み、夜空は地に伏せる。身体に満ちてくる旋律を声には出さず、喉の内部に振動を保ち続けたあの頃のことを思い出すと、今でも涙が湧いてくる。

満月の夜の翌日のことを、古代医学では解症という。解症の日には紅石が必ずわたしを丹念に観察していた。わたしは、他人に観察されることを好まない。秘密にすることは特にないが、観察されていると、心の中を整理しなければいけないような気になる。わたしは雑多な感想に身を任せ、亀鏡から匂いたつものに酔い、帳面に文字を書き記して、その日その日を過ぎるに任せて見送っていた。ものごとの原因を問うことは稀だった。紅石は、わたしが特典的地位にある、と言った。わたしは、何もしていなくても亀鏡の関心を引くから危険でもある、と言う。そう言われてみると確かに、何十人、子妹が集まっていても、亀鏡は必ずわたしの姿を見極めてから、話し始めるのだった。紅石はそのことで当てこすりを口にしたことがある。あんなに冷たそうに見える超人でもあなたとしゃべる時には少女のような声をたてるのは信じられない、と。紅石が講義の時にしたあの質問もひょっとしたら当てこすりだったのかもしれない。月が樹枝を超越した空間にあるものならば、なぜその月が地中に根を張る情欲をかきたてるのでしょうか。それは、亀鏡が自分の意識は上空を飛翔すると主張しながら実際には情欲の泥に身を遊ばせることのあるのはなぜか、という意味にも取れた。その日、講堂には五十人くらいの子妹が集まっていた。息を呑み、言葉を呑み、静まりかえった中、亀鏡はふいに無垢の笑いを爆発させた。人の情に上下左右はない、淫乱な生活は水の中にも、書物の中にも、花の中にもあり、それと同じで、学ぶ心もあらゆる場所にある、だから、学ぶ心の真ん中に淫乱があってもおかしくない。わたしには、その時の亀鏡の表情が忘れられない。亀鏡の明朗な言葉は道徳という暴力に屈することがなかった。臆するところなく戸惑うところなく六つの方向に情を延ばして生きる、という表現が書にはあるが、亀鏡のこの時の表情はこの表現にぴったり合う。

また、亀鏡は、庭園で会っても口をきかないこともあった。戯れごとを言っても、微笑みかけても、青ざめた顔で恨めしそうにこちらを睨み返すだけで、わたしには、その瞳に映っているのが本当に自分なのかどうかさえも分からない。学舎には亀鏡と喧嘩する相手はいない。いったいどのような出来事が亀鏡の表情をあのように変えてしまうのか。もしかしたら、官庁の弾圧のようなことがあるのではないかなどと、当時はそんなことを思い描いてみることもあった。それがなかったら、亀鏡ものびのびと書の道だけを快楽として生きるのではないか。権力に抵抗して、自分が権力の権化になってしまう、そう考えなければ理解できないような不可解な強情さで、亀鏡が子妹の言うことを受け入れないこともあった。人に憎まれるほど相手の言葉を強く突き飛ばすような態度を取ることさえあった。そんな態度が恨みを買うこともあり、そのせいかどうか知らないが、亀鏡について、花束を刃物に見立てるような噂がたったことが何度もあった。噂の内容はほとんど確実に偽りだったが、偽りの内容を考え出した犯人が見つからないままに噂は広まっていった。誰が考え出したわけでもないのに、いつの間にか生まれて広がっていく噂というものもあるらしい。

ある子妹が亀鏡に錦鯉を消されて自ら命を絶ったという噂がたった。錦鯉というのは、睡眠不足で読書を重ねるうちに思考の河口が急に広がり過ぎて、意識が破れ、目の前をもの凄い勢いで泳いでいく鯉の姿が見えることである。これは初心者の身に起こり、そのまいつまでも長引くことのある現象であるとも言われる。長年かけて徐々に河口を広げていけば、鯉を見ることはない。この鯉は泳がせておけば乱暴をして高慢で強引な人格を作り出すこともあるが、鯉の勢いに乗って逆流を上り、虎の道を究めることもあるので、悪いことだとは一概には言えない。鯉の鱗は見る人の胸に激しい羨望を巻き起こす。鱗は才能の印ではない。まして業績の痕跡ではない。それは未知数の余剰が目に見える形で現われるだけである。鯉が躍り跳ねれば、虎の道を究めることができるというわけでもない。鯉を持たなくとも地道な努力や賢い計画を重ねれば成功する者はたくさんいる。しかし彼らは人々をあっと言わせることなく一生を終える場合が多い。

講義をしている亀鏡の鼻、耳、口から鯉が跳ね上がることがあった。あの不可思議な魚を持つのはわたしたちの間では亀鏡だけだ、と子妹たちは信じていた。ところが、それは思い違いだった。それは太陽が何者も陰に隠れることを許さず、樹木の息が人の傍まで忍び寄ってじっと耳を傾ける正午のことだった。朝から、わたしは何かが起こりそうだという予感がしていた。わたしたちは講堂の真ん中で質問をしようとした背の高い大鷲のような顔をした子妹の頭上に錦鯉が跳ね上がるのを見た。みごとな鯉は空中で身をそりかえした。鱗から飛び散る水飛沫は、床に落ちる前に空中に乾消した。羨望を刺激することのできるのは実は目に見える形でも手で触れた時の感触でもなく、色彩だけなのではないか、とわたしはその時ふと思った。それほど鱗と水飛沫の表面で拡散する光の戯れは美しかった。

みんなが鯉に注意を奪われている間に亀鏡の顔は見る見る曇っていった。鯉は毒を流す、と数日後、庭園で数人の子妹たちに囲まれて雑談している時に亀鏡は言った。誰も口には出さなかったが、亀鏡自身の持つ鯉はどうなるのか、という疑問が、子妹たちの頭に浮かんだのがはっきり分かった。亀鏡は自分だけが鯉を出す者でいたかったのではないか。

それ以来、鯉を舞い上がらせた女は、干からびていった。亀鏡が意識的にそんな状態に追い詰めたのだ、という噂が流れた。このような者がいると華々しい錦にみんなの目が奪われ、学舎の秩序が乱れてしまう。干からびるというのは、死を意味していた。葬儀は奇怪なやり方で行われた。修行林の中へいくらか入ったところに、樹木の根を打ち払い、墓を作った。それはひとりの女を埋葬するのに必要なだけの広さの土地だった。学舎の方向に背を向けて立つ墓石は孤立して、小さかった。葬儀は夜明けとともに始まった。香木から煙が上がり、寒気が目に染みる。碗鐘が打ち鳴らされ、色とりどりの紙紐が樹木の幹に巻きつけられた。親しかった者たちの泣き声が、悲しみのあまり音域をはずれ、聞いている者たちの神経に刺さった。亀鏡の表情は終始、氷結していた。

翌朝、次のような詩句が食堂舎の裏の壁に描かれていたという噂が流れた。「埋葬の煙の痛みをどうして殺人者と分かち合うことができようか。渡り鳥は空の切れ目の向こう側で冬を過ごしても、春になれば舞いもどってくるが、池を失った鯉は水が途切れれば泳いで帰ってくることができない。」誰がそのような詩を目撃したのか分からない。食堂舎の裏の壁にこの詩が書いてあったというのは、作り話だったかもしれない。

不気味な一致であるが、ちょうどその頃、講義では「乾」の項を扱っていた。乾というのは、水分のない空間を指し、その空間には水分を引き寄せる力がある。引き寄せられた水分は、雲となって晴天を覆い隠し、雨となって地に降り注ぎ、川を成して海に注ぐ。だから、乾は流通の原動力である。乾は水分の欠乏でしょうか、と尋ねる者があった。欠乏と言うと、初めに湿があったことになってしまう、そのようなものは実際はなかった、と亀鏡は答えた。それならば初めにあったのは何だったのでしょうか、という質問が出た。初めという状態はなかった、それについて語ることのできる初めの時点にはすでに運動があった、と亀鏡は答えた。その運動の中では、乾きながら湿っていったのでしょう、とわたしが思いつきで言った。わたしには人前で意見を言えないような内気なところがあったが、急に何か思いつくと、恥ずかしがっている間もなく、言葉が口から飛び出してしまうことがあった。わたしの言葉を聞いても、誰も何も言わなかった。わたしは、宙に浮いてしまった自分の声を取り戻そうとするように、斜め上をにらんで黙っていた。亀鏡だけが手のひらを叩かれたようにはっとしたのが感じられた。

「乾」について考え始めるときりがない。乾というのはまた、努力するということでもあると言う。努めて精を出せば体温が上がって、水分が蒸発し、身体が乾燥する。無心にものを思えば、言葉が頭蓋骨の内部で響き続けるので、喉が渇く。そういう意味においては、渇くことは乾くことと通じ合うが、このふたつの意味は違う。乾くとは努力することであるが、渇くのは渇望することであると言う。

渇望という言葉は、亀鏡の身体から時に発散されるものにふさわしい、とわたしはひそかに思った。噂によれば亀鏡の父親は若い頃は娼夫で、亀鏡の誕生を待たずに性機能を病んで病死したそうだ。母親は非常に地位の高い政治家だったが、迷信深く、娘の生まれた生年月日を恥じて、亀鏡をこっそり孤児院に入れてしまったらしい。また別の噂によると、亀鏡の父親は、生まれは貧しいが画家のような雰囲気と春風顔ゆえ多くの婦人に愛され、有名な婦人たちの間に争奪戦を巻き起こした。その結果、亀鏡を身ごもることになった著名な婦人が、その頃ちょうど心の病を患い、子供を育てることができなくなったので、亀鏡を叔母の手に渡した。その叔母がひどい人間であった。今でも亀鏡の背中にある傷はこの叔母が自らの爪でつけたものだという。この叔母の手を逃れて放浪した結果、亀鏡は孤児院に収容された。また、これ以外にも噂がある。亀鏡に関する噂には悪意を含んだ内容のものも多かった。

亀鏡の背中に傷があるのかどうかは、わたしも知らない。ある時、庭園でわたしに背を向けてしゃがんだまま、亀鏡がわたしを呼ぶので近づいていくと、地面からなめくじのような芽が出ているのを亀鏡はめずらしそうに眺めていた。その顔つきがあまりにも幼女のようなので、わたしは亀鏡の幼年時代に関する噂のことなど思い出した。亀鏡の衣の襟が後ろに引きつれて、うなじが丸出しになっているのを見ると、その背中全体を覗き見てみたくなった。もしも、噂の通り、背中に無数の傷がつけられているとしたら、どうしよう。虎の優雅な縞模様だと思っていたものが実は怪我の跡だと知って、弓を投げ捨て、虎の背に抱きついて泣いたという古代の詩人の話をふと思い出した。わたしは亀鏡の後ろに立って、襟にそっと指をかけ、衣を背から剝がして、中を覗き込もうとした。その時、亀鏡の身体が不動になったのは、わたしが中を覗こうとしていることに気がついて覗かせようとしたのだろう。うなじから下へ向かって広い平地が曲線を描き、その表面は影に覆われて、溝も縞模様も傷跡も毛穴も見えない。ずっと下の方に深い溝が現われ、平面がふたつに分かれているのが、ぼんやりと見える。わたしは夢の中で、その背中を右手の手のひらでおずおずと撫でていた。撫でれば虎模様が現われると言われたので、と言い訳するが、亀鏡はそんな言い訳は初めから信じていない。傷がないのを確かめてわたしがほっとしていることまで知っている。

或いは亀鏡の語ることのなかった幼年時代というのは、一番ひどい噂よりも更に濃い苦汁に浸されたものだったのかもしれない。しかし、その苦難の毒は亀鏡の目の中には流れ込むことがなかった。わたしが言葉を探しながら庭を散歩している時に、亀鏡がふいに前方から現われると、わたしが挨拶を口にするよりも先に、その顔にぱっと微笑が咲く。それは、指で触れると、ぱっと開いて、種を空中に吹き散らす植物と似ていた。この微笑を見ると、亀鏡の身体の芯に宿っているのは、笑いだけなのかもしれないとさえ思えてくる。笑うために書の研究をしていると言っていいくらいで、背中には傷ひとつない。それでも、一度耳にしてしまった噂の数々は二度とももみ消してしまうことができなかった。

わたしは亀鏡という歌劇を何年も観続けてきたのに、まだ舞台裏を知らない。どこで生まれたのか、親は誰なのか、学舎に来る前は何をしていたのか。亀鏡が今放つ言葉、視線、匂香がどんなにはっきりと摑めても、過去を知ることにはならない。亀鏡は子供のころの話をわたしにしたことが一度もなかった。それでも、幼い頃の亀鏡の目を細めて笑う顔がはっきり目に浮かぶのが不思議だ。髪はたっぷりと頭皮を包み、風が吹いても跳ね上がらない。亀鏡があのようにひどい食生活を送っていたのに髪も豊かに爪も固く背も堂々と育ったのは不思議だ、と近所の人たちは噂していたらしい。この話は、指姫が教えてくれた。指姫は亀鏡から直接、幼年時代の話を聞いたことがあるということになる。紅石も亀鏡から直接、幼女時代の話を聞いたことがあるそうで、わたしはそのことを考えると、焦りが手の甲をさっと撫でて通るような気がする。いったいいつ子供の頃の思い出話など亀鏡がしてくれるのか、と尋ねてみると、ふたりとも何か心配事でもあるかのような顔をしてみせた。夕暮れ時から身体が妙にだるく、今夜こそゆっくりと眠ろうと思って寝休舎に向かうような夜に限って、庭園のところで亀鏡につかまると言うのだ。亀鏡の話を聞いているうちに、身体が更にだるくなり、胸に痛みのようなものが移動してくる。何もつらいことなどないはずなのに、急に悲しみに襲われて、額が重く眼球を圧迫し始める。それでも、亀鏡は話すのをやめない。わたしもそれを聞いて、夜庭園をうろうろすることが増えたが、幼年時代を語る亀鏡はわたしの前には現われなかった。

葬式の後、朝鈴と庭園を散歩しながら、人が死ぬとその人の中に住んでいた鯉は水の中にもどるのだろうか、とそんなことを考えた。それとも鯉は別の人に乗り移るのだろうか。もしそうだとしたら、どんな水路を辿って鯉は別の人間の内部に行き着くのだろう。鯉は水がないところを飛んで行くこともできるのだろうか。朝鈴はわたしが鯉の話ばかりしているので呆れて、鯉よりも強い力を持つものはいくらでもあるはずだ、例えば、と言いかけて赤くなった。それから、急に話題を変えて、自分の故郷の話を始めた。

朝鈴は五人きょうだいで、弟がふたりと姉がふたりいた。五人でよく家の近くの小川にもぐって遊んだ。五人同時に服を脱ぎ捨て、五人同時に川に飛び込んで、各自が自在な方向に泳いだ。それでも決して衝突することがなかった。朝鈴は、わたしたちの家系には魚の本能が備わっているのかもしれない、と言って笑った。お互いにぶつからないということは、お互いに出会わないということでもあった。家を出て学舎に来てから、朝鈴は二度ときょうだいに会うことがなかった。朝鈴の身体にはこわばったり縮んだり折れたりしてしまったところがないように見えた。朝鈴にはこれといった悩みはないのだろう、とわたしは思っていた。背骨が一箇所歪んでいるために絶えず痛みに悩まされ治療を受けていることや、視力が極端に低下し続けていることや、時々ひとりで散歩に出て額を血のにじむほど樹皮に押し付けて泣いていることなど、わたしはずっと後になって知った。他人の苦しみや病気を察する能力がわたしには全く欠けているらしい。

鯉など大したことはないと朝鈴は言うのだった。どうしてみんな鯉くらいのことであんなに騒ぐのか分からない。あの女が命を落としたのは身体が乾いてしまう火房病に罹ったためで、それを神秘怪奇な物語を作り上げて騒ぐのは愚かしい、と朝鈴は言った。鯉の一匹くらいのことで亀鏡が嫉妬したと考えるのは、浅はかな者たちのすることで、鯉などよりも例えば書の音読をする時にあなたが聴衆に対して持つ影響力の方がどれほど大きいか分からない、と言って朝鈴はまた赤くなった。もし亀鏡が他人が力を持つことを恐れているとすれば、誰よりもまずわたしに対して恐れを持つはずだと言うのだ。わたしはこれを冗談と見なして笑った。

わたしは、書を音読する時には、文字を知らない者の心で読んだ。そこに書かれている形をまず、風が落ち葉を吹き寄せて作り上げた形のように、偶然のものとして見つめた。それから、声を振動させ、その振動を魚をとらえる網のように広げた。記憶の彼方から何かが飛んでくる。酔いしれることのないように快感を抑圧し、逆に硬くならないように頬のあたりで少しだけ微笑し続けた。するといつの間にか、わたしの声はしなやかな魚網であることをやめて、剛鷹になり、茶色いぶちのある長い翼を広げて、講堂の天井に舞い上がり、円を描きながら頭上を飛行した。聴衆の首は鷹が下降飛行すれば下へ折れ曲がり、鷹が東に大きく弧を描いて遠ざかれば、そちらを憧憬して伸びた。わたしは聴衆の首を操ろうとしていたわけではない。わたしはそこに現われた力に自分自身も操られていたのだ。わたしも初めはその光景に多少酔っていたかもしれない。酔いつぶれてしまわないように、目を大きく見開いていたが、抵抗しがたい力が渦を巻いて、わたしを巻き込んで、捻りつぶそうとした。痛みはない。痛みなく捻り潰されて消えてしまうのは、快楽なのかもしれない。亀鏡がいなかったら、わたしは粉消していたかもしれない。

亀鏡がわたしの音読する時の声を夜泣きの霊のようだと言って侮るように笑った時には腹が立った。それは亀鏡がわたしの声を妬んで言っているのだろうと思った。その夜、指姫が眠れずに横たわっているわたしの枕元に来て言った。聴衆は声の魔術にかかりやすい、宙の振動を自らの中に集めることのできる声は暴力であるから、気をつけなければいけない。もちろん、それは稀にしかない才能であるけれども、そんなことを面白がっていてはいけない、なぜなら、暴力は必ず暴力を必要とする他人に利用され、結局あなた自身が犠牲者になるだろうから、と。当時は指姫の忠告の有難さがわたしにはよく分からなかった。自分自身の身体の欲望にふりまわされて疲労している指姫に、他人の能力について判断する能力が残っているとは思えず、せっかく手を碗にして注意深く手渡してもらった言葉をわたしはすぐに床にこぼしてしまった。

指姫の言うことはいつも、意味が取りにくく、人の耳に入りにくかった。それでも、指姫は語ることをやめなかった。人を説得することに何か確信のようなものを持っているようにも見えた。ものを書くことが究極の道だと思い込んでいたわたしとは、その点が全く食い違っていた。指姫は口を開いても声が出ないことがあった。声が出ても、古い手押し車が砂利道を押されていくような音が言葉にならないこともあった。人は指姫を笑った。腰をかがめることを知らない指姫は、すぐに口論を引き起こし、相手が愚かで強情であると、高官のような口調になって、敵意を買うことも多かった。それでも指姫は語ることをやめなかった。指姫は何週間かにわたって、晴れやかな顔をしていることもあった。化膿しがちだった肌が癒され、目のまわりの赤味が取れ、髪の毛が羽飾りのように立った。そんな時期には、亀鏡と似た首の動かし方、髪のかきあげ方などをするようになり、年の若い子妹たちの中には、指姫を崇拝し始めた者たちもいたようだ。

　亀鏡は、子妹のほとんどをただの群衆として見ているようだった。それは、高慢のせいではなく、書以外のものに対する基本的な無関心さのためだった。亀鏡はいつも名前を呼びまちがえては、子妹たちを失望させていた。すっかり打ち解けて談話しているつもりの紅石に、亀鏡が、粧娘、と呼びかけた時、紅石は顔を垢摺石のようにこわばらせて黙った。紅石はこの時のことで亀鏡をしばらく恨んでいた。また、そんなことは気にしない振りをして、学究に励む者も少なくはなかった。発言を重ねれば自然と存在も認められるだろうと思って声を大きくし、芝居小屋的効果まで取り入れてよく発言する子妹も何人かいった。指姫は名前を忘れられた時に、一日二晩、泣いて抗議した。人はそんな指姫を笑ったが、それ以来、亀鏡は指姫と接する時には間違いを犯さないように気をつけているようだった。

なぜわたしの名前が出会いの瞬間から亀鏡の記憶に入り込むことができたのかは謎である。亀鏡は一度もわたしの名前を間違えたり忘れたりしたことはなかった。今思えば、亀鏡とわたしほど遠く隔たり合った存在はなかったように思う。亀鏡はむしろ他の子妹たちとは繋がる部分が多かったから、自分自身の延長のように感じて、名前を忘れたのかもしれない。

鯉を舞い上がらせてやがて死を迎えた女は、毎晩少しずつ命の水を盗まれて干からびて死んだのだと言う。それについては、全く滑稽な噂がたった。死ぬ前の数日間、女の寝室の壁に、毎晩、月が出ると、亀鏡の影が映っていたというのだ。亀鏡は寝室に忍び込んできては、女の額に水草の茎のようなものを刺し込んで、ちゅるちゅると水を吸い取り、部屋を忍び足で出て行ったというのである。その時こぼれた水の滴が、床に豹の毛皮にあるような斑点を作り、女の死後も月夜になると浮かび上がって見えるというのである。このように妖怪的快楽に満ちた噂を真面目な顔をして話す人間と向かい合うと、呆れてしまって、何と答えればいいのか分からない。女が命を誰かに奪われたなどという発想が理解できない。自分も誰かに何かを奪われそうだと恐れているから、そういうことを思いつくのではないか。わたしは、人に物を横取りされはしないかと絶えずびくびくしている者は好きになれない。他人の瓶を覗いてまわって、中の水が自分のものだったのに盗まれたのではないかなどと、そんなことばかり考えて額に皺を寄せている人間は好きになれない。

水を盗むと言えば、わたしの母は時々「水は盗め、泉は盗むな」という古謡を口ずさんでいた。水を盗む者ならばどこにでもいるが、泉をどうやって盗むのか。幼い頃のわたしは、泉を盗むという言い方に成人の秘密のようなものを感じ、意味を尋ねてはいけないのだと思い込んでいた。

学舎では、水の不足は経験しなかった。わたしたちの敷地には幸い大きな井戸があり、その水は朝も夜も澄んでいて、夏は冷たく、冬は暖かかった。その水には山から流れ込んだ錦石の粉が混ざっているため、飲めば血が硬くなっていくのだと言われていた。

亀鏡が子妹の水を盗むなどということは、ありえない。亀鏡が人のものを計画的に盗むとは考えられない。他人の手の中にあるものを衝動的に奪うことならあった。ある時、亀鏡はわたしの隣に腰掛けて食事していた。給仕係の女性が、注文のニュウカクの実がやっと手に入りました、と言って、兜のように立派な実をわたしの皿の上に置いた。それは、不眠症に効くというので、わたしが大変苦労して産地を調べ上げ、文書で注文し、六ヵ月もかかって、やっと手に入れたものだった。ニュウカクの茶色く凸凹した皮は樹皮のように固いが、それを刃物で剝くと、乳色のみずみずしい肌が現われて、蜜の香りが鼻孔を満たした。その時、亀鏡は何も言わずに、猫の迅速さで手を伸ばし、実を取り上げて、かぶりついた。果汁が音をたてて飛び散った。まわりの女たちが息を飲んだ。それから、亀鏡は理性を取り戻し、手の力を抜き、わたしの皿に実をもどした。あっという間の出来事だった。それは、亀鏡が何かの理由でその実をどうしても食べたかったのではなく、亀鏡の中にある欲望が手になって、思考よりもずっと早く伸びてしまったのだった。亀鏡は何も言わずに澄まして食事を続けた。それを見ていた子妹たちは、わたしと亀鏡の間に何か暗黙の了解のようなものがあるのだろうと誤解したに違いない。「同じ盃から飲む仲ならばひとつの枕も分かち合えよう」などという流行歌を思い浮かべて、わたしは頬を赤く染めた。亀鏡の顎にはまだニュウカクの果汁がついていた。

同じ日、亀鏡は、誰かが自分の靴を盗んだ、と言い出した。靴など盗んでも履けばすぐにばれてしまうのだから、盗む者がいるとは考えられなかった。亀鏡の盗癖と被害妄想は一つの獣の頭と尾のように、生きた胴体で繋がっていた。

紅石には、亀鏡のそんな野性が許せないらしく、このような事件があった時には、いつまでも青ざめた顔をしていた。「美しい鷹でも腐った鼠を食べる日はある」という諺を使って慰めようとしても無駄だった。紅石は、そのような行為が高貴な亀鏡の例外的な汚点に過ぎないのだと考えることができないらしく、それこそ亀鏡という人間の球根部なのだという思いを捻りつぶすことができずに苦しんでいるようだった。「昨日は大河に銀魚を追い、今日は火葬場で残骨をむさぼる」という詩句を引用してみたが、それも紅石を慰めるどころか、ますます苦しめることになった。紅石は、亀鏡が腐敗した骨をしゃぶるところなど想像したくもない、と言って目を閉じた。

更に、指姫の言ったことが、紅石を悩ませた。指姫はこう言うのだった。亀鏡の爪につまっている泥は、睫の穏やかさと同じくらい亀鏡の球根部を表わしている、と。激しい戦いがあれば爪は汚れる。戦いは高貴なものではない。人を殺し、橋や建物を破壊し、攻撃性に高い値段を付けて売りつけようとするような勇敢戦士の精神から、わたしたちは遠く離れたところで暮らしているつもりだった。戦いとは、食の足りない時に、ひとかけらの乳糖を奪い合って、血の飛沫が飛び散るほど肉を傷つけ合うことである。もちろん、食が充分にあっても、他人の頰に光る肉汁の痕跡を見て、妬ましく思い、嚙みついてしまうこともあるだろう。くだらない卑しい争いも、正義を振りかざした争いも、よく見ればそれほど変わりはない。指姫が言うには、亀鏡はいろいろな戦いを何百も戦い抜けて世に出た。だから、今でも亀鏡の爪の汚れは洗い落とすことができないし、盗癖や被害妄想が漏れ続けるのだ、と。

わたしたちの間にも、しばしば物をめぐる戦いがあった。たとえば、偽深海から出た巻貝の耳飾りをめぐって、寝室から寝室へ、宣戦布告のような文書が渡ったことがあった。指姫はその耳飾りを寝る時に耳に付けて寝ていた。あれは隣の部屋の甲羅女が自慢していた物ではないか、とわたしと朝鈴はひそかに謎解きし合った。指姫はそれを贈り物としてもらったのだろうか、それとも盗んだのだろうか。盗んだから、昼中それを付けることができず、いつも夜中に付けているのではないか。そんな、ある夜、甲羅女は太い麵打棒を左手に握りしめて、わたしたちの寝室に入ってきた。わたしは眠っている振りをしていた。甲羅女は指姫の耳から貝をひきちぎるようにして奪うと、部屋を出ていった。もしも指姫が暴れたら、麵打棒を宙に舞わせるつもりだったのだろうか。指姫が眠ったまま気がつかなかったはずはない。細く目を開いて見ると、指姫の破れた耳たぶから血が流れ、目尻から黒い涙が流れているのが見えた。

亀鏡は子妹間のそのような戦いを戒めなかった。亀鏡は食のことで髪の毛を引き合うような争いを見ても、表情を変えなかった。亀鏡は、人の食べ物を横から指でつまんで、さっと口に入れてしまうことがある。素早く奪って、無垢の微笑を浮かべている。相手が驚くだけの余裕もないほど迅速に行われるので、取られた方は腹を立てない。亀鏡の場合は、欲望が迅速勝手に動き、彼女自身の人格は全く影響を受けずにいるうちに、すでに何かを奪ってしまっているように見えた。

指姫が時々、他人の物を奪うのは、それとは少し違っていた。それは、誰にも気づかれないで背後で奪うのだった。それも、親しい人からは奪わなかった。だから、わたしは長いこと、指姫が物を盗むところなど想像もできなかった。甲羅女の事件があってからは、指姫が時々他人の持ち物を盗んでいるのだろうか、いないのだろうか、と好奇心を感じたが、もちろん直接聞いてみたことはない。一度だけ、朝鈴がこんな風に言ったことがある。時々、指姫が夜中に起き出して、猫の目をして外をうろついていることがある。声をかけても、まるで人間の言葉が分からなくなったかのように答えない、手に何か持っていることもある、あれは盗んでいるのではないか、と。朝鈴は悪い噂を広めようとして言っているのではなく、わたしとならばそんな話をしても平気だろうと思っているらしかった。わたしは自分と似た人間に出会ったことはないが、もし少しでも近いところがある人間がいるとしたら、それは朝鈴かもしれない。

盗みが罪ならば人に恋されることも罪ということになる、人の心を奪い取ることになるのだから、と指姫が言ったことがある。紅石は、それはそうかもしれない、と言いはしたが、亀鏡が隣にすわった子妹の皿から肉片をかすめとって口に入れるのを見た日には、ひどく憤慨していた。よくあんなことができる、とまるで別種の存在に格下げするほどきつい口調で亀鏡を非難するのだった。煙花はそういうことには、全く関心がなかった。奪い奪われる事物に大切なものがあるとは思えない、と煙花は言った。人の知性や病気や死は奪うことができない、と言った。

朝鈴は他人の物を奪うことなど考えたこともなかった。他人は黙っていても欲しい物を与えてくれる。それをなぜ奪う必要があるのか。いつも何でも充分ある。朝鈴はそんな風に感じていたようだった。それは渇きのせいではないか、とわたしは言ってみた。亀鏡には渇きがある。それが乾に転じて、努力に繋がってはいる。しかし、努力して出世しても、渇きは残る。虎の道は、知を与えることはできても、渇きを癒すことはできないのではないか。だから、今でも亀鏡は渇いたまま生きている。ニュウカクを奪って食べたのも、喉が急に燃えるように渇いたからではないか。

わたしはニュウカクの一部を奪われて、残りを食べた。それは不眠症に効くというのでわざわざ遠方から取り寄せたのだが、病には効かなかった。病は薬では治らない、と書には書いてある。数ヵ月後、それを読んで苦笑した。渇きは果汁では癒されない。わたしは亀鏡の盗癖には全く腹が立たず、風のない昼下がりの心情でその週を過ごした。ためらいなく真直ぐに伸びた欲望の左手を、むしろ楽しむ心で思い返した。

亀鏡の手は同じように前ぶれなく素早くわたしの肩に伸びることもあった。それは美しい昆虫を見て幼児が伸ばす右手のように直線的だった。亀鏡の手は、わたしの肩を一度強く摑んで、それから伝達内容もなく、また、離れていくこともあった。それは、建物の陰で、樹木の下で、池のほとりで行われた。記すことのできないほど短い時間、無言のうちに消えていく瞬間のできごとだった。亀鏡の欲望する手の描く直線は、わたしが美しいと感じる唯一の直線だった。直線にもいろいろある、と言えば人は笑うかもしれない。しかし、亀鏡の手の描く直線は他の直線とは比べものにならない。役所で受け取る書類に引かれた直線ではない。技師が壁に鶏糞塗料で引く直線ではない。同じ最短距離と言っても、比べものにならないくらい短いのだ。

亀鏡は渇いているから水への最短距離を探り当てることができる。渇いていれば、それだけで、反射的に最短距離を見出す能力が生まれるのだろうか。心をからっぽにしておけば、能力は自らその空洞に流れ込んでくるのだろうか。わたしがそのような問いを口にしたのは、能力を能率的に得る方法を求めていたからではない。どのような力学の法則に従って見えない力が動くのかということに興味があったからである。ところが、この問いが指姫を怒らせた。そのように能率を考えるのは、速理主義だと言うのだ。わたしは、速度を早めるための合理化を考えたことはない。それでも、速度について気にかけたことならある。速度は苦痛を和らげ、音楽性を与えてくれることもある。速度は美しい。そこには動物的なものがある。たとえば、筆から飛び出すようにすばやく記されていく詩行、ものを思うよりも速く、伝えるよりも速く、溢れ出していく言葉ほど美しいものがあるだろうか。わたしは、速度というものには、陰欲さえ感じる。指姫は、速度への快楽を自分自身に固く禁じていた。わたしは目に見えないものの速度に、心酔した。実際の速度は遅くてもいい。目に見えないものが動き、それにつられて、心が動くと、たとえその動きが遅くても、速度を感じる。池の水面に皺が寄り、それが扇状に広がっていく。そこに速度を感じる。水面が翻る。それは風が吹いているからだ、と人は言う。そこにないものについてそれが風だと言うことなど誰にもできない。逃げていくさざ波は、風の作品だろうか、それとも水の運動だろうか、とわたしがぐずぐずと考えていると、正体を読み取られる前に消えていってしまう。

わたしは、池の辺りに坐って、そこに存在しない考えを聞いたことのない熟語で把握しようとしていた。池は学舎から遠くはなかったが、道の途切れたように見える沼地を渡って、藪を抜け、葦の向こう側に出なければならないので、人に知られていなかった。

わたしが池を発見したのは偶然だった。その頃、愛読していた古代の詩人の作品に森林を扱った一連の叙述があり、それは全く別の時代の全く別の地方のことであったにもかかわらず、地形的に学舎のある辺りと非常によく似ていた。沼の話も出てきた。「沼を越えて行く者、藪に未来を隠されて不安の視界、脚の泥を落とさずに進む、そこに清らかなる冷水の開け、コガマ鳥の住む」とある。コガマ鳥は、硬頭鳥の一種で、すでに絶滅したと言われるが、詩歌の中にあまりにも頻繁に現われるので、もう実際には存在しないのだ、と言われても信じる気になれない。わたしの夢に現われることさえあるコガマ鳥が、どうして現実には存在しないなどと言えるだろう。わたしは憧憬の念に足を引かれるままに、沼を越えていった。すると、沼の向こうの藪の中で激しい羽音が聞こえた。沼を越え、藪の向こう側を覗くと、合わせ貝の内壁を磨いたように輝く水面が現われた。わたしの脚は、沼を越えたせいで、重い粘土に包まれて泥人形の脚のようになっていた。人形の脚を清めずに、そのまま池に向かって坐った。

ある時、夕暮れの長い影が池の縁に坐ったわたしの脇に落ちたので、振り返ると亀鏡が立っていた。「人の心を捕えたと言っては喜び、幼児の賢さを失わなかったからと言っては喜ぶ、詩人たちほど愚かな階級があるだろうか」という歌を亀鏡は歌って、妖怪のように笑った。わたしもつられて笑った。後で思えば、詩人というのはわたしのことを指していたのかも知れない。だから、わたしはこの時、亀鏡につられて自分自身のことを笑ったことになる。自分自身のことをあんな風に無邪気に笑うことができたのは、後にも先にもあの時だけだった。

亀鏡にとって、わたしは置く場所のない、役に立たない贈り物のようになっていった。贈り物だから嬉しくないことはないが、その有難さがかさばるばかりで手に余る。役に立たない。人の心を捕える、というのは、わたしが音読すると、聴衆の身体が揺れ始めることを言っているようだった。幼児の賢さを忘れない、というのは、わたしが虎について作った歌について、ある女が言った言葉だった。この歌には幼児の賢さがある、と。虎の歌はたちまちみんなの間に広まったが、亀鏡はその歌が気に入らないようだった。残酷で軽薄な歌、と決めつけた。

わたしは、亀鏡の口から出る言葉を誰よりもよく聞いていた。亀鏡は、百人の子妹を前にして講義を行う時でも、わたしの方を時々見ながら話すことがあった。わたしは、よく耳を澄まして、紅石や指姫がするように、後でその内容をうまく要約して繰り返してみようとした。しかし、わたしが一度亀鏡の話を飲み込んで、それを自分の言葉で吐き出すと、そこから亀鏡らしさがなくなって、まるでわたしが考え出したことのように聞こえるのだった。しかも、意味が滑り落ちて、別のものになっているのだった。これは、わざとしたことではない。わたしの能力に欠けたところがあるために、そうなってしまったというだけのことである。

わたしは、亀鏡にとって、かさばりすぎる骨董品のようなものだった。人にやってしまうことも、壊してしまうこともできない。わたしは亀鏡の話には耳たぶの腫れるほど耳を澄ましていた。亀鏡の細かい表情仕草もじっと観察していた。わたしが学舎を奪い取ろうとしているように見えることもある、と紅石に指摘されたことさえある。わたしにはそのような意図は全くなかった。第一、耳を澄まして聞いたこと、目を見開いて観察したことを理解したわけではない。だからこそ、わたしは危険に見えたのかもしれない。権力を奪う意図のない者には罪の意識がない。隠し事も憎しみも計画もない。ただ、群衆に押し上げられ、権力そのものの力学に身を任せて進むから、疲れるということを知らない。わたしは藁人形のように自分の考えを持たず、時の流れに押し上げられ、人に砂糖する言葉を蒔かれ蒔き返し、古代の歴史書に描かれた鷺姫のように、最後には邪魔者になって火にくべられる運命にあったのかもしれない。今思えば、その運命からわたしを救ってくれたのもまた亀鏡だった。

亀鏡のわたしに対して抱いた感情は、愛憎冷熱などの基準では言い表すことができない。亀鏡にとって、わたしは子妹ではなくなっていき、だからと言って、敵になることもなかった。わたしは、亀鏡の言うことに反対したり、それを無視したりすることはなかった。わたしは、亀鏡の言葉を深く吸い込んでは、吐き出して暮らしていた。あの時、池の縁に現われて、わたしを笑ったのは本当に亀鏡だったのか。それとも幻だったのか。

わたしは煙花に頼まれて、池の水を硝子鉢に汲んで帰ったことがある。池の水というのはどんなに澄んでいるように見えても、中に微生物が住んでいるものだ、それが見たい、と煙花が言った。寝床で時を過ごすことの多くなった煙花の目の慰めに、わたしは池の水を小さな壺に汲んで持って帰った。煙花は窓際の寝台に横たわり、窓辺にわたしが硝子鉢を置いて池の水を注ぎ込むのを、目を細めて見ていた。翌日も見ていた。三日目には起き出して、わたしたちと討論した。四日目にはまた床についた。水は次第に濁っていった。

五日目の昼、亀鏡が寝室に入って来て、煙花の様態を尋ねた。煙花は目を水銀の色に輝かせて、亀鏡の訪問を歓迎した。その水はどうしたのか、と亀鏡は親しげに尋ねた。梨水が池から汲んで来てくれた、と煙花が答えると、池というのはどこにあるのか、と亀鏡は尋ねた。嘘をついている様子はなかった。亀鏡が池がどこにあるのか知らないとすると、池の縁に現われて、わたしを笑ったのは誰だったのか。亀鏡がうたたねしている間に、霊が身体から抜け出して、池の辺りにわたしを笑いに飛んで来たのか。それとも、百年前に死んだ虎使いの亡霊が現われたのか。

硝子鉢の水は暗い青緑色に濁り、一週間すると、中に突然、金魚が現われた。金魚はまるまると太っていて、鱗の色も熟し切っている。煙花は両手を強く打ち合わせて喜んだ。「無の中にも小魚の卵あり」という格言を現実にしてしまったのだから、気のきいた悪戯だと言えるだろう。煙花が眠っている間に、金魚をこっそり入れておくというような悪戯を思いつく人間といったら、わたしくらいしかいないが、それはわたしの仕業ではなかった。わたしではない、と言っても煙花は信じなかった。他の人たちも信じなかった。悪いことをしたのではないので、それ以上、わたしでないと言い張るのはやめてしまった。このいたずらが誰の思いつきだったのかは今でも分からない。

煙花はやがて、火を付けて二、三度しか吸っていない紙煙草を鉢の水の中に落とすようになった。すると、金魚は驚いて水の中でくるくるとまわった。紙煙草の味がすぐ嫌になるのか、何か焦燥感のようなものに駆られるのか、金魚が急に憎くなるのか。煙花には似合わない仕草だった。煙花の肌からは、病んでも疲れることなく、人を暖かく包む何かが発散していた。その煙花が、命の短い近眼の小魚を本気で憎むということがありえるだろうか。

金魚が水の中で回転するのを初めて見た時、わたしは網膜に焦げ目が出来たように感じた。その焦げ目はほんの小さなものだったが、それ以来、決して消えることがなかった。それは視界の破れ目のようなものだった。この世に見たくないものが増えていけば、そのような破れも次第に大きくなり、人はやがて盲目に近づいていくのだろう。

目に見える世界には、日々見たくないものが増えていく。たとえば「年上の女たち」が、亀鏡の服を真似て着て、歩き方まで真似ているのを見ても、初めは気にならなかったが、次第に見苦しくなってきて目を閉じた。「年上の女たち」は、必ずしも、わたしたちより生年月日が早かった訳ではない。ただ、彼女たちは自分たちは年上である、という態度を意識的に取ることをよしとしていたのだった。その頃、亀鏡は七色蝶の菱結びを首になびかせ、かかとまで長衣で隠して歩いていることが多かった。と言っても、乳房の鐘や腹の丘を、反色主義者たちのように寸胴の布で禁欲的に隠してしまっているわけではなく、柔らかい布がところどころ細い糸帯で締め付けられているので、裸体の曲線が手に取るように分かるのだった。年上の女たちはそのような細部まで亀鏡の真似をしていたが、それを見ると寒気がした。それは、彼女たちの乳の形が茄子や瓜に似ていたからではない。亀鏡の姿を真似ることで、自分には価値がある、と吠える乳首が、豪邸の番犬の鼻づらのように見えたのだ。それは、亀鏡の美しさを冒瀆するものだった。だからと言って、他人のしゃべる言葉や着る服を規制することはできないから、わたしは何も言わずにいた。

亀鏡自身はそれを全く嫌がっていないようだった。むしろ、わたしが少しも亀鏡の真似をしないのを不思議がっているようにさえ見えた。

ある時、庭園を走っていて、角を曲がろうとして、向こうから急に出てきた亀鏡と正面衝突したことがあった。わたしたちは胸と胸、腹と腹を乱暴にぶつけ合い、抱き合うことで、やっと停止した。亀鏡がほっとして笑い出すと、衣が粘膜のように薄くなった。わたしの肌は痙攣していた。それから、身体を離すと、亀鏡はわたしの全身を改めて見つめ、満面の微笑を曇らせて、わたしたちはお互いに少しも似たところがない、とつぶやいた。わたしは、その頃はまだ植物の芽のような身体をしていた。目つきは猫のようだとよく言われたが、肩も指も細く、髪は水浴びしている時のアシマシ鳥の羽のように自由自在に伸びていた。学舎に来てからは、服は激しい色の身体にぴったりした、布の固いものを好んだ。服が肉からあまり離れてふわふわしていると、身体が人に盗まれていってしまいそうな心配があった。服については亀鏡の真似をするつもりなど全くなかった。

真似をしようとしなくても亀鏡に顔が似てくる人たちはいる。いつも顔を合わせていると、友達同士でも顔が似てくることがある。わたしは、いつも亀鏡の顔を見ていたが、穴があくほどには見つめなかった。その顔が近くにあっても遠くにあるもののように、肉でできていても文字で出来ているもののように見つめた。

亀鏡はわたしの顔を悲しそうに見つめることもあった。わたしの顔が流れる水のように見えたかもしれない。なぜならば、わたしの身体には、亀鏡と出会った痕跡がない。普通は、亀鏡を崇拝していると、しゃべり方、目つき、肩の動かし方などが似てくる。もっと正確に言えば、信奉者が書からの引用を口にする瞬間、話し相手を見る瞬間、または肩を後ろに投げるような仕草をする瞬間、その人の顔の表面を亀鏡の面影がさっと横切る。それはほんの数秒のことだが、外来者の目にさえはっきり見える。それがわたしにはない、と言ったのは朝鈴だった。朝鈴は、わたしを非難しているわけではなかった。朝鈴はそのせいで、むしろわたしに興味を持ち始めたようだった。あれだけ亀鏡を愛し、その言葉に耳を預け、そのまなざしを追う者が、なぜ亀鏡の影響を受けないのだろうか、と朝鈴は自分のことのように考え込んだそうだ。それどころか、わたしは、時がたつにつれて、わたしだけの奇妙な特徴を強めていった。たとえば、講堂に入るとすぐに一番後ろの一番隅の壁に怯えた兎のように背中を押し付けて立つ。他の子妹たちは、争って前の方の席を奪い合う。亀鏡にははにかみや人見知りという感情は全く理解できないようだった。また、わたしは、ものを言おうとすると、上唇の真ん中に裂け目が走るように感じ、それを庇うように口をほとんど開けずにしゃべることがあった。亀鏡は臆病な仕草が嫌いだった。なぜ前へ出ないのか、なぜ大きな声でものを言わないのか、とわたしを非難した。自分の思っていることを言おうとすると、わたしの声は一節ごとに蚊の羽音に押し退けられ、葉ずれに呑み込まれていくほど小さくなった。わたしの声が大きくなるのは、書かれたものを朗読する時だけだった。音読するために、前へ進み出ていくわたしは、一歩、歩くごとに虎に変身していった。まわりの人たちにわたしの姿の変化が見えたのか見えなかったのかは分からないが、わたしの心窓からは、腹の脂肪をゆらして毛並みに金粉を光らせながら、ゆっくりと歩いていく虎が見えた。それがわたしだと思うと、もう怖いものはなかった。人は音読を恥ずかしがるが、わたしはすでに書かれたものを読むのは少しも恥ずかしくなかった。人は自分の書いた説話など人に見せることを恥じとしたが、わたしは喜んでそうした。わたしは、それ以外のことはほとんどすべて恥ずかしいと感じていた。意見を述べることも、亀鏡の目を見ることも、人の幽密の噂をすることも、恥ずかしかった。「声の似ている者たちはお互いに呼応し合う。水は湿った方向に流れ、火は乾いた物に燃えつき、雲は龍に従い、風は虎に伴う。」書の中で見つけた箇所を飽きることなく何度も声に出していると、空が暗くなって、まわりの人の声が遠のいていく。池の縁でひとり書を音読することもあった。沼の泥の冷たい日には脚が凍えるので、沼を越えて池に行くことができなかった。そんな日には、修行林の入り口に立っている古い二股樹の下に腰をおろして、音読することもあった。音読していると、文章の意味がコウモリのようにあわただしく飛び去っていった。そして、その代わりに、言葉の体温が身体に乗り移ってくるようだった。

時には、書を元にして、試作することもあった。これは、書を真似ながら、書を変えていく技術で、過去の詩人たちもよく試みた方法である。その結果、みんなに読み聞かせてやりたくなるような文章ができあがった。「龍が風を生むものならば、蜘蛛が闇を飲むこともあるだろう。蠍が砂を撒き散らし、鮫が太陽を海に突き落とす。」言葉を書き記すと、すぐにそれを読んで聞かせたいと思った。本当に読んで聞かせたかった相手は、初めから亀鏡だけだったのかもしれない。実際にはわたしは亀鏡には何も読んで聞かせないようになってきた。亀鏡には、わたしの書いたものを受け入れないところがあった。少なくとも当時のわたしはそう感じていた。亀鏡は反応を示さなかったというだけなのかもしれない。他の人だったら、詩歌など聞けば、全体がちょっと長すぎるのではないかとか、最初の方が最後よりも良かったとか、そのような他愛もない感想を漏らすものだ。そのような感想には実際は何の意味もないのだが、こちらは聞いて一応安心する。ところが亀鏡は何も言わないので、わたしは宙吊りにされたまま、見放されたように感じた。

自分の書いたものは声を出して読んでも、自分の耳には聞こえない。音響が骨を伝ってくるだけで、その振動が大きすぎるせいか、宙に舞いたった言葉の意味は、宙で分解してしまう。自分の耳ではなく、他人の耳ならばそれを聞き取り理解することもできるだろう。だから、もうひと組の耳が欲しい。ある時、わたしが二股樹の下に坐って音読していると、亀鏡が現われた。声の似ている者同士が呼応するとしたら、わたしたちふたりは呼応し合うでしょうか、とわたしは尋ねてみた。あなたの声はどのような声でしょうね、と亀鏡が謎解きでも楽しむように言った。語調は柔らかく、抑揚は穏やかだった。わたしは心を開いて、草稿の紙や書の写しをがさがさと広げた。まだ朗読を始めてもいないのに、唇が震えるように動いて笑いのような息が漏れてくるのを抑えることができなかった。鑑賞に値するほどの鳥の声も聞こえない日没の時間ですから、これから自分の書いた試作を読んで聞かせましょう、とおどけて言って、わたしは朗読した。「龍が風を生むものならば、蜘蛛が闇を飲むこともあるだろう。蠍が砂を撒き散らし、鮫が太陽を海に突き落とす。」わたしはこれを休みなく三度繰り返した。聞き終わると亀鏡は摺り上げる声で笑った。わたしは、自分の声が亀鏡の声と全く似ていないことに気がついて、胸が苦しくなった。夕闇が急に深まった。意味が分からない、と言って、亀鏡はまた笑った。まぶたを裏返し、口を菱形にして笑った。いつまで待っても、その笑いには終りがなかった。意味が分からなければいけませんか、とわたしが尋ねると、亀鏡は笑いの余韻をたたえたまま答えなかった。

わたしはよく二股樹の下に腰をおろした。五百年以上の年輪を重ねた老樹で、人の腰の高さで幹がふたつに分かれている。それだけならば、めずらしくもないが、分れたふたつの幹が、人の頭の高さでまたひとつに合流し、一本の幹を形作っている。幹の分れている部分は、人ひとりくぐり抜けることのできそうな杏形の穴になっている。そこをくぐって向こう側に出ると、幸福になると言う。そこをくぐると、生きていながら死人のようになるとも言う。

二股樹の下にすわっていると、前を人が通っても邪魔だと感じない。見えない膜に包まれて外界から守られている感じがする。亀鏡に謎をかけられて朗読している間、わたしたちは、ひとつの卵膜に包まれて、周りの世界から隔離されていた。亀鏡が竹車の回るように笑い始めると、わたしたちの間に亀裂が入った。意味が分からない、というのは、わたしにとっては、褒め言葉だった。ところが、亀鏡に指摘された時、わたしたちを包んでいた卵膜が破れ、それが非難のようにも聞こえ、わたしは迷った。

亀鏡がもうひと組の耳になってくれたら、とわたしはひそかに願っていた。そのことを一度だけ、紅石に話したことがある。紅石はそれを聞いて、はじけるように笑った。もうひと組の耳という言い方がよほどおかしかったらしい。紅石はわたしとは全く色合いの違う願いを持っていた。亀鏡には自分の本来の母親になって欲しい、と紅石は言った。紅石の生みの母は本来の母ではなかった。生みの母は、出産の血に染まり、喚きながら、身体を丸めて、いつまでも娘を呪っている。紅石が庭師の男と腰曳きを重ねるのは、そのことと関係あったのかなかったのか、とにかく、その男がいても、亀鏡に母の不在を補ってほしいという紅石の甘えは全く衰えることがなかった。庭師は年は若く、見かけは老いていた。草木にとっての一年は、人間にとっての一生にあたる、と男は言った。だから草木と心をいっしょにしていると、毎年一生分の年を取る、と男は言った。紅石は、庭師のもつれた男髪を指に巻き、胸の鼓動を計るように汗に湿った男胸に耳を押し付け、朝の光にも窓を開けずに、作業小屋で幽密を重ねた。そうすれば、虎の道などどうでもよくなり、心が軽くなるかと思った、と紅石は笑いながら告白した。ところが、そうではなかった。日が高くなり、男が庭に仕事に出ていってしまうと、自分に残された仕事は読書しかない、と紅石は思うのだそうだ。庭男は、夜の間は骨の髄まで親しんでも、昼になれば他人になる。紅石は、書の研究を好んだ。何百ページもの内容をまとめて、その連なりを説明することのできるのは紅石だけだったかもしれない。ひとつの概念を拾って、いくつもの書物の内部を走り抜けながら、それを追い求めてゆくこともあった。

ある時、わたしが「乾」には水をひきよせる作用と努力を巻き起こす作用とのふたつがあるが、乾ききって干からびた菓子類は努力に役立つだろうか、と言って、まわりにいた子妹たちを笑わせたことがあった。それから、「乾」の話になった。亀鏡の言ったことは誰でもぼんやりと記憶倉庫に貯蔵してある。しかし、書に具体的にどう書いてあったのかは思い出せない。それは、わたしも含めて、講義が終わると、飽食して眠るだけで、原書室になど、あまり足を運ばないからである。ただ紅石だけが尻にたこができるまで原書室にすわって読書していた。紅石だけが、書に具体的にどのように書かれているのかをいつも知っていた。しかも、講義で問題になった箇所だけではなく、別の箇所も読んでいた。もちろん、誰でも、原書室に閉じ籠ることはある。数ヵ月、一年、書ばかり読んで暮らすこともある。しかし、紅石は学舎に着いた日から毎日ずっとそうしてきたように見える。他にはそんな女はいなかった。

「乾」というのは、それだけで立つ概念ではない。それは、ずっと遠いところで、色彩や星座とも結び付く、と紅石は言った。その結び付きが分からなければ、乾を理解することはできない、と。

この時だけは、紅石を羨む心が内側に向かって噴出し、胃を焼いた。わたしには理解力と呼べるものは乏しかった。書の重さ厚さに毎日立ち向かう忍耐力もなかった。わたしは偶然開いたページから、自分の気に入った語句だけを拾い、書き写し、音読し、それを自分なりに変えていった。書は何のためにあるのでしょうか、読むため、理解するため、それとも研究するためにあるのでしょうか、とある時、尋ねた女がいた。亀鏡は笑って答えた。何のためと目的を持って生まれてきた人間がいないように、書にもまず目的などなく、とにかくただそこに「ある」、だから、そこにあるということをまず考えなければいけない、と。

わたしには、書がそこにあるということの意味もだんだん怪しくなっていった。三百六十巻の輪軸綴じの書は確かに原書室にある。丁寧に板を張って作られた棚に数冊ずつ大切に横たえられていて、わたしたちはそれをいつでも取り出して、めくって読むことができる。上に埃の層が積もっている冊子は滅多にない。いつも誰かに触れられ読まれているということらしい。学舎で暮らすということは、亀鏡の息膜に包まれて生きるというだけでなく、この書に手で触りながら生きる、ということでもある。しかし、わたしがその一部を書き写し、そこから新しい本を書いていくとしたら、わたしは身体はここにありながら、書からも亀鏡からも離れていってしまうのではないか。

亀鏡に入門嘆願の手紙を書く前、わたしは二年間、蔵書の多い家にもぐり込んで、召使として働いていた。その時に触った本のことが、懐かしい旧友のことのように思い出された。それらの本は、姿も小さく歴史も浅く、原書室にある立派なものとは比べ物にならなかった。邸宅は広く、朝日の出と同時に掃除を始めても、日没までには終わらなかった。掃除は食堂から始めて、図書室で終わった。砂を含む強い西風の吹き荒れる地方だった。朝日が食卓の木材に浅い角度で当たると、木材の表面は砂漠のミニチュアのように見えた。それほど砂の多い地方だった。砂を雑巾で拭き取っては、雑巾をバケツの水でゆすぐ。食堂が終わっても、客室があり、応接間があり、家族の部屋があり、そのひとつひとつが宮殿の植物園のように広かった。図書室の掃除が一番最後だった。なるべく早く、図書室に行きつきたいと、それればかりを願って、一日中、雑巾を右へ左へ休むことなく動かした。早く図書室に着けば、それだけたくさん書物が読める。図書室に着けば、扉を閉めて、雑巾を右手に、本を左手にして、眼球の痛むまで読んだ。扉が開く音がすれば、本をあわててそこに置き、雑巾をせっせと動かした。人が入って来ることは、あまりなかった。ある時、女主人が入って来て、まだ終わらないのか、と不機嫌そうに尋ねた。わたしは仕事は遅いのですが終わりまで手を抜くということをしません、と言って切り抜けた。あの頃は、わたしにとって禁じられた行為だった読書が、どんなにたくさん蜜を入れた飲み物よりも美香美味だった。あの頃、読んだことは、ほとんど忘れてしまった。わたしは自分の読んだ話の筋を覚えていることができない。覚えているのはいつも、ほつれて衣から垂れた一本の絹糸のような一節だけである。それだけは覚えていて、一語一句間違えずに引用することもできる。本全体の筋からはみ出してちぎれそうになっている一筋の糸屑を集め、縒り合わせながら、その頃、わたしは毎日一冊ずつ本を読んでいった。読んだだけで、それについて誰かと話をしたわけではない。邸宅で働いている料理人や庭師や乳母の中に友人はできなかった。女主人は時々わたしを見張っているようだった。一年が過ぎると、女主人はわたしを玄関口に呼んで、靴を磨かせながら言った。おまえは一年間、全く失敗もせず、身勝手なこともせず、義務だけを果たしてきた、これは何か下心があるに違いない、と。わたしは呼吸の乱れを必死で抑えながら答えた。わたしはこの仕事を修行のつもりでやっているので、単に金稼ぎのためにやっている人たちとは違って見えるかもしれません、と。女主人は、ますます機嫌をそこねて、おまえは何を尋ねてもまともな答え方をする、よほど自分が賢いと思っているのだろうが、どんなに厚い雑巾でもいつかは作業に疲れて擦り切れてぼろが出る、と言って、ダナマ劇の初演を見るために出かけて行ってしまった。このように、外の世界では、働く人間の知性を摺り減らそうとして、様々な企みがなされている。それと比べてみると、今では当り前になってしまった学舎での生活が世間から隔離された極楽的生活であることを思い知らされ、有難い気持ちになる。これもみんな亀鏡のおかげであり、そのわりには亀鏡が子妹から感謝のようなものを全く期待していないのがむしろ不思議なくらいだ。

邸宅からは二年後に逃げ出さずにはいられなくなった。二年勉強したら働くのをやめて亀鏡に最初の手紙を書くつもりでいたから、落胆はしなかった。図書室の本を何百冊も開けて読むうちに、この家族の過去などについて、いろいろなことが偶然分かってきてしまった。邸宅を六代前に所有していた人は学者で、その財を狙って娘を嫁入りさせた造船主が、その学者の死後、この邸宅に移り住んできたらしい。学者は若くして変死した。それ以来、この邸宅に住む者で本を読んだ者はいないようである。なぜ読まないのか、いくら関心が薄いと言っても、少しくらい読んでみるのが普通の人間の好奇心というものではないのか。疑問に取りつかれると、それが気になって食物が喉につかえるようになってしまう、それがわたしの幼い頃からの癖だった。ある時、女主人が入ってきて、なぜ図書室ばかりをそれほど丹念に掃除するのか、といきなり尋ねた。書物の積み重なる空間独特の押し殺したような沈黙の中で、女主人の目の下の隈取りだけが恐ろしかった。わたしは驚いて、読んでいた本を床に落とした。丹念に掃除しているのではなく一日の終りに疲れが出て作業の速度が鈍るだけだ、と答えた。女主人は床に落ちた本を拾い上げた。わたしが嵐を待ちかまえるように息を止めていると、女主人の表情が急にほころんだ。そこに描かれた円を見て、そうか、おまえはお腹に子供が出来たからそれをおろそうとして解説書を探しているんだね、と言うのだった。その時、わたしは女主人は文字が読めないのだということに気がついた。墨で一気に描かれた円は、それだけ見ると、なるほど身体をまるめている胎児のように見えるが、上に大きく明確な活字で「宇宙の起源、哲学の起源」と書かれている。堕胎の方法とは全く関係ないのは一目瞭然である。わたしは女主人を試してみたくなって、わざと恋愛詩の本の列を指さして言った。このような機械技術関係の書物が多いのはやはり、一家を豊かにした造船業への昔からの関心を表わしているのですね、と。女主人は満足げに目を細めて笑って、財産は一代にしては出来ない、と答えた。たとえこの一族の人間全部が文字を知らないとしても、わたしには関係のないことだ。書を重んずる時代はとっくに過ぎ去ったのだから、これだけの政治力と財産のある一家が字など気にかけていないとしても、不思議はないのだろう。しかし、それならばなぜ、これほどまでに字の読めないことを秘密にしているのか。何か知られては困る秘密がその裏にあるのではないか。わたしは身の危険を感じて、できるだけ愚女を装わなければいけない、と察した。愚女として、わたしが語ったのは次のような話である。これまでは男というものに触わられたことがなかったところ、先日、旅の男に誘われて、脚の肌という肌を触られました、それで、もしや子供が出来たのではないかと心配で、何か助けになる図柄など載っていないかと本を探していました。わたしは嘘をつくことには慣れていた。乳首が固くなったような気がするか、と女主人が目を輝かせて聞くので、はい、まるで小石が縫い込まれたようで痛くて眠れないくらいです、と答えると、女主人は、それは身ごもった証拠だ、と嬉しそうに言った。それから、夜になったら、お碗に一杯、濁汁を寝室に運ばせるから、それを飲んで、苦しくても声をたてずに一晩眠れば、お腹の子は死んでいる、と教えてくれた。その夜、料理人の見習いをやっている女の子が、お碗をもって、わたしの粗末な寝台を訪れた。わたしが飲むところを見とどけてからお碗を持って帰るように命令されていた。わたしは女の子に桃色角砂糖を与えて、外に誰も部屋をのぞきこんでいる者がいないか見て来るように頼んだ。女の子が部屋を出た隙に、わたしはお碗の中の液体を皮袋にあけた。少しして、真剣な顔をしてもどってきた女の子にからのお碗を持たせて帰した。液体はその翌日、庭に捨てた。数日後、庭師が首を捻っているので、どうしたのかと尋ねると、芽を出したばかりの植物が一箇所だけ黒々と焦げたようになって枯れてしまった、しかも蟻とミミズが山になって死んでいる、この土には毒素があるに違いない、と言うのである。それは、わたしが女主人にもらった液体を捨てた場所だった。胎児を殺すための薬だから、毒があっても不思議はない。あるいは、わたしに毒を盛るつもりでそうしたのかもしれない。女主人は、わたしが、殺す必要のあるほど危険な情報を握っているとは思っていないだろう。わたしが意外に愚かであることを発見して喜び、子供ができたと思って自殺した愚かな使用人という事件をでっち上げて茶受け話にして楽しもう、と思っただけだったのかもしれない。

しばらくしてから、似たような話を庭師から聞いた。使い走りの少年のうちで一番知恵の弱い者に、川に鍋を落としたからもぐって拾って来い、と言うと、少年は自分が泳げないことも忘れて、あわてて川に飛び込んで死んでしまった、という話を女主人は繰り返し夜会でして、得意そうに笑っていたそうだ。実際は、少年の手足を縛って川に落とさせたそうだ。それを聞いていた料理人があきれて、使用人たちに噂を広めた。女主人は夜会でどの客よりも面白い話をしたいという野心を持っていた。面白い話をするためには面白い話を実際に作らなければ駄目だ、とさえ言った。

亀鏡には、人を面白がらせたいという気持ちなどあまりないようだった。自分の話に聴衆が関心を持たなくてもびくともしない。同情の涙を見られ、道徳に足を取られてつまずくところを見られて笑われても少しも恥じることのない亀鏡の勇気には、翼が生えていると言っても言い過ぎではない。亀鏡は道徳など頭髪から爪先まで馬鹿にしているのだと、わたしも初めのうちは思い込んでいた。道徳などに気を奪われずに六つの方向に欲望を伸ばして生きるべきだと、亀鏡は何度か言った。その六つの方向というのがどのようなものなのかは分からなかったが、とにかく道徳などに縛られるな、ということになる。それでも亀鏡は、道徳に足を取られてつまずく者を笑わなかった。逆に、つまずく者を笑う者を軽蔑していた。亀鏡は講義の合間にこう言ったことがある。道徳に縛られてはいけないけれども、道徳に縛られることを恐れてもいけない、道徳を軽蔑するのは、芸術家になり損ねた者の常だ、と。

わたしはあの邸宅で、もう少しで毒殺されるところだった。わたしは読書の時間を減らし、庭師や料理人とも頻繁に口をきくようになった。孤立している者は怪しまれる。また、使用人たちの間では、身を守るための知恵が絶えず密かに交換されていることも知った。そうしなければ、使用人たちは生き延びていくことができない。女主人は、階級の低い愚か者は簡単な嘘に騙されるという小話を好む。使用人が嘘を見抜いてみせたりすると、女主人は腹を立てて何をするか分からないので、騙された振りをしているのが一番いい。もちろん、女主人の言うことを本気で信じれば、身に危険のふりかかることもあるから、心の底ではいつも疑ってかからなければいけない。一番いけないのは、一族の過去についてあれこれ詮索することである。例えば、ズイズイの大木の下は掘り返してはいけないという鉄則がある。これは、下に死体が埋めてあるからに違いないが、誰の死体なのかと一度でも尋ねれば命が危ない、と庭師は言った。

思えば、あの時、邸宅から逃げて来ることができたのも、運が良かったということだろう。わたしはもうあの時の逃走については滅多に思い出すこともない。一度だけ、指姫たちに一晩かけてその話をしたことがある。しかし、それ以外は、ひとりでいる時でも逃走のことを思い出すことはあまりない。危うく華やかな冒険よりも、むしろ何も起こらなかった時間が、原色で記憶に焼き付けられている。たとえば、朝早く寝床から抜け出して、仕事を始める前にこっそりと樹木の下に立っていた時間のことが、よく色彩や匂いの細部まで、何度も思い出され、涙がにじんでくる。

邸宅から逃げて、両親の元に帰り、しばらく勉強を続けた。亀鏡から承諾の手紙を受け取った時、わたしは溢れる想いに溺れかけ、手紙の内容を読むことができなかった。わたしはその手紙を手にして立ちつくしていた。読めなかったのになぜ、それが承諾の返事だと分かったのだろうか。その後は、夢に浮かれたように出発の準備に追われたが、手紙を読み返すことはなかった。わたしは実はその手紙を一度も読んでいないのだった。信じられないことだが、読んだという記憶がない。手紙にどんな文章が書かれてあったのか、ひとつも思い出すことができない。手紙には本当に学舎に来るようにと書いてあったのだろうか。手紙は失くしてしまった。捨てたつもりはないのに、捜してみると、どこにもないのだった。ここに持ってきた荷物はごくわずかだが、その中に手紙を見た覚えはない。一年たってやっとそのことに気がついた。

わたしは煙花に恐る恐る尋ねてみた。亀鏡から煙花が受け取った手紙には何が書いてあったか、と。煙花はしばらく考え込んでいたが、やがて、忘れた、と答えた。なぜそんなことが知りたいのか、と煙花が不思議がるので、わたしは承諾の手紙をもらったかどうか自信がなくなってきたから、と答えると、煙花はいきなり大声で笑い出し、もしそれが断わりの手紙だったら、これから帰郷するのか、と尋ねた。もしそれが断わりの手紙だったとしたら、それをなぜ亀鏡は最初の日に言わなかったのか。わたしたちは初日に名前と出身地を事務所で名乗った。亀鏡が初日にわたしをにらんだように思えたのは、わたしが拒否されたのに来ていたからかもしれない。それならば、なぜその時わたしを故郷に送り返さなかったのか。

物を考え始めると謎は増えていく。本当に知りたいことこそ、人に質問しにくい。わたしは煙花に、死んでいくのはどういう感触か、と尋ねることができなかった。わたしは、紅石に、庭師と幽密に溺れている最中でも亀鏡を愛しているのか、と尋ねることができなかった。わたしは、朝鈴にわたしの肌に触れたいと思っているのかと尋ねることができなかった。わたしは指姫に、あの泥暗豪雨の夜、なぜ自殺を思いとどまったのか、と尋ねることができなかった。

亀鏡はものを尋ねられれば、義務として答えた。親指ほどの大きさの質問には、親指ほどの大きさの答えを返した。声の震える真剣な問いには、襟を正して答えた。ものを尋ねられて明らかに怒る兆候の現われることもあった。

ある時、煙花が紙で鼻に浮いた汗を拭きながら亀鏡に尋ねた。修行林の奥深く潜む学舎に身を引き、書だけを相手に暮らすようになったのには、何かきっかけがあったのですか、と。まわりの女たちが一斉に声の帯を畳んだ。亀鏡は恨むような悲しい目つきをして、煙花を見たが、何も答えなかった。それから三日たっても七日たっても、煙花は灰を被ったような顔をしていた。自分は亀鏡に聞いてはいけないことを聞いてしまった、しかしなぜ聞いてはいけなかったのかがまだ納得できない、それを言わないのは、無言という暴力で子妹をへこませようとしているのではないか、と煙花は言った。そんな質問をして自分の生になまなましく接近する資格は子妹にはないのだと亀鏡は言いたいのではないか、と紅石は言った。亀鏡は階級ということを言いたいのだ、目には見えなくても階級というものがある、亀鏡が書師であり、自分たちが学子妹である、と言うのも階級だ、と紅石は言った。消灯前の一時、煙花は寝台の上に脚をリボンのように結んで坐っていた。紅石はまだこれから勉強するのだとでもいうように、帳面を膝にのせて、寝台に行儀よく腰掛けていた。指姫は、窓際に悪党のように脚を組んで坐っていた。亀鏡は割れやすい陶器だから自分自身を守るために階級を作っているのだ、と指姫は言った。

　階級とは、同じ日に同じ場所にいる人間ふたりが、出会えないようにする操作である。それは同じ日ではないのだ、同じ場所ではないのだ、と言うために、そこにふたつの世界があると想定する。一方は他方よりも上の層にあり、ふたつの層の間を行き来することはできない。軍の組織から離れられるだけ離れたはずのこの学舎で、階級などという不愉快な言葉を聞くことになるとは、と朝鈴が溜め息をついた。朝鈴は、亀鏡を理解しようという好意は持たず、ただ失望して嘆いた。指姫は違っていた。指姫は自分も階級意識を生み出す技術を手に入れたいと言った。なぜなら、いくら学んでもそれで人が彼女を尊重してくれるわけではない、人に尊重されるためには、まず自分が自分を宝として扱い、それを人に見せ、人もまた自分を宝と扱うようになるまで努力しなければいけない、と指姫は言った。研究を始めて間のない者は長いこと研究を重ねた者よりもそれだけ遅れているのだから、階級が下であって当然である、そう言い残すと、指姫は風に吹き飛ばされる落ち葉のように寝休舎を出ていった。こうして、枕討論は終わって、灯りが消えた。

わたしは、頭の中でひとり問いに問いを重ね、眠れない夜を悶々と過ごした。わたしには、自分を宝と扱うことなどできない。自分で自分を尊重するのは、人に尊重されない失敗者だけではないか。わたしの価値は人が守ってくれるもの、自分を宝と扱う人には輝きがない。その頃は、そうとしか思えなかった。

二重にも三重にも眠れない夜が明けると、早朝洗浄の水飛沫を浴びながら、隣に来た朝鈴の白い歯に向かって、わたしは疑問をぶつけた。自分の価値を認めさせるために階級を作って自分より経験の浅い人を低く見る、それは自分自身を守るために必要なことだろうか、と。朝鈴は前夜の枕討論のことなどすっかり忘れてしまったのか、どうしてそんなことを急に聞くのか、ととぼけている。亀鏡が階級のようなものを作り出しているように見えるのは身を守るためだろうか、と言うと、そんなことはない、亀鏡と向かい合うと何も言えなくなってしまうことが誰でもあるけれど、それは自分を恥じる気持ちでこちらからそうするのであって、亀鏡のせいではない、と朝鈴は言うのだった。確かに朝鈴は頰を桜色に染めて黙ってしまうことがよくあった。

　朝鈴の頰の桜色は見ている者の心を和ませるが、わたしの左の頰に現われた紅色の痣は残酷な記憶の跡のように見えた。この痣は、現われたり消えたりする。初めて現われたのは、学舎の一部が燃えた夜のことだった。わたしは、腐りかけた材木から立ち昇る胞子の臭いが煙の臭いに推移していく、その瞬間を書き記す言葉がほしいなどと考えながらうとうとしていた。しばらくすると、胸の鼓動が早まり、はっと上半身を起こした。煙の臭いが実際に窓の隙間から流れ込んでくる。わたしは外へ出てみた。学舎の一角から、紫色がかった煙が渦を巻いて立ち昇っている。急に時間の流れが緩慢になった。わたしは警報塔を目指して走っていったが、まるで水の中を彷徨っているような気がした。塔の入り口を開けて、縄を思いきり引いた。警報鐘が恐ろしい音で鳴り響いた。その後のことは覚えていない。意識がもどると、庭園の一角に横たわっていた。湿った布が額をひんやりと抑えているのは快いが、そのせいで目を大きく開くことができない。遠くを器、壺、鍋など抱えた女たちが、楽しそうに雑談しながら、歩いている。火は消えたのだな、と思った。目を開け続けている力がないので、また閉じてしまった。しばらくすると、誰かがわたしの額に置かれた布を取り除き、氷のような新しい布を置いた。それから、唇に指で触れた。放火だったのだろうか。わたしの左の頬に紅色の痣が現われたのは、この夜が初めてだった。学舎がもしもある日破壊されてしまったらということを考えたのも、この時が初めてだった。もしも学舎が災害にあって無くなってしまったら、その時には、頬を桜色に染めるほど無防備でまだ心の柔軟な朝鈴が一番落ち着いて、先を考えることができるのかもしれない。また、階級が低いと言われる学弱者たちも、書に深入りしていない分だけ素早く、町で職を見つけてうまく生きていくかもしれない。しかし指姫のような人は、いったいどうなるのだろう。

学舎が無くならなくても、わたしたちには人が将来と呼ぶようなものがない。ここで命の絶えるまで書を学ぶのか、いつか、実用の名のもとに、役職を与えられて、森林を越えて、どこかの町に奉仕に行くのか、誰にも先のことは分からない。その時、人々はわたしたちの話す言語を理解するだろうか。遠くの町では、人々はどんな服を着ているのだろう。わたしたちは戸惑い石をぶつけられる奇人の群れとなるのではないか。そんな時、一番早く対策を練り状況を救うことができるのは朝鈴ではないか、と思うことがある。朝鈴には身体の線にも言葉遣いにも柔軟なところがあるので、全く違った世界に入っても、変身して生き延びていくかもしれない。悪く言えば、片寄って病気になってしまうほどの亀鏡の急進性を朝鈴は理解していないようにも見えた。亀鏡はあれだけたくさんの時間を読書に費やしたのに、まだ目を血走らせて毎日、読書している、そのうちに眼球内の血管が破れてしまうかもしれない、と朝鈴は呆れて言った。「尽きることない向上心は芋の肥にもならない」という諺を引いて、亀鏡をひそかに批判するのも朝鈴だった。

この土地は土が甘すぎるので、芋を栽培することができない。ずっと食べていない芋の味をわたしはここへ来てから一度も懐かしいと思ったことがなかった。それが、朝鈴の口から芋という言葉を聞くと急に恋しくなった。サデ芋のカカシ揚げ、カンジャク芋のさえ物など、考えれば考えるほど恋しくなってくる。それは、本当に芋というものが恋しいのか、それとも一度ある言葉に捕えられてしまうと、その言葉に繋がっているいろいろな言葉が鎖になって、わたしの欲望を縛り上げてしまうのか。

ある時、わたしは亀鏡に尋ねた。なぜ、ここに存在しない物に存在してほしいと思うことがあるのでしょうか、と。亀鏡は笑って、前にあったものが無くなったという経験があって初めて、何かが欲しいという欲が生まれるのだと思う、でも最初に何か特定のものがあったわけではなくて、今はないということが前にあったという事実を作り上げる、と答えた。「龍は時の大河を逆流する」というのはそういう意味であるらしい。それでは、どんな話でも、今から出発して過去をでっち上げるということになる。わたしは先を考えようとして、視線を宙に彷徨わせていたが、急に力が尽きて、ものを考えることができなくなった。するとそんな自分に無性に腹が立ってきて、爪を噛み、床を踏みにじった。亀鏡にはそんなわたしの姿がよほどおかしく見えたのだろう。何も言わずに急に大声で笑い始めた。わたしの癇癪玉は幼児の胃袋のように破裂した。しかし母乳はどうでしょう、初めはあったものが途中で無くなったというわけではないのに乳児はなぜあんなに乳を欲しがるのでしょうか、とわたしが言うと、亀鏡は、母乳という言葉に眉間を固くして黙った。これもまた、してはいけない質問だったのだろうか。それとも、母乳という言葉が亀鏡の神経に触ったのだろうか。わたしは、分からないことは、分からないと諦めてそのままにしておくことが多い。納得できないことも、収集しておけば、いつか急に意味が分かることもある。届いた封書を開封せずに溜めておくようなものだ。それがわたしのやり方になっていた。ところが、子妹には、堪忍の紐の短い者もいる。熱しやすい神経を持った者もいる。そんな者たちは、亀鏡がわたしに質問されたのに答えないのを見ると、なぜ質問に答えないのですか、その質問は正当的なものと思われますが、と騒ぎ出した。わたしはあわてて一度自分の口から鳥のように勝手に飛びたってしまった質問を引きもどして飲み込んでしまいたいと思ったが遅かった。母乳は欲望とは関係ない、それは栄養だから、と亀鏡は答えた。わたしはほっとした。ところが、一度揺れ始めた小船は、風がおさまってからも揺れ続けた。母乳が欲望と関係ないのなら、食事も食欲と関係ないのですか、と母音の発音が稚拙な女が叫んだ。性欲も繁殖のためだけにあり欲望と関係ないのですか、とその女の親友が畳み被せるように尋ねた。わたしは、できることなら頭をかかえて穀物袋にでも潜り込みたい思いだった。このところ難解な講義が続いていたせいか、みんなの間に苛立ちが蓄積していた。それが、小爆発を起こしたようだった。その時、指姫が立ち上がって言った。学弱者がみんな勝手に質問を吐き出していたのでは講義にならない、まずひとときロを閉ざして亀鏡の話を聞こうではないか、と。不満の煙はくすぶりながら、大きな声は講堂から消えていった。指姫を憎み始めていた女たちの憎しみは、学弱と呼ばれて、ますます膨張していった。指姫はこの時から、特別の権威を獲得したようだった。

講義が終わった。わたしはその場から逃げ出してどこまでも走って行きたかった。どんなに努力しても道はゆがみ曲がって、わたしは亀鏡から離れていってしまうことに運命が定まっているのかもしれない。わたしは走って走って、森林の中に消滅してしまいたかった。わたしを守った人達はわたしを誤解し、無垢痴人にしてしまった。彼女たちに反対して恐らくは正しいことを言った指姫は、わたしをわたしの誤解者たちといっしょに反学人にしてしまった。

わたしは、亀鏡に質問を無視されたあげく笑われた可愛そうな学弱者ということになってしまった。わたしの質問に全く答えようとしなかった亀鏡は卑怯者だ、というのが一般の意見となって固まっていった。たとえ稚拙な質問でも無視するのはおかしい、もちろんあの質問は学弱者の愚かな質問だったが、ということになってしまった。わたしは、この事件で、またたく間に、学弱者の代表のようにされてしまい、そのことに気がつくと鬱々となった。もちろん、わたしの口にする理屈には、自分勝手なものが多かったかもしれない。しかし、わたしが、森林深く棲むと言われる婆鬼に習って声の呪術を心得た離れ者の学弱者だ、ということにされてしまったのには驚いた。これは指姫の責任ではないが、この時からしばらく指姫と口をきかなかった。

学弱者という言い方はもともとおかしい、と朝鈴が言った。それはわたしを慰めるために言ったのだった。とうとう自分は理性の薄弱な者ということにされてしまった、と思うと、わたしは腹が立つよりも、落胆し、腹に力が入らなくなってしまった。もう書を手に取る気にもなれなかった。朝鈴さえ、わたしが学弱ではない、と言ってはくれなかった。階級という考え方がおかしいと言うだけだった。学ぶ力、学んだ量によって、階級を作り、それに合わせて発言権の大きさを決めていくとしたら、それは軍隊と同じではないか、と朝鈴は憤慨して言った。

眠れない夜には慣れていたが、この夜ほど頻繁に寝返りを打ったことはない。翌朝、わたしは朝鈴に、階級というものがあるなら自分は無理にでもその一番下に位置するようにしたい、と言った。自分が無力で低い位置に横たわっていれば、そして胸の中が、巨大な空洞になれば、そこに霊たちが集まってきて、話し始めるだろう、その力は個人の力では及ばないほど大きい、とわたしは言った。朝鈴が熱のある子供でも見るような心配そうな目でわたしを見た。この時わたしは、自分でも気づかずに、婆鬼の女弟子のようなことをしゃべっていた。

もしこの世に階級というものがあるのなら、どこまでが空でどこから地が始まるのかも、はっきりと見えるはずだ。ところが、天地を分ける線の見えるはずの場所には、常に植物が繁っていて、その葉枝の余剰に視線を漂わせていると、境界線などというものはあるはずがない、という気がしてくる。

わたしはひとり池の縁に坐って、水面が墨を張ったように見える時間になっても、寝休舎には帰らなかった。じめじめとした夏の夜だった。月だけはわたしの学力を笑うこともなく、片頰の欠けた滑稽な顔で迎えてくれた。偶然が尻を振りながらわたしの努力を侮り、友情と手をつないで逃げていく。短気という靴を履いている限り、それに追い付くことはできない。あの月がすっかり欠けてなくなって再び満ちて丸くなるまでの時間、罵り続けたら、心は元の平静を取りもどすだろうか。

森林には肉食獣は住んでいないと言われていた。しかし、その夜、わたしが草の上に横たわると、藪の中から唸り声のような鼾のような声が聞こえてきた。これが話には聞いていた「藪下がり」だろうか。藪の中に閉じ込められて眠り込んでしまった歪んだ霊が何かのきっかけで急に目を覚まし、怒って藪の中から唸るのが、藪下がりという現象だと話には聞いている。ところが、藪の中から出てきたのは、霊ではなく、太った女だった。髪はタダレン麵のように縮れ、脚は内股で、唇があかあかと濡れて光っていた。梨水、と名前を呼ばれて、どこか見覚えがあると思い、目を凝らすと、それは一年前に学舎を出ていった軟炭という女だった。この女は何か学舎の大切な秘密を知ってしまったために学舎をやめさせられたのだ、という噂がたっていた。あれからどこに住んでいるのか、と聞くと、緑色に変色し樹皮のように硬くなっている膝の皮をわたしに見せて、あれからは草花を集めるために森林に暮らしている、と男のように低い声で答えた。なぜ草花を集めているのか、尋ねると、学舎にいた頃からすでに自分の興味は、いかにして陶酔薬を作るか、という問題に絞られていた、と言ってにやりと笑った。

陶酔薬なるものは、その時まで胸に吸い込んだことも胃に入れたこともなかった。そのような薬は、森林に住み植物のことを知りつくした者か、町に住み、富を自在に使える者の手にしか入らない。軟炭は、汚い麻袋の中から金糸の刺繍のある小さな袋を出し、その中から紙に包んだ薬を取り出した。それから、池の濁った水を器に汲んで、その中に薬を入れた。薬は混合茶の葉のように不揃いな焦げ茶の乾燥物で、濁った水に落ちると突然、桃色に変化して、月の光を反射して光り始めた。わたしはそれを一気に飲み干し、軟炭の指図に従って、額に人指し指を当てて、草の上に横たわった。すると、視線が螺旋状に夜空に向かい始め、耳たぶの後ろから昆虫のソプラノがいくつも重なりながら聞こえてきた。気がつくと、わたしも虫の声に混ざって、裏声で歌っていた。軟炭はどこへ消えてしまったのだろう。まるで陰魚が大脳に移動したような珍しい心地がする、と言おうとしたが、まわりには誰もいなかった。そのまま時間は土砂のように崩れ、気がつくと朝になっていた。

こんな経験をしたのは初めてだった。物を食べたい、人と話したい、読書をしたいという意欲が霧になって散ってしまった。そのまま池の縁に寝て、また軟炭が現われるのを待った。どうせ書など読んでも面白いことは何もない。みんな、わたしのことを飛び切りの学弱者だと思って同情しているだけだ。説話を書いても、詩を書いても、誰に読んで聞かせればいいのか分からない。ここにいつまでも寝そべって、いつまでも虫の声に浸っていたい。

軟炭は日が暮れるとやっともどって来た。わたしを見ると、まだいたのか、というように顔をしかめた。わたしは、もう薬がもらえないのか、と心配になった。わたしが慌てた様子を見せたせいか、軟炭は宥めるように、わたしの肩を叩いて、今自分は薬を売りに行って帰ってきたところだ、と説明した。薬を仲買人に売って、代わりに食料など受け取るそうだ。自分で町まで出る時間がないから、途中の谷のところで待ち合わせて、週に一回、仲買人に売るそうだ。商品ならば自分も買いたいが、とわたしが言い出すと、軟炭は笑って、楽に払える値段ではないが、奴隷作業を手伝うならば少し分けてやってもいい、と言う。奴隷作業というのは、地面を這って繁みにもぐり込み、軟炭が指さす花の種をこぼさずに集めたり、猿のように木に登って実を取ってきたり、泥水にもぐって水草を採集してきたりすることだと言う。そんな簡単な作業ならば明日からいくらでもやろう、と約束すると、軟炭はその夜も薬をくれた。薬にもいろいろあって、それは触角豪金と呼ばれるものだった。

もしもあのまま軟炭の手下となって働き続けていたら、どうなっていただろう。あの頃、彼女がわたしに秘密にして言わなかったことがひとつあった。それは、触角豪金のような薬は非常に強いので、しばらくすると脳が冒されて簡単な作業でもできなくなる、ということだった。そうしたら、彼女はわたしを池に突き落として、次の犠牲者を待つつもりだったのだろうか。池に突き落とされなくても、足がもつれて自分から落ちていったかもしれない。

実際、わたしが薬に浸ったのはたった一週間のことだったが、その間に脳に随分変化があった。たとえば、わたしは人の名前が思い出せなくなった。噂話などしようとして、指姫とか煙花の顔を思い浮かべるのだが、それに伴う名前が、脳の隅から隅まで探してもどこにも見つからない。他の名前も同じだった。それから、時間を長い短いと感じることができなくなってしまった。マタバタの木に登って、軟炭の命令通りに、形が卵のように整っていて色が紅緋で、表面にあまり毛の生えてない実を探しているうちに、日が暮れて、また一日たってしまったのかと驚くのだった。

鏡がないので、当時自分がどんな顔をしていたのかは分からない。手の皮が擦りむけてぼろぼろになっていた。その手で額の汗を拭うので、顔は血まみれだったに違いない。ウシカ虫が群れになって、わたしの顔のまわりに集まり、汗と血の混ざったジュースをゼンマイ型の舌で嘗め取ろうとする。初めのうちは、手を振り回して、ウシカ虫を追い払おうとした。そのうち虫には腹がたたなくなってきた。勝手にたかって、勝手にわたしの身体を嘗めまわせばいい。軟炭に、のろま腰と呼ばれても、底抜け耳と罵られても、全く腹がたたなくなった。以前なら誇りが高く、人に馬鹿にされると、胆が痛くなったわたしが、一週間のうちに心の隅々まで陶酔薬収集人に変身していた。

夜になると、まず、池の水で、自分の身体を洗った。自分では洗う必要を感じなかったが、あまりにも汚れていて見苦しい、と軟炭が文句を言うので、まず自分の身体を洗った。それから、軟炭の身体を清めた。軟炭の身体はほとんど汚れていなかった。清めることと汚れを取り除くことは全く別のことだと言って、彼女は馬鹿にしたようにわたしの顔を見た。わたしのように汚い身体は汚れを取り除かなければいけないが、軟炭の神聖な身体は清めを必要とする。清めは、植物の繊維で作った布で摩擦をしたり、マタバタ脂を肌に塗込んだりする、大変手間のかかる儀式だった。彼女はフクロウのように目を細めて、もっともっと、とか、もういいから、と注文をつけた。それが終わると、わたしは器一杯の命の水を与えられた。なぜ彼女自身は、陶酔薬を飲まないのか、わたしは不思議に思うべきだったのだ。もちろん、どうもおかしい、と感じることはあった。朝、目が覚める度に、頭の中で錆びた歯車がいくつも回り出すような痛みがあった。これでは命が縮んでいく。しかし、命を延ばしてどうなるものか、とわたしは居直った。命を延ばしても、行きたいところもなければ、やりたいこともない。もしも陶酔薬がこの世で知ることのできた最高の味ならば、他のことはもうどうでもよくなって当然ではないか。陶酔状態になると、目を半分閉じて緩い円を描きながら歩いていきたくなることもあるし、頭が重くなって後ろへ反り返り、空に線香花火のような火がぱちぱち弾け続けるのが見えることもある。腰を中心に踊りのリズムがうずいてきて、身体を揺すると、あっあっと呻くような歌い声が唇から漏れてしまうこともある。軟炭が軽蔑しきったような視線を投げるのが見えても、やめることができない。涎が口の端から流れ出てしまうのを拭う間もないほど激しく踊り始める。踊っているとイラクサやヒメウイキョウの夢が茎になり、葉になって、視界を横切り、「悲しい草葉の魂が飛び交うここは迷路の三千歩」というような歌がどこからともなく聞こえてくることもあった。「かのこのゆかり、いらくさのはか、ああ、きだちひゃくりこう」などとわたしがあまりいつまでもかすれた声を張り上げて歌っていると、軟炭は神経が苛立ってくるのだろう。近づいてきて、いきなり平手打ちを食らわすことがあった。すると、全身に力が満ち溢れているように感じていたわたしが板切れのように簡単にはね飛ばされて、地面に尻餅をついて、泣き出してしまう。泣くのは痛いからではなく、倒れるとそれまで釣り上げられていた気分が地面に叩きつけられて踏みつけられ、幼児のようにくしゃくしゃな気分になってしまうからだった。

ある夜、わたしが軟炭の背中に脂を塗っていると、背後で風の音がした。風は藪をざわめかせ、樹木の頭髪をかき乱し、笛になって頭上で吹き踊った。軟炭は不愉快そうに振り返ったが、その時、彼女は何を見たのか、飛び上がって、目を円盤にし、むき出しになった陰毛を隠そうともせずに、そのまま裸で逃げて行った。ぼんやりと振り向いたわたしの目の前に亀鏡が、二倍の背丈になって立っていた。わたしの腐敗しかけた脳に久しぶりで風が吹き込んだ。亀鏡は氷柱が溶けて滴が垂れるように微笑んだ。

わたしは学弱者だからもう学舎にもどっても無駄だと思います、とわたしは何も聞かれていないのに自分からそう言い訳した。それから、わたしなど虎の道を行っても仕方がないでしょう、と言ってみた。亀鏡は答えず、動かず、微笑を浮かべたまま立っていた。やっぱりわたしなどには道を保証してくれないつもりらしい、と陰る心で思った。それから急に、気分が晴れた。何も保証されていないというのは当り前の状態だ。自分は虎とは縁がないかもしれない、書を誤解曲解し続けるだけかもしれない、それでも薬の森に亀鏡は自分を迎えに来た。それだけで、充分だという気がする。帰るのは恥ずかしい。しばらくは誰も口をきいてくれないかもしれない。それでも帰りたい。亀鏡の姿はいつの間にか消えていた。

わたしは、もちろん、虎の道という言葉を使う時に、それがどういうものか分かっていた訳ではない。ただ、分からないなりに、そういう言い方があるから、亀鏡に話しかけることができたのだった。だから言葉はありがたい。ありがたい言葉というものを捨てて、泥に頬をなすりつけ、口の中で泡のような音をたてながら暮らすのはもうごめんだ。

わたしはその夜、暗がりの中を寝休舎に帰った。翌日、煙花が命を消した。もし一日遅くもどっていたら、煙花の死秒に立ち合うことができなかったことになる。煙花は三日前から意識がなかったと言う。目は時々開いたが、何が見えていたのか、こちら側の人間には分からない。身体が膨張し、黒ずんでいた。臓物に過剰に繁殖してしまったものが、外から入っていったものなのか、生まれ持った肉から出たものなのか、分からない。わたしたちには、医学の用語などはよく理解できない。医者は死体を調べながら、不潔な菌が多い、とか、脂肪が内部腐食している、とか、まるで煙花を非難するような文句ばかり並べていた。死体に文句をつける者は、池の水の色を塗りかえようとするペンキ屋と同じではないでしょうか、とわたしがつぶやくと、医者が険しい顔でわたしを睨みつけた。

煙花がなぜこの場所から離れて行ってしまったのか、他に行く場所があるわけではないのに、わたしたちが話をし読書する場所から、なぜ離れてしまったのか、今はひとりなのか、どんな空間を彷徨っているのか、わたしたちのことが見えているのか。わたしたちは消灯前にそんな話ばかりするようになった。気がつくと、指姫とも昔のように口をきいていた。指姫はみんなの寝静まった後、わたしを散歩に誘いさえした。それから、いつかわたしが書いた爬虫類だったか両生類だったかの話を読んで欲しいと言い出した。そのような話は思い出すことができなかったが、新しく書いてもいいかもしれない、と言うと、指姫は笑った。指姫が笑うのを見るのは久しぶりだった。わたしのことなどみんな恨んで忘れてしまっただろう、という心配はわたしひとりの気苦労に過ぎなかった。わたしがどこに行っていたのかとは誰も尋ねなかった。ひょっとしたら陶酔薬の話はみんな夢だったのかもしれないと思ったくらいだ。

煙花の葬式は朝露が葉からこぼれ落ちるようにあっけなく終わった。遺書には、火のこと、音楽のことなど、いくつか記載されていた。煙花は、櫛や抜毛や鉱石や刺繍の入った足包などを大切に引き出しの中にしまっていた。それらを屍といっしょに燃やしてほしいということだった。火葬は煙花の希望だった。土葬とは違って、町の業者を雇い、薪場を菱形に組んでもらって、油をふんだんに使って焼いた。まわりの樹木に火が燃え移らないように、わたしたちは水を大升に汲んで、始終見守っていた。菱形の塔の中には煙花が膝をたてて坐っている格好をしているのが見えた。遠方の空は明るく吉雲が流れ、足元の土は夏なのにひんやりと冷たい。わたしはその日から、焼かれる時の煙花と同じように膝をかかえて坐ることが多くなった。二股樹の下でも、池のほとりでも、気がつくといつも膝をかかえて坐っている。時々こっそり膝の皮を嘗めてみることもあった。

陶酔薬を飲んでから、わたしは物を言うのが遅くなり、歩行は不均一で、目の前を蟻の行列が過ぎて行っても見えなくなった。ところが、自分は速い、自分は鋭い、という傲りを捨てたために、わたしは人の心に影響力を持つようになった。わたしが身体の重心を失いそうになると、視線が集まる。その瞬間、斜めに身体を支える脚から腰にかけて、これまで感じたことのなかったような熱柱が走った。すると必ず誰かが現われて脇から腰を支えてくれる。支えてくれた手はすぐにはわたしの傍を離れない。今にも触れそうな距離を保って、どこまでも随いてくる。そんな手のひらが何枚も重なって、わたしの周囲を取り巻くようになった。また、わたしが話しながら、音読しながら、つかえると、聞き手の神経がわたしの声に集中する。わたしはわざとつかえるのではない。不明のものを無理にでも形にして、その襟首をつかむような視線の迅速さや強靱さがなくなってしまうのだ。つかみかけたところで、力を抜いてしまう。把握してしまうことを拒否する。かと言って、逃してしまうつもりもない。どっちつかずで、ふらふら歩くから、ころびそうになる。「たとえ虎の尾を踏みつけてしまっても、足の裏の柔らかい人は、虎に食われることもなく、藪を越えて清川に辿り着くことができる。だから、猟銃を使う術を鍛えたり、鎧に身を包んだりするよりも、足の裏の皮を柔らかくすることが重要である。」そんな一節を読みながら、わたしは、「足の裏」というところでまず、つかえてしまう。足に裏と表があるだろうか。そう考えただけで、つかえてしまう。紙幣には裏と表がある。月に裏と表があるだろうか。皿には裏と表がある。文字には裏と表があるだろうか。「虎に食われる」

という箇所で、またつかえてしまう。虎はわたしたちに言いたいことがあるから、現われるのではないのか。わたしたちを食らうために現われるのでは鰐と変わらない。虎は鰐ではないから、虎が人を食うはずがない。それでは、鰐は本当に人を食うのだろうか。わたしたちが勝手に思い込み恐れている空想が獣になって暴れ出すので、それをとらえるために鰐とか虎とか呼んでみるだけではないのか。もう何も分からない。疑問の波紋に身体をまかせて、声を出し続けるしかない。「足の裏には、皮と肉と骨があり、皮には透明層と不透明層、肉には筋と脂、骨には白骨と茶髄がある。皮を摩擦しても、肉をほぐしても、骨を自在に曲げても、足の柔らかい者になることはない。」わたしがこのような段落を読むと、聞いている者たちは、どっと笑い出す。滑稽な読み方をするわけではない。文の力が理論を破って人を目茶苦茶に振り回すのだ。振り回される純朴者の役を、わたしが引き受けたように見えるので、みんな笑うのだ。みんなも振り回されたいのだが、誇りが邪魔してそれができない。むしろ、このような文にぶつかると、あおざめた血管を浮き上がらせて怒り出す人も多い。そんな人でも、同じ箇所をわたしがつまずきながらやっと読んでいるのを聞くと笑い出す。そして、矛盾と未知の味を楽しむ。それはわたしが、学弱者よりもずっと極端な痴人の地位を得たということかもしれない。指姫は群衆の隅の方で、そんなわたしの朗読を憂鬱そうな顔をして聞いていた。亀鏡は何も言わなかったが、眉間に悪天候の印が現われ、亀鏡のまわりにすわっていた子妹たちはその豪雨の予感を肌に感じるのか、居心地悪そうにしていた。しかし、豪雨は来なかった。「足の裏には毛穴の数だけ耳がある。足の裏は地に押し付けられている時には、土の声を聞いている。足の聴力の鋭いことをこれすなわち足の裏が柔らかいと言うのである。地の底から聞こえてくるのは蟬の幼虫の鼾、または、死者の一人言などである。」聴衆の笑い声は、さざ波のように広がり、もう止めることができなくなった。自分が書の内容を変えて読んでいる、という意識はわたしにはなかった。そのことに気がついた者も少なかったのではないか。わたしは笑い声に誘い出されるままに、笑い声の流れる方向に引きずられて読んでいった。いつの間にか、勝手にわたしが考え出した内容になっていった。

どうして紙に書いてないことを読むのか、と厳しくわたしに尋ねたのは、紅石だった。紅石はいつも図書室に腰を落ち着けて、書を一字一句気をつけて読んでいたから、わたしが書の内容を勝手に変えれば、すぐに気がついた。紅石は、講義で取り扱われたものも後で必ず自分の目でもう一度読み返していた。どうして内容を変えるのか、初めから自分で創作するというのなら分かるけれども、馬に乗るように書に乗って、途中から、走っているのは実は自分の脚だと言い出すのは詐欺ではないか、と言いながら、紅石は目の端を角立たせた。

わたしには、なぜ紅石がそんなに興奮するのか、理解できなかった。虎の道の原書には作者などいない。それぞれが勝手に解釈して読んでいるだけだ。わたしは難しい解釈をする代わりに、書の中に隠された詩心をより強く引き出してみただけだ。そこに何の支障があるのか。指姫は、わたしたちの言い争いには口を出さなかったが、その何週間かは、道でわたしと会っても、視線の合うのを避け、屋根に止まるタナタナ蝶の数など数えていた。朝鈴だけは、わたしに対する態度を変えなかった。わたしの声は嵐の後の余風のようだ、もし時間が逆流し始めれば、余風が再び嵐を引き起こすことになり、森林を吹き揺さぶるのはわたしひとり、ということになるかもしれない、と朝鈴は楽しそうに言った。

わたしは陶酔薬など飲まなければよかった、と心底後悔していた。人はそのような誘惑に浸っている間は、どうせこれ以上の楽しいこともない人生、少しくらい早く死んでもかまわない、誰でも死ぬ時は来るのだし、時間のたつのはいずれにしても早い、などと考えるのである。しかし、実際には時間は地を這うようにしか過ぎていかない。脳が重くなれば、時間が背中に背負った荷物のように重く感じられる。時間は勝手にたつものではない。木のへらで少しずつ掘り起こしていくもので、穴はなかなか大きくならない。その穴がやっと人ひとり入るくらいの大きさになったら、屍になってそこに横たわる。薬を飲んでも時間は早くは流れない。薬を飲んでいない時間が耐え難く長くなっていくばかりである。もちろん、わたしはもう飲みたくても薬を手に入れることはできないし、飲みたいとも思わない。これから一生、薬に舌で触れることがなくても、魚の肝臓のように軟化してしまった脳の一部はもう元にはもどらない。確かに人の名前は思い出せるようになった。

計算もできるようになった。しかし、例えば、今と呼ばれる今この時の寸前のことが、実際起こったことなのか、自分が頭の中で仮定想像したことなのか、区別がつかないことが増えてきた。沼地を歩いた水鳥の足跡のように、数秒後には記憶がすっかり消えていることもめずらしくなかった。

例えばあの日、わたしは日没後、どしゃぶりの中に悲鳴を聞いたように思い、外に出た。森林の方向に人影が見える。獣の影が倒れている。わたしはその方へ走っていった。走りながら、横目で、寝休舎の脇に女がふたり立っているのが見えた。ふたりは唇をむさぼり合っているように見えた。しかしそんなことに構っている場合ではない。獣の倒れている方へ走って行った。大鹿がどっさりと倒れていた。短髪族の女の子が、鳥のような声で叫んでいた。背後から、女たちがどんどん駆け寄って来るのが聞こえた。人の群れが集まってみると、少し落ち着いた。この雨の中で埋葬は無理だから、明日の朝まで待とうということになった。大鹿が死んでいるのを見ることは時々ある。何か悪い病気が流行っているのだ、と言う者もいる。寝休舎に戻る時、建物の脇など覗いてみたが、ふたりの女の姿は消えていた。それは後から考えると、どうしても亀鏡と指姫であったような気がしてならない。あそこに女がふたり立っていなかったか、と炉の前で身体を乾かしながら短髪族の女の子に尋ねてみたが、見なかった、という答えが返ってきた。やはり、わたしの気のせいだったのかもしれない。

短髪族とは、髪を短く刈って簾編みにした女たちのグループで、体操を得意とし、椅子に尻の張り付いたような生活はやめよう、これまでとは違った身体で学ぼう、というようなことを主張していた。彼女らは、図書室に閉じ籠ることを悪徳とし、どうしても必要な時には手帳のようなものに書の一節を模写して、懐中本にして持ち歩いた。亀鏡に話しかける時には、敬意が出ないよう気を使っていた。階級を崩す、と厠に落書きしたのも、彼女らのひとりであるに違いない。亀鏡には短髪族をひとつの集団として意識している様子は全くなかった。

彼女らはわたしを誤解して、わたしに好意を持っていた。彼女たちの間では、わたしは文字というものを嘲り、声で人の中の色鬼を刺激し天に舞わせることのできる軽薄者ということになっていた。軽薄という言葉は悪い意味に使われることが多いので、軽薄者と呼ばれるとどうしても抵抗を感じるが、彼女たちに言わせると、埃のように魂が軽い、という良い意味なのだそうだ。また、わたしが陶酔薬を毎日飲んでいるという間違った噂も彼女たちは信じているようだった。彼女たちはわたしを根から誤解していた。わたしは文字を軽蔑したことなどない。陶酔薬を飲み続けているわけでもない。それどころか、そんな薬を一度も飲まなかったら、どんなに良かっただろうと思って後悔しているのだ。薬のせいで大地にはびこる雑草の根のような記憶力が無くなってしまい、今その場で創り出す言葉にしか信頼がおけなくなった。その結果、声とともに現われては消える快楽泡だけを追い続けなければならなくなったわたしは、むしろ原書室に籠り、一度読んだことは簡単には忘れない紅石を羨ましく思っていた。

紅石は、短髪族を憎んでいた。彼女たちは文字もろくに読めないのに、前歯をむき出して大げさなことを言う。いつも外を歩き回っているくせに胴体が丸太のようで、剃り上げられた裸の頭部は岩地の芋のように不格好だと紅石は言う。そう言われて見れば、確かにそうだった。思索の場所は図書館以外にはない、ぶらぶら歩きながら書が理解できると思っているのは、眠っているうちに泳ぎが覚えられると考えるのと同じだ、と紅石は馬鹿にして言った。指姫も短髪族のことを軽蔑していた。彼女らのしていることは脇の下の汚れのようだ、腐った蜜柑のようだ、と時々ぽつりと漏らすことがあった。紅石のように言葉数を費やして批判しないだけ、少ない言葉に含まれた憎悪がなまなましく感じられた。

それにしても、あの時、墨のような雨から庇に身を守られて接吻していたのは、誰と誰だったのだろう。この疑問にわたしは熱病のように捕えられた。そう言えば、以前、亀鏡が入院した時、わたしと紅石はいっしょに亀鏡の退院を待っていたが、指姫はどこへ行っていたのだろう。帰郷すると話していたが、本当だろうか。入院にあたっては付き添いはひとりしか許されないから他の者は修行林で待つようにと伝言があった。その「ひとり」とは誰だったのだろう。そんな風に考えていくと、蜜光に包まれていた過去の思い出までが色あせていく。わたしは、もしも亀鏡の生活にはみ出した部分、余分が漏れ出してしまったため隠さなければならない部分があるとしたら、それはわたしと分けあった時間だとずっとうぬぼれていた。もちろん、それは時間と呼べるほど四角いものではなく、時間と時間の間にきらめく幻灯のようなものだった。どこまで記憶を遡れば、恨み妬みの影をおとさない地帯に辿り着くのか。亀鏡からの承諾の手紙を受け取ったように思えるあの日だけが、光の源なのか。でもあの日、わたしはまだ亀鏡に出会っていなかった。その上、手紙を本当に読んだのかどうかさえ、もう分からなくなってしまった。

指姫が亀鏡の唇に触れたかもしれないという思いが、わたしを苦しめた。亀鏡の姿を遠くから見ただけで、亀鏡の唇が際限もなく宙に広がり、視界にある壁を、書物を、人の姿を、空を覆い始めた。わたしは、学舎に来る準備を始める前に情を分け合った亀占師のことをふいに思い出した。あの幽密の時間、わたしの唇は固かった。情は沸き立っていたのに、あの男のどこに触れても食器に触れる感触と違いがなかった。だから、少女たちが時に男性器を、盃とか箸とか呼ぶのは、単なる冗談ではなさそうだ。食器は命が宿りつくまで指や舌で触れ続けなければならない。幼児がものを食べたがらないのも、無機質の食器に触れる度に食欲が萎えてしまうからなのだ。母の乳房の感触が食器に移り住む頃になってやっと、ものを味わえるようになってくる。拒食症が「食器の病」と呼ばれることがあるのもそのせいかもしれない。

わたしの場合、亀鏡を知って初めて血の流れが唇にも向かうようになり、眠れない夜に目を閉じていると、目には見えない女性の重たい肉の房が上空から降りてきた。塩辛い汗に濡れ、かすかに魚貝類の味がした。表面はひんやりとして、中味には熱がこもっていた。亀鏡がわたしのことを考えていないはずはない、考えているから、肉の感触が夢の網目をすり抜けて、わたしのところに飛んで来るのではないか。もしそれが、全く亀鏡とは関係のない地霊のいたずらだとしたら、と思って、すばやく目を開けると、もう肉の感触は消えている。

これまで見た唇の中で一番忘れ難いのは、霧珠の唇だった。学舎で一年ほど学んでから、ある日ふいに町へ行ったきり、帰って来なくなった桃灰という子妹があった。亀鏡と喧嘩した様子もなかったし、書が嫌になったと嘆いていたわけでもなかった。あれは放浪癖だ、と紅石は決めつけた。その桃灰が、数ヵ月して唇の美しい女を連れてもどってきた。女はわたしたちと同じくらいの年で、霧珠という名前だった。桃灰は、なぜもどってきたのか、どこで霧珠と知り合ったのか、何の説明もない。翌日から、霧珠は当り前の顔をして講義に参加し始めた。驚いたことに、亀鏡は、桃灰がもどってきたことについても、霧珠についても、何も言わなかった。霧珠は言葉が少なく穏やかでありながら、よく書を読んで、様々な方向から個々の言葉を吟味して、ものを言った。その声には何か他の女たちの声にはない響きが混ざっていた。桃灰は相変わらず背骨の柔らかい身体をしなわせてよく笑った。桃灰に、町はどんな具合だったか、と尋ねると、めずらしい干し果物が紐にくくられてぶらさがっている屋台や、精巧な操り人形の見世物や、肌を触らせて金を取る肥満体の青年たちなど、めずらしい風物を語り聞かせてくれた。指姫はそのような物を軽蔑して、話を聞きたがらなかった。今さら自分の一度捨ててきたものを異国情緒のように面白がるのは悪趣味だ、と言うのだ。紅石は以前から桃灰の放浪癖が気に入らないようで、桃灰がいなくなった時にはほっとしていた。それがまた戻って来たので、うんざりしているようだった。放浪のどこがいけないのか聞いてみると、放浪する者に原書室を持って歩くことができるか、と紅石は答えた。

わたしと朝鈴は、無邪気な好奇心から桃灰に話をねだった。紅石は部屋を出ていった。指姫は斜めにすわって煙草を吸いながら話を聞いていたが、しばらくすると急に桃灰の話を遮って、町で生活していくのは大変か、と尋ねた。桃灰は驚いたように指姫を見て、朝から晩まで、物を担ぎ、物を磨き、物を売り、人にねだり、乞い、頼み、それでやっと暮らしていかれるかいかれないかというところだ、と答えた。町の生活は豊かだと思っていたわたしは驚いた。指姫はそれを知っていたようだった。

それからしばらくして、ある夕暮れ時、わたしは久しぶりで池に行ってみようと思いたち、森林に足を踏み入れた。しばらく行くと、藪の向こうの池のあたりから話し声が聞こえてきた。この場所を知っているのは自分だけだと思っていたので、驚いて耳をすますと、どうやら桃灰の声らしい。藪をそっとかきわけて覗いてみた。桃灰が池に腰まで入って、水と戯れている。彼女が水しぶきをはねかえして池の縁に足を伸ばしてすわっている霧珠に冷たい水をかけようとすると、霧珠は身体をよじって、声を上げて笑った。ふたりとも裸で、その肌が日暮れ時の光線の加減で、蜜柑色に見えた。霧珠の太い腿の間にネズミのようにちょこんとすわっている獣がいた。わたしは自分の目が信じられなかった。霧珠は男性だった。

学舎には男子禁制の規則はないが、男性が学んでいるのは見たことがない。多分、亀鏡が採用しないのだろう、くらいに思っていた。その理由については特に考えてみたこともなかった。そこに少女のように赤い唇と滑らかな肌をして、いつの間にか潜り込んできた霧珠が実は男だとはわたし以外誰も気がつかなかったようだ。桃灰は数ヵ月するとまた、霧珠を連れて、姿を消してしまった。放浪癖は治療できない、と紅石は無関心そうに言った。わたしは、ふたりがもどって来ることをひそかに期待していたが、ふたりはそれ以来二度と姿を見せなかった。

男性と言えば、わたしも他の女たちほどではないが、学舎で一度も幽密を経験しなかったわけではない。中でも一番心に残っているのは、あの事件だ。夏の白い光が建物の壁や人の顔を皺の細部まで入り込んで照らし出していた昼下がり、書の一節を書き写したものを夢中で読んでいると、ふいに食堂別館の裏の辺りで誰かがわたしを待っているような気がしてきた。読書に気を集中することができなくなって、思わず外へ飛び出した。食堂別館の裏へ行ってみると、見たことのない姿がすらりと立っている。地面に届くほど丈の長い黄縞織りのマント、胸にはコメド石の飾りを七つ付けている。すっと左右に伸びた脚の曲線も巧みな筆捌きのようで悪くない、などと思っていると、髭の生えかかった口元から熟れていないトウモロコシの粒のような白い歯粒がいっせいに現われた。見たことのない旅の男だったが、初めて見た時からどこか見覚えがあるような気もした。その理由が分かるまでには、何週間もかかった。

自分がそのような者と何週間も関係を結んでいたことを思い出すと今でも、素足で霜を踏むような思いがする。腰と腰の骨を強く組み合わせ、息の熱さに耳たぶを焼くうちに、相手の身体も自分の身体も柔らかくなって、曲がらないはずの場所まで曲がり始める、そんな抱擁を何十回も繰り返した。胴は縮んで、手足が長く伸びていく。すると、旅の男の下腹から、植物的な管が二本伸びてきた。それが水分を求める根のようにどこまでも長く伸びて、わたしの臀部の穴と出産の穴とにそれぞれ入っていく。二本のしなやかな管は、どんどん伸びて、奥へ奥へと進み、五つの臓物を内側から絡み取るようにしながら、心臓にたどり着くまで伸びるのをやめない。そして、その二匹の蛇が心臓のところで出会う瞬間、鼓動が止まりそうになる。

二回目には恐ろしさのあまり密会を断わろうとさえ思った。旅の男と接触して妊娠し、お産になると泡粒のような卵を何十も生んだ女の話をかつて聞いたことがある。卵の中から這い出してきた子供たちがどんな姿をしていたのかは知りたくもない。この男もまた、何か人になり切れないものを持っていた。逢いたくないと思っても、そう簡単にはいかなかった。部屋でものを書いていると、もうそこに立っている。戸は閉まっているのに、いつの間にか入って来ている。森林の入り口あたりを散歩していると、すぐ後を足音もたてずに随いて来ている。寝床に横たわっていると、音もなくもぐり込んでくる。そんな時は、他の女たちに見られるのが嫌なので、わたしはこっそり部屋を出るしかない。食堂別館の裏へこっそりと歩いていって、壁にぴったり背中を付ける。

その夜、男の姿が満月の逆光を浴びて黒く浮かび上がった瞬間、筆がさっと宙を切る音がした。忙しく瞬きしながらも相手の姿を見極めようとしてじっと目を凝らすと、男の姿が「虎」という字になり変わっている。息を飲む間もなく、字姿は闇に飲まれて消え、代わりに亀鏡が立っていた。亀鏡は、右手に魚切り包丁ほどの長さの筆を握っていた。亀鏡の説明を聞くまで、わたしは、「字霊」のいたずらについては全く知識がなかった。あるひとつの文字が人に憑くと、それが生き物の姿で繰り返し現われる。誰かが背後からその字の形を筆でなぞってやるまでいたずらは止まない。すると、足のような生殖器のようなあの管は、「虎」という字の下半分に生えた二本の線に過ぎなかったのか。そう思った途端、下腹部に情けないほどの痛みが走り、わたしは亀鏡の腰に抱きついて、すすり泣きを漏らした。こんなことは後にも先にも一度きりのことだった。亀鏡は何も言わず、身動きもせずに、樹木のようにその場に立っていた。子妹を悪霊から守るのは義務だと亀鏡がずっと前に言っていたのを思い出した。その時は悪霊など森林奥深く入らなければ現われないだろう、と思ったが、悪霊はどこにでも現われるものらしい。

それにしても、亀鏡にはなぜ、わたしに字霊が憑いていることが分かったのだろう。翌朝、朝鈴とふたりだけで散歩する機会があったので、この話をしてみた。朝鈴は、字霊の植物的管がわたしの身体に入っていく場面に表情を渋め、込み上げてくる吐き気をしきりと飲み込むように喉元を動かした。朝鈴があからさまな肉の話を嫌っているのを知って、わたしの心は一歩、朝鈴から離れた。

字霊との件が解決してしまうと、どうでもいいようなことだけが思い出として網膜の記憶に残った。それは尻を穀物袋のように重そうに引きあげながら歩いていく女たちの後姿だった。字霊との密会に使った食堂別館の脇から、夜中に建物の中に入っていく女たちは、わたしの方になど目を向けようともしなかった。あの時は何も思わなかったが、後になって考えてみると、あれが軟炭の言っていた、陶酔薬製造人たちだったのかもしれない。軟炭が言うには、学舎は薬を製造してその利益で運営されている。陶酔薬と言っても麻酔として病人が必要とするものを作っているのだが、同じものを、意識を砕く目的で飲むことも、もちろんできる。高い値段でそれらの薬を買っていく仲買人たちが果たして病人の手に渡るような道筋にだけ売っているかどうかは、誰にも分からない。だから自分だけが特に悪いことをしているのではない、亀鏡のしていることだって基本的には同じなのだ、と軟炭は言い訳するように言った。あの時はあまり注意して聞いていなかったが、軟炭は、陶酔薬製造の秘密は、何人かの女たちが分割所有していると話していたように思う。女たちはそれぞれ数種類の薬草の見つけ方を知っているが、それをただ混ぜても陶酔薬は作れない。どれとどれをどのように合わせるか、その秘密は亀鏡だけが握っているというのである。つまりその女たちは亀鏡の十本の指のようなもので、役に立つ製品を完成させるにはどうしても亀鏡が必要ということになる。

「その秘密は石でできた天のようなものである」と言う古代詩にある表現を突然思い出した。「雷が鳴る度に、天がほころびはしないかと心配して、大木たちはいっせいに、針と糸を天に捧げ持つ。しかし、石天は鳴神が火花を散らしてもほころびない。だから、天の秘密がこちら側に漏れることはない。ただ、重い罰を受けた者の悲しい歌声が響くと、大にひびが入り、そこから秘密が少しだけ漏れて、寒そうに震えている兎の毛皮を濡らすことがある。」兎に聞けば、秘密が少しは分かるということなのか。

わたしは軟炭の元から解放されてからは、もう薬のことなど思い出すのも嫌で、製造の秘密など知りたいとも思わなかった。字霊の事件がなかったら、薬の話はそのまま忘れてしまったかもしれない。あの時、食堂別館の裏で字霊と逢っていたわたしを亀鏡が見つけたのも、調理場の裏に続く扉がやはりあの辺りにあって、亀鏡は深夜、軟炭の言っていた通り、陶酔薬を仕上げていたのではないか。日中行ってみると、不思議なことに扉などない。夜にならないと見えない扉というのもあるのだろうか。

翌朝、燕のような髭を生やした老人が車を引いて来ていた。以前にも見たことのある顔である。左足を少し引きずるようにして、雨合羽の暗い色に、カタツムリが這ったような跡がいくつも光って見えた。雨は細い皺のように大気に紛れ込み、肌を刺し、冬でもないのに、ぞくぞくと冷えてくる。こんな日に外をぶらぶらと歩き回っている女はいない。わたしは、この男の姿が窓から見えると、外に飛び出さずにはいられなかった。霧雨に誘われて、庭園には、幽花が現われ、不気味に笑っていた。幽花とは、過去に同じ場所に生えていた植物が、湿気と光の関係で目に見えるようになる現象で、そのせいで庭園には二重にも三重にも花が咲き乱れていた。もし庭男がこの光景を見たら、青ざめて大きな鋏を握りしめて飛んでくるだろう。この庭男の仕事は雑草を刈り取る以上に、幽花など怪しげなものを刈り取ることだった。しかし、庭男は現われなかった。きっとまた、作業小屋かどこかで、誰かと麻の腰縛りを互いに解き合っているのだろう。紅石はこの男と逢うのはやめたようだった。それ以来、庭男の人間関係には脈絡がなくなったように見える。尻の筋肉はますます張ってきたが、植物のことを尋ねても、宙をぼんやり見つめてため息をつきながら、上の空で答えるだけ。庭男の現われない庭園の向こうをあの老人が歩いていく。わたしは、幽花を無残に踏みつけながら、その方へ走っていった。怒りにまみれて足に絡み付いてくる蔓もあった。それを千切って、刺が衣に刺さっても取り除かず、ただ夢中で老人の姿の見える方へ走っていった。わたしがすぐ目の前まで来ると、老人は足を止めて、あんたは薬をやっていたことがあるね、と言った。顔を見ただけですぐに分かるものなのだろうか。わたしは弱みを突かれて胆が熱くなり、あなたが薬を買いに来た仲買人でしょうか、と逆襲した。老人は多少馬鹿にしたような表情を口元に浮かべたが、質問には答えなかった。陶酔薬の製造で学舎が経営されているって本当でしょうか。わたしが思い切ってそう言った瞬間、亀鏡が急に背後から現われた。わたしは逃げるわけにもいかないので、そのまま立ちすくんでいた。薬で学舎が経営されているというのは本当でしょうかね、と老人は皮肉な口調でわたしの質問を繰り返して、亀鏡の表情を横目でうかがった。亀鏡は目の白いところを大きくして、わたしを見た。

それ以来、亀鏡の白目の白さが、穀物を漂白して焼いた乾辛餅のように膨らんで、何度も思い出された。寝返りを打つ度に、その餅は一回り大きくなっている。夜には必ず眠らなければいけないということはない。目を開けたまま天井を睨んでいれば、やがて目が闇になり、闇が目になる。そうして闇の海を漂っているうちに朝になる。眠りに意識を売り渡せば疲れが取れるとは限らない。泥棒を追いかけて市場を駆け回るような夢を見続けて、くたくたになって目を覚ますくらいならば、眠らずにただ横たわっていた方がいい。これが不眠症のわたしの言い分だった。しかし、白いものが目の前にぶらさがっていたのでは、闇と融合することなどできない。亀鏡の恨みがかった白目を、餅をふたつに割るように割れば、中から餡のような夜がこぼれ出てくるのだろうか。恨めしさばかり白けて寒い白目の中から濃厚な甘さが闇になって流れ出る瞬間を思って、わたしは何度も宙に手を伸ばした。手に触れるものもなく、空しく、求めても、答えを耳元でささやいてくれる枕霊さえ居なかった。

眠れないことに慣れていたわたしは、いつもならば、そのまま諦めて、横たわっていただろう。しかしその日は、耐えられないものを感じて外へ出た。古代の山岳詩人たちは孤独に刺され痛みを覚える夜には、泉の澄んだ水を杯に汲んで、そこに月を映し取ることで、月を身近に呼び寄せ、地面に尻をつけて、自分の影と月と三人で夜を越えたようだ。わたしも月を求めて外へ出た。

月の光の方が太陽の光よりも何段も明るく感じられる。月はくっきりと描かれた自分という円の内部を隈なく照らし出す。月の光は地上に落ちても、しっかり受け止められる。例えばカナシガの葉は月の光を受け止めて一滴も外へこぼさない。だから、月は個として夜を歩く人の視界にくっきりと浮かび上がり、実はそれが、山脈の背後でしばらく身を休めている太陽の光を反射しているだけなのだと言うことさえ忘れさせてしまう。それに比べて太陽は、誰にも見つめられることがない。人は目に見えるものばかりを見て、光源のことなど忘れてしまう。

外へ出たわたしは、月明りに照らされて濡れているようにも見える道をどこへ行くともなく歩いていった。その辺りを雌狐のように一廻りしてから、足は食堂別館の裏へ向いていた。木戸がぼんやりと浮かび上がって見える。夜にならないと見えない木戸があるというのは本当らしい。木戸には鍵など掛かっていない。手のひらが一枚すっと縦に入るくらいの隙間があいている。その隙間に顔の半面を当てるようにして覗き込んでみると、幅の広い背中をこちらに向けて女がひとり、容器の中で草を洗っていた。草のあおくさい汗が水飛沫といっしょに飛び散っているような気がして、わたしは息が苦しくなった。これ以上長くここに立っていれば必ず背後に亀鏡が現われるだろうという予感のようなものがあったので、あわててその場を去った。そのような勘がいつから働くようになったのか分からないが、亀鏡に関しては勘ほど頼りになるものはない。

薬草は病を直すためにあり、陶酔薬は意識を崩すために使われる、というのが常識になっている。後者の方が値段は高いに決まっている。病人には貧乏人が多い。中毒患者にも貧乏人は多いだろうが、かれらは金のためならば盗みでも恐喝でもするそうだから、代金を払わないということがない。学舎がそういう物を売ったお金で経営されているとしても構わないが、そんなことは考えてもみなかった自分というものに呆れて言葉も出ない。わたしたちは瓶の中に閉じ込められて、外のことは何も知らずに毎日甘い蠅の腸を餌として与えられる愛玩蛙のようなものではないか。瓶の外の世界に触れることもできず、問いかける事もできず、ただ、両手を瓶の底にぴったりつけて、時々喉を膨らまして鳴くうちに一生が終わってしまう。「瓶の中に閉じ込められたアカメ蛙は瓶を割ってしまいたくても割ることができない、跳ねても蹴ってもどうにもならない、瓶の中は瓶の中」というような流行歌があったことをふいに思い出したが、笑う気にもなれなかった。こんなに重大なことを秘密にしているのなら、亀鏡が他にも隠し事をしているとしても不思議はない。亀鏡は、何かわたしの心を曇らせるもののあることに気づいていたに違いない。時々心配そうな目でわたしを遠くから観察しているようだった。しかし、わたしがそちらを見れば目を逸らしてしまうし、近づいていけば、急に誰かに呼ばれでもしたように遠ざかって行ってしまう。

その頃、短髪族がわたしに接近してきた。庭園の脇を歩いていると必ず後ろから早足で追いついてきて、並んで歩こうとする。中でも緑光という指導者的な感じのする女は、食事の時にいつもわたしの隣にすわった。紅石がその様子をいかがわしそうに観察しているのが見えた。緑光は、わたしの内気をなじり、わたしのような才気ある者はみんなにもっと声を聞かせるべきだ、としきりと言うのだった。他には誰も褒めてくれる人もなく、それどころか口には出さなくても、わたしを学弱者と思っている人も少なくない頃だったから、緑光の言葉はわたしの耳には快かった。

紅石は人に慕われることの少ない性格なので、誰かが紅石のことを口に出して褒めるのは聞いたことがなかった。しかし、紅石を学弱と思う人間はいない。紅石はよく図書室で準備勉強してきて、敷物をきれいに広げるような長い発言をした。紅石の発言が優れていると、亀鏡はそれに乗って自分もまたいつもより多くしゃべった。そしてその発言が長くなると、わたしには内容を追って理解することができなくなり、気持ちばかりがあせった。人を褒めることのない亀鏡だったが、それだけに、亀鏡が見せる小さな身振りで、紅石の発言の優越を亀鏡も認めていることが察せられた。そんな時、指姫は下唇を噛んで、黙って講堂を出ていった。翌日見る指姫の顔は、額に乳色に光る皺が何本も寄って、まぶたが赤く腫れていた。指姫ほど顔の毎日違う女もめずらしい。わたしたちはまた頻繁に話をするようになっていた。指姫はわたしと居ると、よく、紅石のことを話題にしたがった。紅石のことを、才気があるとか、親も書に親しんでいただけのことがあるとか言って褒めた。褒めながら額と口のまわりにしきりと皺を寄せた。その皺は時々亀鏡の顔に現われる皺と驚くほど似ていた。紅石の知には限界がある、とわたしが言うと、指姫は反論しなかった。似ていると言えば、紅石は話をしながら興奮してくると両手の十本の指を広げて指先を下にして手のひらをこちらに見せる癖があり、どこかで見たことがあると思っていると、それは亀鏡の癖だった。朝鈴は亀鏡と同じ仕草をすることはなかったが、朝鈴の顔形はもともと亀鏡と似ていないこともなかった。そのことにやっと今になって気付いたことが不思議だった。

わたしには亀鏡と似たところがない。亀鏡の話すことが理解できなくても、それだけでは不安にはならない。話の流れる幅、流れの速さの推移、滝の現われる所などが感じられれば、それだけで呼吸が活気づいてくる。ところが、わたしには亀鏡の思考の流れがだんだん感じ取れなくなっていった。そして何より亀鏡の心が書の中に姿を現わした何かに出会って笑いさざめくその瞬間を分かち合うことができなくなってきた。亀鏡がわたしには見当もつかないような理由で突然笑い出すと、それがこちらには肉の痛みとして感じられた。痛みがいらだちとこね合わされて、肝臓が震えた。あの日、わたしがぶつかったのがどのような文章だったかは、もう覚えていない。気がついた時には、唾を飛ばしてしゃべっていた。自分は太った鳥にまたがって飛んでいたのだと、わたしはそういう話をしていた。鳥の横腹には脂肪がついているので、股でしめつけると、熱く柔らかい。鳥の身体のあまり前の方をしめつけると翼が広げられないから、なるべく後ろの方に乗って、鳥の背中にうつ伏せになるようにして胸を押し付け、両手で前肢骨につかまる。鳥にも以前は今の翼の先端に当たる位置に手のようなものが生えていた時代があり、この骨はその時代のなごりだそうだ。うつ伏せになって鳥の首に頰を押し付けて、飛ぼうという気持ちに心を集中する。すると、鳥は翼を大きく広げて、数回はばたき、筋肉を固くして飛び立つ。こういう経験を、書の著者もしているに違いない、今読んだ一節はその体験のことを語っているのだと解釈することもできる、とわたしは主張した。もちろん、思いつきで言ったことだが、同じ思いつきでも心に訴え、記憶を呼び起こすものと、全く実体のないものがある。飛翔の様子をわたしが詳しく描写したので、みんな興奮し、自分も今にも飛び立てそうな気分になっているようだった。亀鏡が、それはどこに書いてあるのか、と質問した。非難する口調ではなかったが、かえってそれが不気味でもあった。亀鏡の声を聞いて、氷の判断力をすぐに取り返したのは紅石だった。書に作者はいないはずなのに、それは作者が自分で体験したことだとわたしが言うのはどういうつもりなのか、と紅石が厳しく質問した。今思うと、わたしはこの時、まだ解きほぐす努力さえしていなかった点をみぞおちを突くようにいきなり突かれ、あせりを感じたのだと思う。内心はあわてて、外に向かっては自信に満ちた調子で、わたしはしゃべり出した。飛翔の体験というものがまず初めにある、鳥よりも人よりも、もっと前に、主体を必要としない飛翔の体験というものがある、その体験は雲のように宙に浮いている、夜も昼も浮いている、そのうちに鳥というものが宙の中から生まれて、飛ぶと言う行為を目に見えるようにする、それから人というものが現われて、鳥に乗って飛ぶという体験をひとつの物語にする、わたしは答える代わりにそのようにしゃべった。もうこれで充分だ、これ以上しゃべれば力尽きて単なる言葉の羅列になってしまう、と思っても、自分では止めることができなかった。自分自身の泣き声に興奮してますます大きな声で泣く赤子のように、わたしも自分の声にゆすぶられて興奮が高まっていくばかりだった。わたしの指は十本とも薄羽トンボの羽のようにぶるぶる震えて、隣にいる朝鈴が驚いてそれを見ているのが分かった。飛翔の体験から離れてしまえばどんなに勉強しても言葉は死んでいくばかりだ、飛翔の体験はあまりにも昔のことであるからそれについて語ろうとすれば幼なさ愚かさ不正確さ感傷が混じってきてしまうこともある、しかしそういう不純さを恐れ退けてしまっては書も死んでしまう。そのようなことを言いながら、視界を縁どる事物がぐるぐる回り始めたのを感じていた。聴衆の心が疲れて、わたしから離れていくのが分かった。疲れを知らないのは紅石だけだった。言葉や書が死ぬ死なないというのは、感傷的な比喩に過ぎない、と紅石が切り返してきた。わたしの神経を宥めようとして、朝鈴が何かささやいているが、何を言っているのか聞こえない。肝臓から発した震えが胸の中も頭の中もいっぱいに満たしてしまって、耳の中の空気が膨張していく。亀鏡は唇をきつく結ぶと、黙って講堂を出て行ってしまった。子妹たちがどよめいた。こんなことは初めてだった。わたしは遂に見放されたという思いで講堂を出た。修行林に駆けこんで行こうとするわたしの腕を摑んで止めたのは、緑光だった。誘われて、初めて緑光たちの寝休舎に入った。

あなたのやったことは間違っていない、と緑光は何度も繰り返し言った。朝鈴のようにただ好意から慰めるのではなく、わたしの思想は絶対に正しいと言うのだった。わたしには特に思想と呼べるようなものはなかったが、そう言われて悪い気持ちはしなかった。この学舎は根が腐ってきている、あなたももう気づいているだろうけれども、外部ともいろいろ脂ぎった関係が結ばれてきている、と緑光が言った。それを改善できるのはあなたのように純粋な人間だけだ、と。純粋というのは不快な言葉とは感じたが、それはあの陶酔薬のことを言っているのだろうと早合点して、わたしも陶酔薬のような物を密かに製造して密輸販売するのはどうかと思うけれどもそんなことよりも虎の道の求め方そのものに貧血ぎみなところがあるように思えてならない、と言ってしまった。緑光は驚きも見せず、しかもその製造が噂通り、原書室で行われているとしたらとんでもないことだ、と言うので、わたしは意外に思って、原書室ではなくて、食堂別館の裏で製造されているのではないのか、と言ってしまった。月明りに浮かび上がる木戸を押して開ければ、普段は食堂で菜を刻んでいる女たちの一部が、においの強い草を洗っているのが見える、洗って刻んでそれから煮るのか乾燥させるのか、詳しいことはまだ見たことがないから分からないけれども、と言ってしまった。緑光はまぶたを上げて目をぐるっと動かしたが、何も言わなかった。わたしの方もしばらくするとその話は忘れてしまった。

この事件の後、わたしの心に残ったのは亀鏡に対する恨みだけだった。恨む心で昔のことなどすくい上げては、また恨みを濃くする。いつだったか、亀鏡が雨上がりの夕暮れ時に紅色の雲が出ているからよく見たいと言いだし、森林の入り口のところまで歩いていったことがあった。紅石や指姫を含む数人がそれに続いた。森林の入り口にさしかかると、ガワンの大木に奇鳥がちょうど舞い降りて、見たこともないような枝を大きくたわませたので、葉に溜まっていた雨水がバケツでもひっくり返したように落ちてきて、亀鏡の髪と衣を濡らした。まわりにいた子妹たちは少しも濡れなかった。亀鏡は自分だけがひどく濡れたのを見ると、目を曇らせ、どんなに努力しても災害にしか遭わないわたしのように不幸な人間もいれば、何もしないで怠惰でもいつも春風に肌を撫でられている人間もいる、と言った。わたしはそれをある種の皮肉か冗談のように受けとめて笑った。笑い声を聞いて、亀鏡の肩がぶるっと震えた。冗談のつもりではなかったようだ。亀鏡の心は駄々をこねる幼女のようではないか。わたしは苦笑した。指姫は少しも笑わずに、それどころか目に涙をためて、亀鏡は本当に不幸な人間だと言いながら、その髪を山菜紙で拭いた。紙は薄いので指姫の手の中で透き通って破れた。亀鏡は紙が破れたのはわたしのせいだとでも言うように恨めしそうにこちらを見ていた。

亀鏡は人間として成熟していない、と緑光は言う。まわりの人間たちがみんな自分だけを慕って敬って、しかも同情し世話をしてくれるのを願っている。これは小さなお姫様心理である。しかもそれが年とともにひどくなっていく。このままでは自分たちの生活の場である学舎の将来が危ぶまれる。だからどうにか亀鏡の座を突き崩さなければいけない。これが緑光の意見であった。しかし亀鏡がいなくなったらいったい誰が学舎をやっていくのだろう。口には出さなかったが、緑光の言うことは、地盤がぬるぬるしていた。あなたの協力がなければ計画はやり遂げられない、と緑光はわたしに何度も言った。計画というのは詳しく聞いてみれば次のようなものだった。満月の夜に、町の役人たちを予め呼んでおいて、食堂別館の裏の作業場を奇襲し、薬草を加工している女たちを取り押さえ、薬草を没収する。学舎中の子妹を起こして講堂に集め、亀鏡と取り押さえた女たちに公開尋問する。ついでに、その薬草が恐らく陶酔薬として売られているだろうことを証言したいという女がひとりいるから、その女も外部から招いておく。もちろんお礼をして、と言うと緑光はにやりと笑った。それは軟炭かもしれない、とわたしは思った。軟炭に本当にそんなことが証言できるのだろうか。自分の勝手な予想か、お金をもらっての偽証言ではないのか。わたしは怪しまれることを恐れて、それは良い考えだ、と緑光にすぐに同意してみせた。緑光には二十人近くも短髪族の忠実な部下がいて、緑光の言うことにはいつでもすぐに従うようだった。信じて属することで自信を得ているような女たちだった。

この計画を知ってから事件の日までの二週間ほど呼吸が重かったことはない。眠れないのはいつものことだが、寝返りを打つだけで重心を失い、左右の見えない溝に墜落してしまう。落ちればそのまま言葉が石飛礫のように後を追って落ちてきて、身を打たれ、意識を失い、地中に埋もれてしまう。破片を掻き分けて、やっとの思いで息のつけるところまで這い上がる。昼間は、前から人が来るのが見えれば、それが誰でもすぐに角を曲がって顔を合わせないようにする。話しかけられる恐れのある距離まで人が近づいて来ないように絶えず注意している。それでも背後からふいに声をかけられて、会話が始まってしまうと、なるべく天候の話ばかりするようにする。相手が何を言っても、誘いをかけ罠をかけ探りを入れているように思える。

満月まであと九日。そのように日を数え始めると数ばかりが気になって、書を読んでいても全く意味が摑めなくなってきた。朝鈴は、わたしの様子がおかしいことに気づいていたようだ。枕を二倍の高さにして眠ると夢の中の地形から絶壁が消えるそうだ、とか、肌に微小火山ができたら雨に濡れた木の葉を朝のうちに集めて顔を覆うといいとか、そんなことを言っては、わたしの反応を観察している。わたしは秘密が漏れてしまうのではないかとそれが心配で、朝鈴に対してさえ冷淡になっていった。

あと六日。もし学舎が陶酔薬の製造で経営されているのだとしても、わたしには関係ないことだ。もしも亀鏡が、そのことで学舎を去るようなことになれば、わたしは柱を飛ばされた屋根瓦のように地に落ちて砕け散ってしまうかもしれない。それならばなぜ緑光の奇襲計画を止めようとしないのか。それは、緑光に対してわたしが感じる理由のない恐怖のせいだった。緑光は秘密を漏らしたら鼻を削ぐ、などと言って、わたしを脅したことはない。緑光が瞬きする度に地上にひらりと舞い降りる残忍さの影だけで充分だった。天候の具合か何かが原因で計画が失敗に終わればいい、とそんな希望にしがみついて、わたしは目をつぶってしまった。

緑光のことをずっと以前から嫌っていた紅石とは、特に目が合わせられなくなった。その日、昼食の時に紅石が斜め前にすわっていた。緑光は近くにいなかった。紅石は隣にすわっていた波草に何かささやいた。最近、紅石は指姫ともわたしともあまり口をきかず、どこか大人びた悲しげな影のある波草とばかり話をしていた。この時も、わたしと緑光の名前が聞こえたので、ふたりが何かわたしたちの計画のことを嗅ぎつけ、その噂をしているように思えた。まわりの雑音に遮られてよく聞こえないので、わたしの神経はますます尖り、想像力は膨張していく一方だった。

あと四日という時、緑光がわたしをこっそりと寝休舎に呼びつけて、誰かに秘密が漏れたような兆候があるかと尋ねた。わたしにお世辞を言う時とは全く違って、声に赤黒い脅迫が混ざっていた。間違ったことをすれば葬られてしまうかもしれない。緑光が具体的な脅しの言葉を口にしたわけではない。緑光の部下のひとりに、耳たぶがひとつしかない女がいることなど勝手に思い出してふるえているわたしが愚かなだけだ。心の準備はできているか、と緑光は最後に尋ねた。それだけだった。陶酔薬製造という学舎経営の暗い部分が明るみに出て、亀鏡という聖像が崩れ去れば、誰もが自由に発言し研究していく開放的雰囲気が学舎全体に生まれるはずだ、と緑光が言っていたことをわたしは思い出した。子妹の間に階級が固まってくるのには反対だ、原書室に籠って読書するだけの生活を強いるのもおかしい、と緑光は繰り返し言っていた。亀鏡を掃き出して、緑光たちが主導権を握って、学舎を経営していこうと考えているのかもしれない。そうなればもう、わたしも学舎には残っていたくはない。わたしは亀鏡が出て行ってしまうのを望んだことなど一度もない。

あと三日かと思って震え、わたしは深夜、外へ出た。日中は拳骨を固く握ることで震えを握りつぶすこともできるが、夜になると手に力が入らなくなる。しかも、室内の空気はけば立って、とても吸い込めるものではなかった。夜は無力感が恐ろしいが、昼は人の目が恐ろしい。自分の顔を見られることが恐ろしい。この夜、どういうわけか初めて、亀鏡はいったいどこで寝ているのだろう、ということが気になり始めた。寝休舎には、亀鏡の寝台はない。庭園の奥に亀鏡がよくひとりすわっている小さな円形休憩館が建っているが、そこにも寝台はなかった。原書室で寝ていれば、睡眠中も書が頭に入ってくるからうらやましいと指姫がいつか言っていたことがあったが、まさか亀鏡が原書室で寝ているとは思えない。

原書室の奥に要鍵室と書かれた扉がある。そこが亀鏡の寝室ではないか、と紅石が言っていたことがある。名前とは矛盾して、その扉には鍵がかかっていないのだ、もちろん中へ入ったことはなかったが、扉はいつも開いている、と紅石が教えてくれたことがあった。紅石はいつも原書室にすわって書を研究し、まわりに誰もいないと、扉が開いているかどうか押してみているのかもしれない。開いているのならば、入ることもできるはずだ。紅石はなぜ入らなかったのだろう。よく考えてみると、学舎には、鍵という言葉のつくものはいろいろあるが、鍵そのものは見たことがない。扉はどれも鍵がかかっていない。寝休舎の扉にさえ鍵がない。入ろうと思えば誰でも夜中に入ってくることができる。原書室に深夜入ったことはまだなかったが、入ろうと思えばいつでも入れる。亀鏡自身そう言っていたことがあるではないか。夜中に突然、書が読みたくなるような病もあるのだろうか、とあの時は不思議に思っただけだった。書の背ばかりが並ぶ、人のいない闇をひとり行けば、胸の寒くなるような思いがするのではないか。

実際に原書室に入ってみると、特に恐ろしいということはなかった。壁には月の光を集める吸光紙が貼りめぐらされているので、柔らかい光が室内を包み、各所に文字が読めるだけの光源も用意してあった。わたしは、一番奥まで入って、扉を中指で押してみた。扉が重いので、中指が弓のようにしなって、扉は動いた。確かに鍵などかかっていない。「鍵がかかっているから入れないのではない、扉が閉まっているから入れないのでもない、閾《しきい》があるから入れないのでもない。」これが書からの引用なのか、それとも自分で勝手に考え出したものなのかは思い出せない。この扉の向こう側で亀鏡が眠っている。亀鏡とふたりきりで向かい合った時にわたしの口にする言葉は何だろう。あの時なぜこうしたのか、この時なぜこうしなかったのか、などと細かい刺をひとつひとつ数え上げてみても仕方がない。できることなら、亀鏡に尋ねたいこと全部をほっそりとした手の形にして、握手のように差し出したい。亀鏡に尋ねたいことを言葉にしようとしたら、喉が干上がって声が出なくなるかもしれない。引き返したいというのが正直な気持ちだった。それでも背後から燃えついてくる森林熱のようなものがあるので、諦める気になれない。もしも今、緑光が追ってきて、何をしているのかと尋ねたら。わたしは陶酔薬のことが本当なのかどうかを亀鏡に尋ねたいわけではない。ただ、緑光の計画のことを亀鏡に話してしまいたいだけなのだ。陶酔薬製造の内幕など結局は分からなくてもいい。亀鏡と緑光の両方から耳を切り取られることになってもいい。そこまで考えた時、わたしは、扉を押して、肩から中へするりと入り込んでいた。

内部は細長く曲がりくねった廊下が続き、温度が原書室より多少高いようだった。しかも乳の香りが漂っている。わたしは、ふらふらと奥へ吸い込まれて入っていった。左右にいくつか扉のようなものがぼんやり浮かび上がって見えたが、押しても開かなかった。わたしは更に奥へ進んだ。廊下は幅が狭くなり、天井が低くなり、壁の凹凸がひどくなってきた。しかも、その壁は押してみると、湿っていて柔らかい。そのうち、腰をかがめなければ通れなくなり、腰がほとんど直角に曲がって、足が前に踏み出せなくなると、床に両手両膝をついて這うしかなくなった。すると通路が一箇所だけひどく狭くなっているところに出た。両手を前に伸ばさなければ入れなくなった。そこを抜けて向こう側に入るのはさすがに恐ろしくなり、初めて振り返った。ところが廊下は、前を見ると明るいが、背後は真っ暗だった。とても引き返す勇気はない。道の狭くなったところに身体をねじ込むようにして、思いきって通り抜けた。向こう側に抜け出た瞬間、冷や汗が吹き出し、もうどれないような気がした。床を這って更に進んだ。次第に尻の位置が収まってきて、だらしなく引きずっていた膝から下がすっきりしてきた。四つ足動物にでもなったかのようだ。こんなにうまく四つ足で歩けたのは生まれて初めてだった。しなやかに前足を伸ばし、無造作に後ろ足を腹部に引き付けて、首をゆっくりと前後に振りながら歩いた。首がうなじの辺りから生えているような具合になり、前方を睨みながら歩いても首が痛くならなかった。

目の前がぱっと開けて、丸く岩をくりぬいて作ったような広間に出た。明るいと言えば明るいし、薄暗いと言えば薄暗い。広間の中心には寝台がひとつ置かれていて、複雑な皺を形作る大きな絹の布にくるまっている無防備な眠体は亀鏡のものだった。耳の隣に投げ出された右手の手のひら、血管の青く浮き上がった手首が、まるで、切り裂いて欲しいと願うように上を向いている。脇の下の大切なところを包み守っているのは薄い影だけ、脚は「人」という字の形に投げ出されている。顎は上へ少し上がり、かすかに開かれた唇は、毒の流し込まれるのを待ち望んでいるようにも見える。こちらへ突き出されている。そのせいか首が長くなって、それが、まるで切ってくれとでもいうように、こちらへ突き出されている。わたしは自分の心臓の鼓動があまりうるさいのでとまどいながら、強ばった腕や胸の筋肉をほぐすように身体を動かそうとしてみた。ところが、手のひらも足の裏も床にぴったりと張り付いてしまっていて、二本足で、立ち上がることができない。四つ足の獣の姿を亀鏡に見られたくない。

　その時、亀鏡がゆっくり目を開いた。わたしを見ても驚いた様子も警戒する様子もなく、何度か瞬きして、目を覚ました子供のようにまぶたをこすった。その瞬間、わたしは吠えるような妙な声で語り始めていた。陶酔薬についての緑光の疑惑、満月の夜の奇襲計画、わたし自身の軟炭の元での陶酔薬体験、など語り綴っていった。わたしには学弱者だとみんなに思われて焦りいじける気持ちがあったので、そこにつけ込まれたということになります、と最後に付け加えると、喉につかえていた魚の小骨が氷砂糖のように溶けて消えた。まわりの人たちに学弱者と思われて生きることの痛みを口に出したのは初めてだった。奇襲計画の話を聞いても驚かなかった亀鏡が、学弱者と聞くと眉毛を吊り上げるようにして、そのような馬鹿げたことをいつから考えているのか、と尋ねた。

　よく考えてみると、誰かに学弱と言われた覚えはない。誰にも褒められずに書の世界で迷うのが面倒くさくなったから、自分はどうせ学弱者だと思うようになっただけなのかもしれない。狭い階段で押し合いながら埃くさい空気を吸って他の子妹たちと文字を分け合って小さな意地悪を重ねながら生きていく、そんな学舎生活を一生送るくらいならば、大勢の人の心を華やかに揺さぶるような一人舞台を演じたい、詐欺でもいい、通俗でもいい、そんな気持ちから、研究よりも声の芸に身を入れ始め、自分はどうせ学弱だからという注釈を付けてみただけなのかもしれない。

群れをなす人間のことなど本当はどうでもいいのに、なぜ大勢の人を酔わせるのがこんなに楽しいのでしょう、とわたしは尋ねてみた。亀鏡は答えなかった。わたしは口には出さずに思った。本心を明かせば、群衆などどうでもいい。亀鏡さえ見ていてくれればいい、亀鏡はわたしの目、わたしの耳。

陶酔薬について軟炭が言ったことをわたしが話すと、亀鏡は自分たちは陶酔薬など製造していない、医薬の元になる薬草を加工して仲買人に売っているだけだ、と言った。でもその仲買人がどのような商売をしているか分からないではないですか、とわたしが言い返すと、亀鏡は厳しい声で、犯罪調査は自分の仕事ではない、と答えた。

今思えば、奇襲事件のことよりも、亀鏡が目を覚まして、わたしが部屋にいるのを見た瞬間、少しも驚かなかったことの方が、ずっと大きな事件だったような気がする。ひょっとしたら、亀鏡はあの夜、わたしの魂を自分の元に呼び寄せたのではないか。自分で呼び寄せたから少しも驚かなかったのだ。わたしは生まれつき飛魂の傾向が強い。亀鏡はそれを利用して、半睡状態のわたしの魂を呼び寄せたのではないか。わたしは、亀鏡の眠っているところへ急に行きたくなったあの夜の自分の思考の流れをどうしても思い出すことができない。催眠術にかかった後のように、記憶の帯がそこだけ途切れている。

人を裏切ると背骨にひと節もろいところが出来てしまうという諺にもあるように、たとえ裏切った相手が緑光のようにどうでもいい人間であっても、裏切ってしまうと、こちらの心に弱みが出てくる。この日以来、わたしは無邪気なある種の強靱さを失ってしまい、それはもう二度と戻ってくることがなかった。もっと早く別の方法で緑光の計画を折ってしまうべきだった。けれどもここまで来てしまった以上もう遅い。他にしようがなかった。

満月の夜は眠れるはずもないが、奇襲計画の夜は、いつものように外に散歩に出るわけにもいかなかった。腕の力が小さく、足が遅く、目の悪いわたしが、奇襲計画そのものには加わらないことは初めからはっきりしていた。緑光の部下たちはそろって背が高く、胸板が盾のようで、走れば鹿のようだった。密告者というだけで、わたしの役割は終わったのだ。陶酔薬のことを緑光に密告し、緑光の計画を亀鏡に密告した。二重の密告の後で、わたしは見物人になりすまそうとしている。騒ぎが聞こえたら、紅石や指姫といっしょに外に出ればいい、と思っていた。ところがその夜は、指姫も紅石も寝休舎にもどって来なかった。このような夜に、何も知らずに、庭園の陰で誰かと腰を摺り合わせているのだろうか。呼吸の波を高ぶらせて熱闇を楽しんでいる真最中に、突然、警備の明りにでも照らし出されることになったら気の毒だ。庭男と別れてからずっと紅石は外出していなかった。新しい知り合いができた様子もなかったのに、よりによって、こんな夜に外出するとは、不運の星が月の隣で皮肉な笑いでも浮かべているのだろうか。深夜が迫り、紅石と指姫だけではなく朝鈴まで帰ってこないことに気がつくと、わたしの不安は繁ってきた。まさか、あの三人が奇襲攻撃に参加することはないとは思う。あんなに緑光を嫌っていたのだから。でも、もしもあの敵意が芝居に過ぎなかったとしたら。これまで考えてもみなかったような疑惑が歯茎の辺りから沸き上がってきた。今夜に限って三人揃って外出しているというのはおかしい。もしもあの三人も緑光と手を組んでいるのだとしたら、わたしは緑光だけでなく、あの三人をも裏切ったことになる。朝鈴のような女が緑光の味方をする理由があるだろうか。階級を崩すとか言う短髪族のもっともらしい思想に誘惑されたのだろうか。指姫はあんなに亀鏡に身を擦り寄せていたではないか。紅石は書の世界に浸ることのできる学舎さえあれば、陶酔薬など誰が作って誰が買っても構わないのではないか。紅石が亀鏡の名声を傷つけるようなことをする理由があるだろうか。ひょっとしたら書の解読に優れているからこそ紅石が亀鏡に対して持つ嫉妬のようなものがあるのかもしれない。たとえ手を組むところまで行かないとしても、いざと言う時には、あちら側に着くのかもしれない。わたしの邪推憶測は、一度翼を広げると、止まることを知らなかった。紅石の心に開いた紅色の石も敵の投げる石といっしょになって亀鏡の額を打ち貫き紅色の血に染まり、指姫の柔らかな指も世間の冷たい指といっしょになって亀鏡を背後から指し、朝鈴の鈴の音さえも、刑事検察の警告を知らせる鈴といっしょに鳴り始めるのかもしれない。つまずき裏切り迷うばかりのわたしだが、そうなったら、せめてわたしだけは亀鏡の味方につこう。感傷的な空想の中に、わたしははっきり自分の気持ちを見た。そして、ますます心配になってきた。亀鏡は、きちんと防備の手を打ったのだろうか。いくら製造しているのが医薬であっても、証言者が揃い、検査官さえその気になれば、訴えられることになるに違いない。たとえ有罪にならなくても、子妹たちの信頼を失い、学舎は危機に陥るだろう。亀鏡にはそのことが分かっているのだろうか。

鳥のような叫び声が遠くから聞こえてきた。いよいよ騒ぎが始まっているようだった。誰かがつまずきながら走っていく足音が聞こえる。その足音に、別の足音が重なる。わたしも我慢できなくなって外へ飛び出した。人の足の走っていく方向にただ何も考えずに走っていった。食堂別館の裏で騒ぎが起っていることは、本当は初めから分かっているのだが、何も知らないふりをして、隣を走っている女にわざと、火事だろうか、と尋ねると、女は、鳥の声そっくりの悲鳴が聞こえたから季節はずれの霊が出たのかもしれない、と答えた。何も知らずに霊でも見るつもりで女たちが寝衣の裾をめくって月明りの中を走って行く。そのふくらはぎが滑稽で悲しい。

夜空と修行林の闇を背景に人垣ができている。月は鋭い刃物で切り取られたように丸かった。人垣の間にそっと割り込んで覗くと、短髪族の女たちが、開け放たれた扉の前に立って見張りをしている。彼女らは、黄色い絹の鉢巻をしていた。やがて、縄で縛られた女が三人、中から人形のように運び出されてきた。よく見るとそれはいつも中で薬草を刻んでいる女たちではなく、紅石、指姫、朝鈴の三人だった。制服を着た見知らぬ男女ふたりを伴って、緑光がわたしたちの作る人垣を押し分けて前に出た。これから公開尋問が始まるのだ、と隣に立っている女が教えてくれた。制服の男女がかすれた声で何か質問した。声が小さすぎて、わたしたちの立っているところからは聞こえなかった。朝鈴が歌うようにはっきりと、明日、森林の中から株男の一族に連れられて孤児たちが学舎を訪問するから、その子供たちに贈る人形を調理場で作っていたのだ、と答えた。緑光がひねりつぶすように唇をゆがめて、部下のひとりに顎を使って何か命令した。部下は二呼吸も置かずに台所に飛び込んで、草を束ねて作った兎くらいの大きさの人形を持って出てきた。これはどういう草か、と制服のふたりが尋ねたのだろう。サナラギだと指姫が答えた。集まった女たちの中から、がっかりしたような、ほっとしたような息が漏れた。毒にも薬にもならない草の代表として慣用句にまでなったサナラギでは話にならない。それを聞いた緑光があおざめ眼球をむき出したように思えて、わたしは恐ろしくなった。緑光に恥をかかせるために、亀鏡が今夜に限って、医薬製造をやめさせ、あの三人を台所に送り込んで人形を作らせたに違いない。もし、亀鏡に告げ口したのがわたしだと分かったら、緑光は、わたしの顔の皮を樹皮のように剝いで、わたしの足の裏に枝で穴を開け、その穴に野薔薇のトゲを詰めるだろう。部下たちは忠実であるから、告げ口するはずがないことは分かりきっている。わたしが犯人だということは、緑光の目がたとえ節穴であっても、すぐに分かってしまうだろう。そこに寝ぼけた顔をして亀鏡が現われた。火霊でも出たのかと、とぼけた声で尋ね、欠伸をした。制服の男女は憤慨して帰っていった。緑光は翌日、学舎を去った。彼女に随いていった女はたったひとりしかいなかった。短髪族の他の女たちは学舎に残って、髪を長く伸ばし始めた。

この事件が終わってから、しばらく空洞のような月日が続いた。書に浸ることの多くなったわたしの目には、人間の姿が見えなくなってしまうことがあった。原書室で文字に心を奪われ、日の傾いていく重さだけを背に感じているような時、書から目を上げた拍子に、ふいに何か気になることができて外へ飛び出すと、学舎の中がいやに閑散として見える。不思議に思って、庭園に出てみるが、そこにも人影は見えない。くるくる鼠のようにあわてて寝休舎に飛び込むが、そこにも誰もいない。翌日、朝鈴から聞いたところによると、わたしは妙な目つきをして忙しそうに学舎の中を走り回っていたそうだ。朝鈴が心配して亀鏡を呼んでくると、亀鏡はわたしの目の前に立ちはだかって、わたしと話をしようとしたが、わたしにはその姿が全く見えなかったらしく、亀鏡を突き飛ばして走り続けたそうだ。尻餅をついた亀鏡を助け起こしながら、これからどうしようと朝鈴が尋ねると、亀鏡は何も答えなかったそうだ。

わたしが紅石以上に原書室に頻繁に通うようになったのは、亀鏡に人の魂を呼び寄せたり人の心に入り込んだりする能力があるのを知ったからだった。そういうことが可能なのは、文字の魔法が肉に浸透しているからに違いない。わたしには、人の魂に働きかける力はなかったが、霊を集め、霊といっしょに飛ぶことならばできそうな気がしてきた。霊たちを呼び寄せ、耳の中を一杯にする快感を思い浮かべてみる。それは麻酔薬以上に甘い痺れをもたらしてくれるに違いない。学舎に止まり、書に肉が染み込み、肉に書が染み込むまでここで暮らそう、と決心した。決心をするのに十年もかかったことになる。今日で学舎に着いてちょうど十年になる。指姫が朝粥を食べながら、こっそり教えてくれた。指姫は満月を見る度に樹木にひとつ傷を付けて数えていたそうだ。指姫はため息をついて言った。十年たった今でも学舎を去りたいと思うことはよくあるけれども、外に出ても知り合いもいないし、手に技を持つわけでもないから、学舎で老いていくしかない、と。わたしは、指姫を慰めるためにこんなことを言ってみた。一度学舎を捨ててもどって来た桃灰も言っていたように、外の世界の生活が自由気ままなわけではない、外界は広いと言っても、人はその中の一点にしがみついて生計をたてるしかなく、そうすると、結果としては、学舎とは比べ物にならないほど狭い世界に生きることになる、学舎には書があるから、狭いように見えても狭くはない。わたしは、そんな風に言ってみた。人を慰めるために理屈の通ったことを口にすると、肌と肉の間に隙間風が吹く。それに、指姫は人に慰められるような女ではない。この頃の指姫は、氷の上でも歩いていくように足元が特に危うく、足を滑らせるのではないかと、まわりで見ている人たちをはらはらさせた。氷は水の姿を変えたものに過ぎないが、岩石以上の頑固さで生き物の骨を拒み、打ちつけられれば骨は割れる。氷の上を歩く時には足に力を入れすぎてはいけない。前へ進もうと焦ってはいけないし、静止の位置を頑固に探して腿や膝を強ばらせてもいけない。ちょうど氷のことが講義で話題になっていた時、「滑るというのは、水の骨のことである。」とわたしは発言した。指姫はそれを聞いて、反射的に笑い出した。指姫は厳し過ぎるほど理屈に縛られた話し方をすることが多いわりに、理屈がひっくり返るのを見ると、屈託なくからからと笑う。亀鏡は表情を曇らせて、どういう意味か分からない、と言った。わたし自身にも分からない、とわたしがとぼけて答えると、指姫がまた笑った。亀鏡はますます表情を曇らせた。わたしは、亀鏡をちくちくと刺すことにひそかに快感を覚えた。

氷の上を歩いていく骨人形のように見える指姫は、暖かそうな肉を揺らして歩く亀鏡とは似ていない。ただ、指姫の額と口のまわりに現われる皺だけは、亀鏡が痛みを感じる時に見せる皺とそっくりだった。顔が顔にのりうつることもあるのだろうか。それを拒むように指姫の目は亀鏡のいない方ばかり見ている。逆に亀鏡は近くに指姫がいると近づいていって腰を抱くように身体を擦り寄せ、わたしの方にちらっと視線を飛ばす。わたしは、指姫の額と口元にまたあの皺が寄っているのを見る。亀鏡が人の身体に触れると、肌が溶けて、ふたつの身体がひとつになってしまうように見えた。

亀鏡が指姫に密着していることを考えると、塩を嘗めすぎた時のような気分になってくる。その日も、塩を嘗めながら夜の時間をやり過ごし、朝日が昇ると同時に修行林に入った。露で足が濡れて、まるで歩行が涙を流してでもいるようだった。藪を潜り抜けて、目の前に池のないのを見て驚いたのと、そこに何か立っているのに気がついたのと、ほとんど同時だった。池が干上がっているのを見るのは初めてだった。泥が乾き切って亀の甲羅のようにひび割れ、中心あたりに一箇所だけ、泥が湿って黒く光っているところがある。そこにわたしと同じくらいの大きさの四つ足動物が立っていた。随分痩せている。近づいてよく見ると、それは骨を組み合わせ、草で縛って造り上げた虎で、骨組みに絡み付き垂れ下がった水草が、生き物の毛皮のような光沢を放っているものの、実際には肉の温みもなければ、血も通っていない。造り物の虎は息もなく、声もなく、身動きひとつしない。いったい誰が何のためにこのような玩具を作らせたのだろう。水が戻ってくれば、また池の底に沈んで見えなくなってしまうのではないか。池が干上がることはめったにないから、次に虎が現われるのはいつになるか分からない。池の場所を知っている人もいないから、みすぼらしい姿の虎が人の目にさらされることはもう二度とないのかもしれない。

翌日、亀鏡と厠の前でばったり出会った。わたしは読書の真最中で、急いで用を済まして原書室へ戻ろうとしていたところだったので、前も見ないで駆けていた。亀鏡は波のように形なく力強く、わたしを受け止めた。手のひらはひんやりとして、胸は温かかった。

わたしが視線を上げて、そこにいるのが亀鏡であることに気がついた瞬間、亀鏡は右手を耳の高さまで上げて、指をしなわせて宙を摑むような仕草をした。すると、何かがくるくると回転しながら飛んできて、亀鏡の指に絡み付くのが分かった。目には見えなかったのに、それが飛んできて亀鏡の指に絡み付いたのが、はっきり分かった。亀鏡は含み笑いをした。それはわたしが原書室に置き忘れてきた魂だった。指に巻きつけて捕えた獲物だから、亀鏡がその気にさえなれば、握り潰してしまうこともできる。口に放り込んで、呑み込んでしまうこともできる。でも、こちらも無力ではない。指を逃れて飛んで行ってしまうこともできる、と思ったそのとたん、わたしのそれは、回転しながら宙に舞い上がっていった。

くるくると宙を舞うようにして誰の手からも逃げていくのがわたしの性格だとすると、どんな土の上にでも舞い降りて花を咲かせるのが朝鈴の性格かもしれない。朝鈴はわたしも気がつかないうちに、たとえば婦台のような女とも近しく知り合いになって、互いに補いながら講義で発言するようになっていた。わたしはこの婦台という、姿の成熟しきった女と口をきいたことはなかったが、朝鈴がこの女とふたりで肩を並べて原書室にすわっているのが目立ち始めた頃、この女の夢を見た。それは、尻打祭の夢で、こんなに平たい、幅の広い尻は見たことがないと思いながら、わたしは大きな筆のようなもので、この婦台という女の尻を打っていた。しかし、剛毛の獣の毛でできているはずの大筆が、手で握るとなへなとしなって、きちんと打つことができない。これでは来年は鬼に捕えられ、災害が降りかかってくることになる、と恐れあわててみるが、どうしようもない。婦台への苛立ちがつのってくる。そのうちに、腕ほどの長さのある大筆がぽっきり折れてしまった。

まわりの人とあまり口をきかなくなった指姫とは逆に、朝鈴は、唇が柔らかくなり、ものを言う時の戸惑いや恥じらいも、声に好ましい色をつけるようになった。朝鈴は、垣根を越えて四方に飛び散り、恐れを知らない綿毛のように、多くの子妹たちをひきつけたが、亀鏡は逆に朝鈴の方を顧みないようになっていった。朝鈴が傍を通っても亀鏡は風が吹き過ぎていったかのように髪を直すだけで、言葉をかけようともしない。朝鈴が自分が風になってしまったような気がする、と言い出したのも無理はない。風である方がいい、指姫のように顔の皺の中まで亀鏡に食い入られて、力が萎え、語ることも、まわりの人たちと交わることもできなくなっているのは可愛そうではないか、とわたしは朝鈴を慰めるために誇張して言った。公平に考えれば、指姫の書の解釈や勉強熱も亀鏡から注入されているのだから、害を与えられているわけではないけれども、それにしても指姫と亀鏡の繋がりに説明のつかない粘着質の根の部分がある、とわたしはまるで犯罪の話でもするように言った。指姫の名前を聞いても、朝鈴は何も言わなかった。指姫よりもむしろ、これまで背後に潜んで目立たなかった婦台が急に亀鏡に近づいていったことなどが、朝鈴をあせらせているようだった。

　婦台は、腰をひねると、豊かな腹から尻にかけての肉が波打つように見えるところが亀鏡と似ていた。特に、斜め後ろから見ると、見間違えるほど似ている。亀鏡と婦台が通路で出会って話をしているところを、陰から観察していたことがある。ふたりの身体は臍の辺りを中心にして、ゆっくりと揺れて、やわらかくぶつかっては離れる。一度、婦台と話をしてみたいと思い、近づいていったこともある。昼の食事のすぐ後に、数人の子妹たちが輪になって立っている中に、婦台の背中を見つけて、近づいていった。話しかけようとして顔を見ると、こちらを見下すような目つきをしているので、離れて行こうかとも思ったが、それは、ひょっとしたら、わたしを見下しているのではなく、自らの胸と腹という丘を越えて小柄なわたしに視線を投げる時の自然な表情だったのかもしれない、と思い直した。このように空気の澄んだ日には身体の隅々まで六種の液体が循環しているのが感じられるような気さえする、と言ってみると、婦台は顔をしかめて、右の脇腹が痛い、と言った。ちょうどその朝、亀鏡が同じことを言っていたので、わたしはぎょっとした。亀鏡は、自分の腹の痛みを子妹の腹にまで延ばすのか。同じ日の夕暮時、朝鈴にこの話をしてみると、朝鈴の目から、ころっと涙がこぼれた。みんな、それぞれ亀鏡と身体が繋がっている、自分だけが捨て残されていく、と言いながら朝鈴は鼻を軽くおさえた。紅石などは模特児で、発言する言葉が亀鏡の意志に叶っているだけではなく、たとえば話す時に両手の指を燭台のように広げる仕草なども亀鏡そっくりだ、と朝鈴は言う。五本のローソクを並べて立てることのできるあの燭台のことを朝鈴は言っていたのだろう。あの燭台はいつも大切そうに食堂の戸棚に飾ってあるが、まだ使われているのを見たことがない。紅石は手が痛くて眠れないことがあると言っていたではないかと、わたしは言い返した。床に入ると、手の筋が痛んで、眠ることができず、寝台にすわっていつまでも手の甲を摩っているではないか。あれは悪く言えば、亀鏡が自分の手を紅石の手に取り憑かせているから痛むのであって、紅石の手はその透明な暴力から逃れることができない。幽暗の中でひとりいつまでも手を撫でながら痛みの消えるのを待っている紅石は可愛そうではないか、とも言ってみた。わたしは朝鈴を慰めるためにそんな風に語ったが、実際はそれほど同情しているわけではなく、むしろ亀鏡の気持ちが地を這い、風とともに移動する邪気のように子妹たちに忍び寄り苦しめるのを面白がっていた。邪気は身体に入り込み、内側から人を支配する。痛みも苦味も知識もいっしょになって流れ込んでくる。その流れを飲んだり吐いたり咳込んだりしている子妹たちを観察しながら、わたしはひそかに満足していた。

ある日、指姫は赤くまぶたを腫れ上がらせて修行林の入り口にすわっていた。どうしたのか尋ねても答えない。そのうちやっと、誰にも言わないと約束できるかと、尋ねるので、秘密は守る、と約束したが、それでもなかなか結んだ口を解こうとしない。誓いの意味で縄に結び目を作ると言ってみると、赤い目をしてやっと承諾した。近くに縄の切れ端が見つからず、わたしはいらいらしながらわざわざ庭園まで行って庭男に尋ねた。やっと縄の切れ端を見つけ、指姫の目の前で約束の結び目を作る頃にはもう日が暮れていた。結び目を睨みながら、指姫は話した。ゆうべ、森林の中で仮死の列石を見た。これは、眠っている人間たちの魂が連れ出されて、仮に生命を止められたものが、記念碑のように立ち並んで見えるのだ、と指姫はわたしの目の中を覗き込みながら説明した。わたしは、そんなことは知っている、と言おうとして口をつぐんだ。指姫の鼻からかすれた息の漏れるのを初めて聞いた。眠っている者たちの魂を誘い出すことのできるのは、亀鏡しかいない、と指姫は言う。何のために亀鏡がそんなことをしなければいけないのかと、わたしが首をかしげていると、指姫は縄の結び目を触りながら答えた。女虎使いは、人の心に害になる虫がいないか点検し、いれば殺してしまう。逆に自分の利用できる虫がいればつまみ取って食べてしまう、と。指姫が亀鏡のことを女虎使いなどと呼んだので、わたしは噴き出しそうになった。指姫は笑わなかった。

後になって考えてみると、指姫の話にははっきりしないところが多かった。指姫は確かに何か立ち並んでいるのを見たのかもしれないが、なぜそれが仮死の列石であったなどと思ったのだろう。ひとつの文字にもいろいろな読み方がある、石が何枚も立っていても、それが墓場だとはかぎらない、まして仮死の列石なんて、と数日後、わたしは指姫に言ってみた。指姫は鼻先をはじかれたような顔をして黙っていた。

指姫は険しい敵意をこめて亀鏡を非難することもあったが、亀鏡が現われ、脇からさっと指姫の腰を引き寄せると、まるで意志の芯が一瞬にして溶けてしまったかのように柔らかくなって、亀鏡の腕の動きや口調に寄り添った。亀鏡は羽織るつもりで引き寄せたマントでも扱うように、無造作に指姫を扱った。

亀鏡はわたしと庭園で顔を合わせると、もつれた微笑を浮かべて、その場を去るようになっていた。そのせいで、わたしは、亀鏡の息の暖かさの感じられるような位置に立つことがなくなった。嫉妬は煮ても焼いても消え去ることがない。指姫が近くにいることがそれほど肌に快いか、それは快いと言っても、古いマントが肌に快いのと変わらないのではないか。そんな考えがもつれた糸のように頭の中から消えることがなかった。妬みだけではない。わたしは、婦台の夢を見て以来、時々尻打祭の幻想に悩まされていた。どうしても、誰かの尻を思いきり打ってみたい、あるいは、誰かが誰かの尻を打っているところを見たい。目の前に何度も現われるローソク色の肌、尻の表面を粉消させるために、まじないでも唱えるように、わたしは書を朗読した。頭に思い浮かべたくないことは忘れようとして潰しても潰れない。声を出すのが一番だ。自分自身の声にはたかれて、はっと我に返ったようになり、考えたくないことは考えなくなる。

宵時ひとり原書室で声を出していると、室内の闇が深くなっていく。床の塡め木細工がもぞもぞと動きだし、閉められた東の窓から西の窓へ、ひんやりとした大気が思い出のように移動していく。耳の中が騒ぎ出すのはそれからだ。騒ぎ始める、目には見えない雑多複数の力がひとつの流れを発見すれば、それからは、もう何もする必要はない。わたし自身の力は無に等しくても、激流に乗って、河を下るように読みくだす。しかし、流されていくだけではいけない。途中で何度もわざと、その場にそぐわないもの、たとえば、虎の眉毛だとか、かぼちゃの蔓だとか、三日月だとかを思い浮かべて、陶酔を中断する。音読の心得として、覚めていながら流されること、と帳面に書き記した。

ひとりで声を出していると、誰も近くに現われない。遠くから声を聞きつけて、近づかないようにしているのかもしれない。みんなの前で声を出す機会はなくなっていた。参加者がほとんどいないので、音読の講義が廃止されてしまったのだ。音読に対する評価はそれほど低かった。音読は字の読めない人間の多かった時代の学校のなごり、と言って、紅石はくすくす笑った。朝鈴は音読については何も意見を言ったことがない。そんなもののあることなど忘れてしまっているようにさえ見える。むしろ、あまり親しくない子妹の中に十数人、わたしの声が聞きたい、と顔を見る度に言う女たちがいた。それを聞いて指姫は苦笑し、遊びに夢中になっている童のような声は気持ちを軽くしてくれるから、あなたの声を聞くと喜ぶ人達も多い、と乾いた調子でわたしに言ったことがある。つまり、わたしの声を聞くのは気晴らしに過ぎないということになる。指姫は、霊という言葉を決して使わなかった。指姫だけでなく、紅石や朝鈴は、ひょっとしたら、声の震えが肉の震えになり、見知らぬ力が宿っていくあの感じを生まれてからまだ一度も経験したことがなかったのかもしれない。だからむしろ、突発的に喜び反応してしまう女たちがわたしの声を聞いて魂を躍らせるのを見て、うさん臭く感じているのではないか。言葉を交し、約束を交し、時間を分かち合っても、指姫たちには、わたしの声は届いていない。多分、亀鏡も指姫たちと同じように感じているのだろう。そう思うと、いらだちに胸をつかまれる。講義の真っ最中に、言いようもないような怒りに襲われて、妙なことを口走ってしまうことがあるのも、そのせいだった。

その日も、講義の間中、わたしはいらだちを胸に抱えて、むっつり口を結んでいた。虎は比喩の中にしかいない、比喩には時間も空間もない、存も在もないのが虎だ、ということで、議論が盛り上がってる最中のことだった。わたしは急に立ち上がって言った。虎は声の中にもいる、どんな姿勢で立っているかによって出る声が違う、それは器の形が変わるからで、器の中に入ってくるものが声ならば、虎はその響の中にいる、と言った。しび笑いがまわりから聞こえてきた。亀鏡は無表情だった。その無表情がみんなの心をわたしの元から引き離して、連れ去っていってしまうように感じられた。何でも疑ってみるのが虎の道なのに、震え出てくるものを信じそれに酔うのはおかしいのではないか、と紅石が言った。わたしは、講堂を去りたいと思った。その時、ふいにある場面が心に浮かんだ。いつだったか亀鏡の身体に正面から衝突したことがあったように思う。乳房の間に顔を挟み込まれた一瞬の後、弾力のある腹に押し返され、腕を左右からつかまれて、よく状況のわからないまま、ぽかんとしていると、亀鏡がはじけるように笑い出した。わたしたちは少しも似たところがない、とその時、亀鏡は言った。その顔には解放感のようなものが現われてはいなかったか。それから、亀鏡はわたしの額に熱でも計るように手を当てて、その手を鼻に沿って滑らせ、唇に触れた。それから、中指が偶然のように、上下の唇の間に割り込んできた。わたしは、よろめくように身を引いて、口が自由になると、似ていなくて困ることでもありますか、と答えた。不機嫌袋をふくらましたような口調になっていた。亀鏡は自分がふざけているだけなのに本気で怒り出す相手に抗議する子供のように肩をしきりと動かして、何か答えたように記憶しているが、答えの内容はどうしても思い出せない。

子妹たちが亀鏡に似てしまえば、肌と肌の境界線がなくなり、思うこと、感じること、痛みなどが混流し、どこまでが亀鏡で、どこまでが子妹なのか、区別がつかなくなっていくのではないか。亀鏡の中から肌を破って、別の肌の中へ浸透していくにおいのようなもの、亀鏡を囲んで他の子妹たちと立っていると、そのにおいが絶え間なく意図的に発散されているのが分かる。わたしはわざと別の方向に身体を向けて、別のことを考えている。それでも、まわりの女たちが鎖にでも繋がれたようにおとなしくなり、亀鏡の呼気を吸って麻痺状態に陥っていくのが、はっきり感じられる。女たちの身体がふらふら揺れ始める。そんな時、耐えられなくなってわたしが、梨の芯、と言うと、侮辱されたように怒りが一斉にこちらへすっとんでくる。わたしも負けてはいない。トンボの尻尾、と叫ぶ。亀鏡が肩をぶるっと震わせて、青ざめた顔をこちらへ向けた。その時、ナメクジのように溶解していってしまいそうだった亀鏡の身体がまた形を取り戻した。

ある日のこと、誰か枕元に立っているような気がして目を覚ましたが、誰もいなかった。朝から胃が絞られるようで、正面を見ると遠近法のように遠くの一点に向かって何もかもが縮んでいくように見えるので、うつむいてばかりいた。円錐の底に閉じ込められている。この場所にこれ以上とどまっていたくはないと思うが、天へ這い上がっていくことなど、とてもできそうにない。寝床の縁さえ高い峰のように感じられる。横臥の姿勢から身を起こしては、頭で円を描くようにして、また寝床に戻る。そんなことを繰り返しているうちに、やっと胸の上に頭を乗せることができた。それから、両脚の上に腰を置く。脚の数が足りないような気がする。ぐらぐらと歩いていく。食堂に入ると、朝の粥をする女たちの舌の音がいやに大きく、まるでそこらじゅうで湯が沸きたってでもいるように聞こえた。温泉沼よ、虎がいなければ虎のいないうちに虎を、とわたしは急に歌い出していた。誰もが何か実用的なことについて真面目さを強調しながらしゃべっているように感じられ、耐えられなくなったのだ。しかし、わたしの歌などに注意を向ける者はいなかった。わたしは、自分が本当に声を出したのか、頭の中だけで歌ったのか、分からなくなってしまった。それで、虎が見えなければ虎の楽しさに虎は目の中、とまた歌ってみた。確かに声が身体の外でふるえている。それなのに、誰も聞いていない。こんなに面白い節回しなのにとわたしは腹がたってきた。朝鈴がふいに現われて、講義に行かないのか、と誘う。それが、あなたはつまらないことに時間を費やして講義を無視しようとしている、という非難のように聞こえた。何か変だ、今日は人の言うことが神経に刺さってくる、言葉のひとつひとつが楔になってしまった。とにかく、つまずいたり、そのはずみで他人の背を突き飛ばしたりしないように歩かなければ。そのような単純なことに気持ちを集中しておいた方がいい、危険なことにさえならなければいい、それだけで満足するようにした方が無難な日、ころばないように。廊下が管のようにくねくねと曲がって見える。真直ぐだと思っていたものが、真直ぐではない。窓枠もよく見ると正方形ではなく、菱形をしている。今日は細かいことは気にしないで、ゆっくりかまえて行こう、と自分に言いきかせる。何もかも見慣れているので、不安な気持ちは全く起こらない、何もかもいつもと全く同じだ、と思っている。講堂は毎日わたしの息を吹きかけられ、それが何層にも積もって。樹皮に傷をつけて月日を数えた指姫は、講堂の壁にも毎日爪で印をつけているのかもしれない。その爪の跡が降り注ぐ雨のように見えるほど長い時間。婦台は最終列に立っていた時代、壁にお尻をすりつけていたかもしれない。その度に、すっすっという音がして、その音が亀鏡の文節と文節の間に忍び込んでいったのかもしれない。わたしの気のつかない隙間に起こった数億の出来事、涙の飛沫や鼻から出る汚れ、手のひらの脂なども壁にしみこんでいるに違いない。汚れた壁に囲まれて、今日も講義が始まる。書のページ一枚一枚、それをめくる指、回転する瞳。目には見えないページがあたり一面に敷き詰められている。汚れを拭き取るための紙。汚れを吸い取って、吸い取って、もう余裕がなくなってしまった。群衆の一部としておとなしくしていればいい、自分の身体さえ破壊しないようにしていれば。満足するということを知ること。疲れすぎないようにすればいい。一度でいいから夜を眠りで縫い通すことができたなら。その時、わたしは、何かひどく空恐ろしくなって、身体たちの間を抜けて、一番後ろの列に肩を隠した。わたしを探している亀鏡の視線。ぴりっぴりっと電光のように飛び交う。探しても見つからないだろう。もう探していない。探すのは誰でも一瞬のことで。出てこなければ、隠れんぼの鬼のように藪の中に取り残される。誰にも見つけてもらうことができない鬼。理解できなくなっている、人の書いた書物のことなど。他人のしゃべっていること。まわりの速度についていかれない。目の奥で文字を捕える網が切れそうな。自分のことしか考えられない。魂という言葉が問題になっているな、ということだけは理解できた。急に大声で笑い出したくなる。抑える。これが人のよく言う陶酔薬の蘇り現象なのか。一度飲めば一生身体のどこかに隠れている。隠れていて、突然また蘇る。魂と同じ。一度、魂なるものを飲み込んでしまうと、なかなか吐き出せない。魂などという老婆じみた概念については考えたくもない、と誰かが未熟なきんきん声で発言した。紅石がそれに反対して、老婆的であるからこそ、その時代的移り変わりを青写真に撮るようにして並べて比べていったら興味深いのではないか、と言うのがはっきり聞こえた。人垣をすかして前の方を見ると、亀鏡の目元で蝶がはばたいた。自分の考えていること、考えたいことが、紅石の口から出てきたのを喜んでいるのか。紅石の口は亀鏡の第二の口。今日はふらふらするから、神経をつめてはいけない。聞き慣れすぎた声。朝鈴の声がする。言葉が聞き取れない。しゃべっているのか、走っているのか。朝鈴の走っていく足音が鋸の音のように脳髄に響き、苦しい。早く遠くへ行ってしまうといい。自分だけ取り残されて侮辱を受けたという顔。その顔の真ん中にある木の扉が左右に開いて、指姫の意外に若い顔が現われる。そうだった。指姫は人よりも早く年を取っていったわけではないのだ。息が荒いのも、先を急ぎすぎた時間を駆け戻ってきたからではない。呼吸がしにくくなっているだけだ。呼吸のできなくなった人の近くに顔を寄せてはいけない。わたしの呼吸まで乱れてくる。話したい内容が、指姫の口の中で腫物になる。それでも指姫はおじけづかない。腫物を一切れの魚のように、美味しそうに噛む。噛んでいるのではなく、しゃべっている。指姫の目の玉がおはじきのように弾かれる。それから、するっと白目の真ん中に滑り込んで戻ってくる。上手にしゃべっている。書の中に、魂を割って血を流すという二重性のある記述がある、そこには肉と心を分けない観がある、と指姫は発言した。亀鏡がうなずいたのが見えた。わたしは亀鏡に向かって、それから、と言った。自分でも何を話すつもりなのか分かっていなかったが、とにかく、それから、と口を切った。ところが、亀鏡は顔をしかめて、わたしが文章を逆さまに読んでみせたかのように怪訝そうな顔をしている。わたしは、それから、と言っただけなのに。それから、と繰り返してみる。嗄れた声、獣の喉の奥から漏れる唸り声のような。これがわたしの声であるはずはない。わたしはできるだけ高い声を出そうとする。が、声はますます嗄れて低くなり、下腹の辺りで響く。額をがんと壁にぶつけて、はっと目が覚めた。わたしは眠り込んでしまったらしい。谷のような眠り、しかも、時間は全くたっていないようで、ちょうど指姫が発言を終えたところだった。夢だったらしい。わたしには声がある。亀鏡が額に皺をよせて、こちらを見ている。わたしは聴衆に嘲笑されても悠々としている神憑辻楽士のように、ひょろっと立ち上がり、「魂」という字は鬼が云う、と書きます、つまりものを云う鬼が魂です、と発言した。講堂にどっと笑いが起こった。つまり、わたしがしゃべっていても、実際はそれは鬼を招待して、その鬼にしゃべらせているのであって、そういう訳で、わたしの魂の本音はいつも鬼のしゃべっていることです。まわり中の目が線になって笑っていた。朝鈴と婦台は肩をぶつけあって並んで笑っている。指姫は歯を見せて笑っている。紅石さえ、顔を真っ赤にして笑っている。川底に敷き詰められた小石のように様々な顔。水の流れが石の笑いを誘いだし、光にゆらめかせる。その中に亀鏡の顔を見つけた。そこでも何かがゆらめいていた。鬼という字が亀鏡の神経の網の中に自分の形を見つけて、潜り込んだらしい。鬼の字が入ってきたので、張り詰めていた力がゆるんで、ほぐれ、隙間から新しく流れ込んできたものがある。戸惑いの唇がくずれて、笑いに変わった。回転する車輪のように亀鏡が笑い、その笑い声の中にわたしは虎を見た。

盗み読み

鞄をしっかり脇の下にかかえて、わたしはオートバイの後に固定されたリヤカーから飛び降りた。まるで出荷される野菜にでもなったように揺られ揺られて、やっとその土地に着いた。オートバイの茶色い胴体には赤い鉤と赤い月のマークがついていた。そんなことには気がつかないで一日中乗っていたらしい。降りようとして、やっと自分を引いてきてくれたものの姿が視界に入ったという具合だった。

幅の狭い短い橋がかかっていた。その向こうに、家と樹木の身を寄せ合うような塊が埃にかすんで見える。橋の下では、小川が貧しい水をすすり、甲羅の焦げたような黒い蟹が何匹か石の間で動いた。橋を渡ると、コンピューター会社の看板が立っていた。その看板に使ってある妙な活字が、黒い蟹の姿とそっくりだった。この道をまずまっすぐ行ってあの辺りの横道を右に入るんだな、と思った。そう思うともう、その方向から朝市のような賑わいが聞こえてくるような気がした。足元の道は舗装されていない。自転車のタイヤの跡がついている。

右に曲がると、いきなり事務所の中へ入ってしまった。建物の中に入ったわけではないのに、角を曲がっただけで室内に侵入してしまっていた。驚いた顔をして見せれば怪しまれるかもしれないので、平気な顔をしていた。男がふたり机を挟んで向い合ってすわっている。ひとりは五十歳くらいで、もうひとりは三十歳くらい、あるいはもっと若いかもしれない。机の上には原稿用紙と同じ大きさのカラー写真が置いてある。年上の男が、写真の一部を消しゴムでむきになって擦りながら、「君は女が書けてないよ。」と言う。「すみません、先生。」と年下の男が頭をさげる。写真なのになぜ「書けてない」などと言うのだろうとわたしは不思議に思った。写真が原稿用紙くらいの大きさだなどと、わたしが考えたせいかもしれない、とも思う。でも、わたしがひそかに考えたことが、この男たちに聞こえるはずがない。写真には女性の裸体が写っていた。裸体と言っても後ろ姿で、顔は分からない。女らしい肉が肩から腰にかけてゆったりと背中を包み、その尻の曲線の間から、陰唇が赤く熟れて見える。「こんなものが後ろから見えるわけがないだろう。」と怒りを喉で摩擦音に変えて怒鳴りながら、先生と呼ばれた男はしきりと消しゴムを動かしている。どうやら陰唇が見えるのが我慢できないらしい。「僕はいろいろ勉強になるな。」と若い男が独り言を言った。「君は本当に女が分かっていない。」と先生は断定的な口調で念を押した。女性の臀部の丸い明るい二つの電球は先生にとって何か神聖なもので、それが汚されたので、先生は侮辱を感じているらしい。でも、自分の臀部でもないものになぜ先生の名誉がかかっているのだろう。先生が拳骨をますます固くしたので、手の甲に青い筋が浮かびあがった。それでも、消しゴムはきゅうきゅうと情けない音を出すだけで、写真の赤く熟れた部分はますます大きくなっていくばかりだった。「どうして見えるわけがないなんて言うんですか。見える人、たくさんいますよ。」とわたしが口を挟むと、先生は顔を上げずに、「おまえなんかに何が分かる。」と言った。そのように怒鳴られてみると、わたしは、女性としてこの旅に出たのか、それとも男性として出たのか、分からなくなってしまった。慌てて旅券を上着のポケットから出して開いてみたが、そこには性別など記されていなかった。社会主義諸国の入国スタンプが、奥多摩ハイキングコースの売店にあった記念スタンプと重なり合って、どのページにもぎっしりと押してある。もう空白のページがない。この土地に記念スタンプがあっても、押してもらうページがない。ここではパスポートを出せなどとは誰も言わない。先生と呼ばれる男も言わない。「おまえなんか」で片付けられてしまった。でも、わたしが何者であっても、女性の陰唇が人によっては後ろから充分見えるものだという事実に変わりはない。「見えますよ、もちろん。先生はこういうものは怖いからなるべく見たくないと思っていらっしゃるんでしょうけれどね、わたしは見ているだけでなんだかすごく安心します。」と言ってやった。

鳩が一羽、足にまとわりついてうるさいので、少し歩いた。鳩の数は増えるばかりだ。

弧を描いて歩きながらわざと靴にぶつかってくる鳩もいる。目の前をばたばたとうるさい羽音をたてて横切っていく鳩もいる。オートバイにでもつぶされたのか、みんな足が片方しかない。それを見ていると、同情ではなく苛立ちが神経を引っ掻く。後から、マイクを手にした三十代半ばの男が追いついてきて、「あの失礼ですが今の発言はフェミニズムの立場からなさったのでしょうか。」と尋ねた。横を豆腐屋の自転車がゆっくりと追い越していった。荷台に豆腐の入ったアルミニウムの箱がくくりつけてあった。その中でたっぷり揺れているだろう白く濁った水。わたしは何も発言などした覚えはなかったので、マイクを睨んだまま何も言わなかった。「つまり女性も自分の目で物を見ることができるようになったということでしょうか。」とジャーナリストはさわやかな口調で尋ねた。あるいは彼はジャーナリストではなかったかもしれないが、語尾を川に投げ捨てるような聞き方をする連中は、みんなジャーナリストということにしておく。これは職業差別かもしれない。「ポルノ写真なんて陰唇を隠すために撮るものでしょう。男は襞を見るのが嫌だからポルノを撮るんですよ。自分を安心させるためにね。」「つまり女性も自分の頭でものを考えるようになったということでしょうか。」とジャーナリストは嬉しそうに尋ねた。わたしは聞こえなかったふりをして言った。「だから陰唇だけの拡大写真を売り出すべきです。顔も足も下着もなしで、ただ陰唇だけを撮って、ポスターの大きさに拡大して、全国のキオスクで風邪薬といっしょに販売するべきです。」録音機のスイッチはとっくに切られていた。

言葉が浮かばなくなり、しばらく無言で歩いていく。足を止めると、道端に大きな水槽が置かれ、中をとろけてしまいそうな朱色の金魚が泳いでいる。紙でできたドラえもんのきせかえ人形も同じ水の中を泳いでいる。「あなたは男性の立場から見て、金魚の販売ということについてどうお考えなんですか。」とわたしはジャーナリストの口調を真似て金魚売りに尋ねた。六十くらいの痩せた男で、黄色と青の縞模様のピクニック用の椅子にすわって、しきりとため息をついている。わたしは個人的には金魚に懐かしさを感じた。金魚すくいがしたいが、すくえば金魚は紙になってしまう。それが悲しくて遊ぶ気になれない。金魚売りは、「これでは健全な読者には納得してもらえないよな。」とつぶやいて、同意を求めるように顔を上げた。金魚を買う人のことを「読者」と呼ぶのか、と妙に思ったのもつかの間、なんだか分かってきた。そうだ、何をしても誰でも読者なんだ。赤飯を炊いても、町の運動会に参加してボールペンをもらっても、事務所のホッチキスで書類をとめても、子供に離乳食を与えても、それは「読書」だ、と言われれば確かにそうだ。それにしても、金魚を売るほどの人間が「健全」などというつまらない言葉を使って得をするとは思えない。金魚は健全な魚だろうか。たとえ彼が金魚を食べるのが好きだとしても、それを健全でないと考えるのはあまりにもサラリーマン的ではないか。「いいじゃないですか、好きなことをして生きれば。文句を言う人が出てきたら、説明すればいいいんです。」そう言って、わたしは男に勇気を与えようとした。それでも相手が革靴のように黙っているので、「それはね、もちろんいろいろな人がいますよ。両親の意識が偏狭であったために、まだ一度も同性と寝たことのない成人の男たちもいます。アルコールが飲めなければ社会の一員になれないと信じて悩んでいる会社員もいます。」と付け加えてみた。金魚売りは目の玉をぐりぐりと動かして迷っているようだった。やっぱりだめそうだ。わたしは逃げることにした。人を説得しようなんて、旅行者は考えない方がいい。わたしなどは、ナスを拝むなど、人には言えないようなことがいろいろ多いから、たとえ借り物であっても「健全」などという言葉を使って恥じない男の近くには行かない方が賢明なのだ。そう思った時にはもう遅かった。金魚売りはわたしの鞄をつかんで、ぐっと引き寄せた。わたしがよろめいている隙に、紐でその鞄を犬のように電信柱にくくりつけた。「あんた、どうしてひとりぶらぶら遊んでる？　子供、家でお腹すかしているんじゃないの？」と金魚売りは素早くわたしの欠点を探しだそうとする。わたしはこういう危ない時には、子供などという臭いテーマについて言い合いするよりは、最新技術の話をする方が安全であると思って、「あのシーディーのロムとかいうのは、つまりあの綺麗な円盤をパワーブックの脇の割れ目に入れると、たとえば戦後文学の名作五十点が全部、声になって流れ出てくるわけですよね。欲しいですね、すぐにでも。」と言ってみた。金魚売りは鼻の穴を広げて笑って、「それは違うだろう。そんなことではまず駄目だね。人生に対する迷いとか、人間ならそういうもの必ずあるだろう。そういう感じがうまく出ていないと、真のハイテクとは言えないだろう。」と馬鹿にしたような口調で言った。「迷いなんてどうでもいいです。こうなれば、こうなるしかないし、ああなれば、ああなるしかない。そう思って覚悟を決めてやっています。」とわたしも負けずに言った。でも、競争心に取りつかれて面倒な論争に巻き込まれるのはご免だった。金魚売りは不愉快そうに、「そういうのはわざとらしくて、リアリティがないね。いかにも作られたという感じの言い方で。」と言って、立ち上がった。本気で喧嘩をするつもりなのかもしれなかったが、わたしたちの間には水槽があって、それがふたりの間の距離を跳び越えられないものにしていた。その水の中で、ドラえもんがにっこり笑った。「つまりハイテクは人の心の迷いに連れ添って進むわけですね。」と付け加えてみた。「連れ添う」という表現を使えば、人間の生活に根差した暖かみのようなものが出ると思ったからだった。鞄が無言のうちに返ってきた。わたしは早足でその場を去った。

「学習塾」の看板のかかった二階建ての建物があった。その前のベンチにすわって、アイスクリームをプラスチックの匙ですくって食べている少年がいた。時々匙で、奥の歯をぐらぐらゆすってみている。乳歯が抜けそうになっているらしい。アイスクリームに貼られた銀色のラベルには「百万部突破」と書いてある。アイスクリームも一部二部と数えるのかと興味を感じて足をとめる。「まるでベストセラーね。」と言ってみると、少年は顔を上げて「石の上にも三年、の逆の意味の諺は何だろう。」と独り言を言ってから、またアイスクリームを食べ始めた。「学習塾」の中から三人同じくらいの年の少年が出てきて、そのうちひとりが「だざいな。」というようなことを言って、アイスクリームを食べる少年の運動靴のかかとを脇から蹴って行った。わたしは可愛そうに思って少年の隣に腰をおろした。ところが少年はわたしの方を見ようともせずに、食べかけのアイスクリームのカップをさっと地面に置くと、何も言わずに走って行ってしまった。食べ残したアイスクリームの雪のような表面に、赤い血液がツツジの花びらの形に付いていた。「それも女性の肉体に与えられた暴力の痕跡として読めるわけです。」という声がするので、顔を上げると、「学習塾」の窓から太い黒いフレームの眼鏡をかけた若い男が首を出していた。あんな上の方からでも、こんなに小さな血痕が見えるのか、それとも別の何かをさして言ったのか。「しかし今の時代になって急にそういうことを話題にするのは退屈ですね。むしろ、血痕には暴力以上の混沌とした何かがあると思いたい。だから糾弾してはいけない。」わたしが何も糾弾するつもりなどないのに、眼鏡は勝手に糾弾されるのを恐れているらしくそんなことを言うのだった。「ケッコンって、血の血痕ですか、それとも、」とわたしが聞きかえそうとすると、眼鏡の男はそれを遮って、「糾弾してはいけない。」と繰り返した。「これは乳歯が抜けた時ににじんだ血ではないでしょうか。」とわたしはさりげなく言ってみた。眼鏡は怒って、「ナボコフはやはりジョイスがバフチンした時点でフェリーニなわけです。」と怒鳴った。眼鏡は、自分の口の中にも以前乳歯が生えていたことなど思い出したくもないらしく、ひどく不機嫌そうだった。受験塾などで働いているので劣等感に蝕まれ、乳歯の話などされただけで自分の知性が哺乳ビンに譬《たと》えられるのではないかと不安になったのだろう。そんな風に解釈するわたしは、また職業差別をしているのだった。「職業に貴賤の別はないと言いますが、本当でしょうか。デモクラシーの精神を振り切って、正直に答えてください。塾の教師は大学教師の方が偉いと考えて、心の中では彼らを憎んでいるのではないでしょうか。世間の人たちが評論家を高利貸しのように馬鹿にしているという事実に、小説家は内心満足しているのではないでしょうか。」

雨戸をしめたように急に空が暗くなった。夕立ちがもうすぐ降るのだとしたら、議論は手際よく要点を絞って進めなければ、雨に濡れてしまう。「学習塾」というのは少なくとも排他的なところではないはずだから、中へ入ってしまっても怒られないだろう。宿泊することだってできるかもしれない。流行らない民宿が学習塾を始めたという話をどこかの地方紙で読んだことがあるから、その逆があっても不思議ではない。「入るな。」と窓から眼鏡が叫んだ。わたしは聞こえないふりをして、建物の中に入り、靴を脱いで「総合病院」という字の入った深緑色のビニールのスリッパを履いた。病院が倒産した時にでももらってきたスリッパなのか、消毒液のにおいがする。窓口で「ご用件は？」と聞かれ、「乳歯の件で。」と答えると、「ニュウシは、大学入試ですか、それとも高校？」とまた聞かれた。そうか、みんな幼児の歯を付けたままで受験するんだな。それも幸せかもしれない。受験が終わってからだって、乳歯は無邪気だから人の迷惑など考えずに、口の中だけでなく、指の間や、耳の中や、肛門にまで生えてくる。駄目だと言われても、そんなはずはないと言われても、平気で生えてくる。抜かれても、また別の部分に生えてくる。乳歯を根絶させることなど誰にもできない。「ほら、あなただって生えているでしょう。」と言ってやるだけで、あの眼鏡の男などは怒って、どうせまた「スタンダールとサドを近づけて見た時、セリーヌの中のランボーが見えてくるわけです。」などと怒鳴り散らすのだろう。受け付けから外を見ると、アスファルトに大きなしみが現われ始めていた。それは上から落ちてくる大げさな雨粒の仕業なのだろうが、空を見上げる気にはなれない。正面階段を背広姿の男たちが数人、降りてくる。手の指をぴんと延ばして、腕を前後に規則正しくふりながら。そんな歩き方をして軍人みたいだと馬鹿にされるのも怖くないらしい。男たちはわたしの前に壁を作って立ちふさがった。「別にお客さんが敵だと言うわけではない。」とひとりが穏やかに言った。「お客さん」というのは、どうやらわたしのことらしい。近くにはわたしの他には受け付けの女性以外誰もいない。彼女が同情をこめたまなざしをこちらに向けているところを見ると、わたしには同情される理由があるらしい。「お客さんは敵ではありませんがね、我々は、その背後にある敵ということを常に想定しなければならない。敵が居間に入り込んでから拳銃を買いに行くのでは手遅れですからね。だから、こういうことをするしかないんです。」別の男が言った。「別に心配なさることはありませんよ。つまり充実してもらえばいいわけです。攻めるわけじゃない。金銭的に充実してもらう。そして外部から攻撃のあった時に、防衛線になって、身体でこちらを守ってくだされぱいいのです。」また別の男が言った。「その場合クレジット・カードがお得ですよ。」最初に口を切った男が小声でそう付け加えた。これは面倒なことになった、と直感した。「今ちょっと貯金が増え過ぎて、寝不足になりがちなんですよ。だから、漢方で治して、将来のことについて考えるのはそれからにしたいと思います。」と答えてみた。あまりうまくはいかなかった。これまで黙っていた男が、「余剰については心配ありません。破産した親族を送り込みますから。投資という手もあります。とにかく、余剰を手放して、ぎりぎりの状態で頑張っていただければ、芸術家の美しさが生まれると思います。」「芸術家でなくていい、女性の美しさで充分だよ。」「やっぱり近くにあるものをしっかり握っておかないと、自衛ということを言っても駄目なんだ。一番近くにあるのは、やはり女性だからな。」「女性は小さなほころびに過ぎないが、どんな小さなほころびからでも衣装全体がほどけてしまうことがある。」「馬鹿、女性なんて関係ないだろう。お前たちは最近女の話ばかりしている。アジア諸国の問題をまずどうにかしなければいけない。」「でも、最近の若い奴らに政治を理解させるには、何でも女性に譬《たと》えるのが一番です。だから、」「そうだ、女性はきれいだ、と言えば、みんな文句を言わずに賛成してくれる。これが戦略としては一番だ。しかし、きれいに見せるためには苦しんでもらわないといけない。ただきれいなだけでは馬だからな。馬はやっぱりきれいだな。」「おまえなどは馬に後ろ足で蹴られて骨折するタイプだな。」「うるさい。」「お客さん、お願いしますよ。」わたしは卑屈になればその場で殺されてしまうだろうし、相手を怒らせればその場で殺されてしまうだろうし、下手に逃げようとすればその場で殺されてしまうだろう、と思った。そこで、足の裏に気持ちを集めて、肩の力を抜いた。「包装紙に凝るという手もありますよ。女性のことなど忘れてしまった方がいい。包装紙は大切ですよ。デザインはみなさん得意でしょう。そちらの方に力を入れられた方が成功の可能性は高いのではないでしょうか。国を包んで守り、商品を包んで売りまくる。」わたしがセールスマン風の朗らかさを装ってそう言うと、男たちは困惑し、顔を見合わせた。その中にひとりだけわたしの言葉に動じない男がいて、「わたしはね、毎年一度は裸になって太平洋を馬にして乗馬する。裸が一番だ。裸で鍛えた男の筋肉は包装紙なんか必要としない。日本国は強姦されて女になった。また男にならなければいけない。」と怒鳴った。「それならば男になって、別の美しい男の筋肉と抱きあってください。それは良いことです。わたしは美とは関係のない者ですので、これで失礼いたします。」と言ってお辞儀して、わたしは雨の中へ飛び出した。「待て。」数秒沈黙が降りた後、我に返った男たちが口々に叫んだ。「待て。」「待て。」わたしは走り出した。走るのは苦手だが、言葉という助走があったので、いくらかスピードが出た。時々後ろを向いて、「桃!」とか「櫛!」とか叫んでみた。追いかけられたらそういう物を追っ手に投げつけるといいと聞いていたが、桃も櫛も持っていなかったので、言葉を投げてみた。すると、追いかけてくる男たちはその言葉につまずいて、中には転ぶ者もあった。逃げながら、遠方の親友に翌日、手紙を書こうと思った。

胞子

きのこさんは、「ききちがえた」というところを「きちがえた」と言う。そう言っているように聞こえるのは、わたしの鼓膜が弛んでしまったせいか、とも思ったが、何度聞いてもやっぱり、「きちがえた」としか聞こえない。

「それは、キチガエタではなくて、聞き違えたと言うんですよ。」などと賢しげに誤りを正しそうになったこともある。その度に唾をごくんと呑んで、言いたい言葉もごくんと呑んだ。

きのこさんは、朝の六時には襟元も正しくきちんと服を着て、背筋をすいっと伸ばし、頬はつるつるで、からすの足跡を慈悲深く微笑み込んでいる。わたしが、絶対にこれが正しいと思うことでも、きのこさんが聞いたら、「あたしももう少し若かったらそう考えたかもしれません。」と言って相手にせず、さやさやと笑っているだけかも知れないのである。

きのこさんが笑うと、「きぞく」という言葉を思い出す。たおやかで、しんなりとして、首筋はすっきり、頬はほんわり。「きぞく」は、「き」である「ぞく」のことである。そう思った瞬間、きぞくというのは、どういう漢字を書くのか忘れてしまったことに気がついた。一口で「き」と言っても、いろいろある。いくら考えても思い出せない。

漢字と言えば、きのこさんの「きのこ」もどういう字を書くのかよく分からない。きのこさん自身、忘れてしまったのか、隠しておきたいのか、教えてくれない。とにかく昔は漢字でこの名前を書いていたので、それが椎茸松茸などのきのこと同音異意であることには、自分でも気がつかなかった、とだけ話してくれた。しかも、「きのこ」というのは元は名字であって、「いたこ」とか「ましこ」というような雰囲気の「こ」であったのに、ひらがなになってしまってからは、「きみこ」とか「きぬこ」というように、昔、女の子の名前の最後によく付けられた「こ」のように聞こえる。そのせいで、みんな、それが名字ではなくて、名前なのだと信じ込み、そのように呼びかけることに特別の親しみを感じているらしいのだ。きのこさんは、いちいち誤解を解くのが億劫だから、放っておくのだそうである。漢和辞典がもし一冊でもあったら、と思う。たとえもう一生外出してはいけないと言われてもいい、私有物を禁止されてもいい、もし、漢和辞典が一冊でも手元にあったなら。あまり、そのことを思い詰めすぎたせいか妙な夢をみた。お座敷にひとりぽつんとすわっていると、斜め上方の梁がめらめらと炎を吹き始めた。あわてて障子を開けて、廊下に出ると、皮装丁の漢和辞典が落ちている。拾って逃げようとするが、表紙が床に張り付いて剝がせない、このままでは、燃えてしまう。急いで、大切な字だけは見ておこうと思うのに、画数を数え始めると、座敷から流れてきた煙に字が覆われて、読めなくなってしまう。手で煙を払おうとしても、咳込んで手が震え、画数をどこまで数えたのか、すぐに分からなくなってしまう。火はどんどん近づいてくるらしく、皮膚が火照って、髪の毛の先がちりちり焦げ始める。なぜ、この辞書は床から取れないのか。表紙なんかもういらない。ページを破って持っていくしかない。そう思って、数ページまとめて引き裂こうとすると、ぎゃっと言う悲鳴があがった。まさかと思って、あたりを見回す。誰もいない。引き裂かれる時に叫びを上げる書物もあるのだ。視界を赤く包むのは炎に違いない。泣きながら目を覚ました。

ききちがえる、という言葉を声に出してみると、蛙の一種のように思えてくる。ききちがえる、がいるならば、見ちがえる、読みちがえる、もいるのだろう。未知蛙や夜道蛙という名前の蛙たちが、蛙街道に一列に並ぶ。

きのこさんは、人に話しかける時に、「ねえ」と言えば済むのに、いつも、わざわざ、「ねえ、お耳を貸して。」と言う。あまり丁寧にゆっくりとそう言うので、本当に耳を果物ナイフで削ぎ取って貸さなければならないような気がして、ぞっとする。もっとあっさりと発音してくれれば、なまなましい言葉の意味など考えないでもすむのに。きのこさんは、「お耳を拝借。」と言うこともある。私は、「耳なんてね、人に借りるものじゃありませんよ。」と答えたくなることもあるけれど、唾を呑んで、ぐっと堪える。「耳が借りたいなら貸してやろうじゃないか、人に貸して減るものじゃない、かみそりでさっと削ぎ落として、あとは耳跡にぐるぐる包帯でも巻いておけばいいか。」そんな風に自分自身に言って聞かせながら、わたしは爪を噛んでいる。きのこさんとは逆で、わたしの言葉遣いは日々、品がなくなっていく。

人に話をする時に「ねえねえ」と言うのは甘えている。「あのさあ」は幼稚。「あのう」は、思わせぶり。「すみませんが」は丁寧すぎるし、「そう言えば」は能率が悪い。そう考えていくと、耳を借りたい、というきのこさんの言い方も悪くない。何度も聞いているうちに、少しずつ慣れてきた。毎日聞いていれば、大抵の言葉には慣れてしまう。

ところが、そのうち、きのこさんは更にずれて急進し、「ねえ、おみみをおかして」と言うようになってしまった。日々丁寧になっていくきのこさんの言葉が、「貸す」にまで「お」をつけて「おかす」になってしまったらしい。耳をおかすという表現には、胸が痛くなる。

「おかす」と聞いて、ふっと思いついた絵がある。窓と同じ大きさの古い油絵である。天使のらっぱから噴き出した体液がぴーっとまっすぐに飛んで行って、聖母の耳の中に入る。そういう妊娠画が館長の部屋に掛かっている。こういうのは非常に危ないのである。

「この絵は非常に危ないのではないでしょうか。」とおそるおそる尋ねてみると、「いえいえ、これなど危ないということはありません。」と館長に言われた。天使は都会的であるから、それほど危ないということはないが、青い蝶を見るようになったら、本当に危ないのだそうである。そう言われた日、夕方、ひとり中庭に出て、蝶を見てしまった。青いかと問われれば、青くないとは言い切れない。よく見れば、蝶には小さいながら人間の顔が付いている。ひらひらひらひらと頭のまわりを飛び回られて、どちらが天でどちらが地なのか分からなくなってきた。それから、あれが起こってしまった。あっという間の出来事で、気がついたときには、ぬるっとした残光が頭の中で光っていた。一度そうなってしまったら、なかなか戻れない。それだけならば、まだどうにかなったかもしれない。ところが、それから、どんどん後ろへ滑り始めた。背後は海抜が低いのか。どんどん滑って止まらない。助けを求めて叫ぶ代わりに、「きのこさん、しっかりして。」と言ってしまった。きのこさんは、びっくりした顔をしてわたしを見た。いつの間にか部屋に戻っていたのだから不思議だ。

きのこさんが近くにいると、ほっとすることもあれば、うっとうしいこともある。きのこさんが、咳をすると、妙なことばかり数珠つなぎに、次々思い出してしまう。夜が更けて、数珠が切れて、やっと眠くなってきたかと思うと、きのこさんが寝返りを打つ気配がする。それから、「耳をおかして欲しい」としきりと嘆願する声が、聞こえてくる。どうにかして、やめさせたい。どうすれば、やめてくれるか。きのこさんの口を手のひらでぴったり塞いで、声が出ないように抑え続けていれば、とそこまで考えて、眠りに落ちてしまった。

わたしは、「きちがえた」と言う単語の間違いを正す代わりに、「ききそびれた」とか「ききおとした」とか「ききながした」というような言い方をできるだけ頻繁にきのこさんの耳に吹き込むことにした。そうすれば、きのこさんも、たったひとつの表現に固執するのをやめて、耳を開いてくれるかもしれない。そうすれば、神経の一点だけを擦られて、けば立ってくるわたしの殺意も薄められ、四方八方に流れ散っていってくれるかもしれない。

「きのこさん、わたし、あの人の言うことはつまらないから、いつも聞き流していたんですけれどね、この間、大切なことをひとつ聞きそびれてしまって、後悔しているんですよ、ほら、あのいつも面会に来る背の高い高校生、何と言ってましたっけ、名前呼んでいたと思うんですけれど、聞き落としてしまって、とにかく、あれがお孫さんなのか、どうか。あの方、お子さんはいらっしゃらないそうです。お子さんがいらっしゃらなくてもお孫さんができることはありますか。」きのこさんは、同情するようにわたしの顔を見て、「それはございますよ。」とするりと答えた。その時は一瞬疑いの心が起きて、きのこさんの理論はとうとうねじれてしまったのではないか、と思ったが、翌日よく考えてみたら、確かに、子供がいなくても孫を作ることはできる。きのこさんの思考がよじれていくのではなく、わたしの脳がとろけていくのかもしれない。

きのこさんは、夜中に急に目を覚まして、「ねえ、ちょっと、お耳をおかしてくださいな。」と言うことがある。不思議なことに、わたしはその声で目が覚めるのではなく、その数秒前に目が覚める。ああ、これから出るな、出そうだ、出る出る、と思って息をつめていると、出る。まわりには、助言を施してくれる人もいない。たったひとりで、おかされる耳の枷からどうやって逃れようかと悩んでいる。しかも、きのこさんは、特に話したいことがあるわけではない。「おみみをおかして」と言ってしまうと、それきり黙ってわたしを見つめているので、消毒剤のにおいが闇に立ちこめるばかりで、あたりは息苦しいほどに静まりかえっている。そこで、苦し紛れに、わたしは話をずらして、誰でもいいから頭に浮かんだ人のことを話題にしようとする。たとえば、あの人のこと。名前は思いつかない。「あの方のお名前、聞きそびれたんですけれど、何とおっしゃいましたっけ。」と、きのこさんに言ってみる。きのこさんが、「そびれる」というところで、びりっと反応したのが暗闇の中でも分かった。

翌朝、きのこさんは、ブラインドを通して流れ込んできた縞模様の光に顔を切り刻まれながら、急に顔の真ん中に笑みを開いて、「とうとう、そびれられましたか。」とつぶやいた。

どうやら、わたしも、とうとう、そびれてしまったらしい。かつては、町に出ると買いたくなるようなものが次々目にとびこんできたものだ。手ぶらで帰ることは滅多になかった。今は、町へ出ても、買いたいものもない、食べたいものもない。何を売っているのかも、よく分からない。半分透き通ったような合成樹脂で、いろいろな形を作ってみせてくれているのは分かる。この商品は奇麗なのかもしれないと思うことはあっても、何のためにどうしてそれが便利なのかもよく分からない。蟻の字でびっしり印刷された使用説明書を読めば分かるのかもしれないけれども、そんな気にもなれない。食べたいものもない。何を食べても、柔らかくて少しグルタミン酸の味がするだけで、美味しいともまずいとも思えない。本当は、外出する気もしない。でも、そう思うのがいやなので、わざといそいそと出かける。「ちょっと、でかけてきます。そびれてばかりいても失格でしょうから。」と言うと、きのこさんはベッドの中から目を細くして笑って、「いってらっしゃい。」と言う。妬んでいるようには見えない。きのこさんは、外出できないのではなくて、もう外出など卒業してしまったのかもしれない。

駅前の大通りに出ると、ブリキの猿たちが何百匹もシンバルを叩き鳴らしている。ところが、わたしの耳のまわり十センチ四方だけは音が立ち上がれないのか、静まりかえっている。だから、「町は音が煩いから、耳が遠くなってちょうどいいです。」と検診の時に、耳鼻科のお医者さんに言ってしまった。

自分で耳が遠いと言ってしまってから、本当に、そういう言い方があるのか、自信がなくなってきた。耳が遠いはずがない、自分自身の耳が遠く離れていってしまうなんて。もし耳が遠くにあるとしたら、それは、耳を削ぎ取って、誰かにあげてしまったからではないか。あれは気前が良すぎた。あれは本当は、あげたのではなく、あずけただけなのに、相手に誤解されて持ち去られてしまったらしい。わたしは気前が良すぎるので、いつもこういうことになってしまう。それとも、あの時は自分から本当に、耳を捧げたいと思ったのか。よく覚えていない。

「わたくしも、人並みに、人様にお耳を捧げたことがございます。」と、きのこさんが言っていたことがある。「でも、その方は遠くへいらしてしまいました。」遠くというのは、地獄のことかもしれない。かわいそうだけれども仕方がない。他人の耳を持ち逃げするような奴は、地獄耳の耳垢になって朽ちるしかない。そういう運命なのだから、どうしようもない。助けてあげたいとは思っても、耳垢になられてしまっては、もう助けられない。耳鼻科の先生は、何を思ったのか、「少しくらい聴覚が衰えても仕方ありませんよ。」と唐突に言った。「もし、あまりひどくなったら、付けるものを付ければいいんです。」

　地獄が耳の形になって開いているのは、果たしてどのあたりのことか。頭の中だけで、外出してみる。駅の横から線路沿いに細い道が続いている。おでん屋とラーメン屋の屋台がある。古本屋がある。貸レコード屋がある。そこをどんどん奥に入っていったら、地獄が耳になって開いているような気がする。それは、ちょっと離れて見ると、乾きかけた水たまりのように見えるかもしれないが、すぐ傍まで近づいて見れば、縁の泥のうねりが耳たぶの肉の色に見える。

耳たぶなら貸してもいいような気がしてきた。穴を貸すのが嫌なだけで、外側ならいい。「タブならいいですよ。」と声に出して言ってみると、その時は部屋にわたしひとりしか人間はいなかったので、窓際の花瓶の中で萎れかけた薔薇科の植物が頭を持ち上げてこちらを凝視し、カーテンがなびき、わたしの頬をなぶり、天井が脂ぎってきた。どうして、部屋にいるのは、わたしひとりなのか。きのこさんは手術を受けると言っていた。どうやら、それが今行われているらしい。もしも、下手な切られ方をして、何か足りなくなってしまったら、きのこさんは戻ってこないかもしれない。そのくらいならば、わたしのを献上したい。ひとつくらいならば、あげてもいい。身体には、ふたつ在る器官もいろいろある。耳もふたつある。肺もふたつある。子宮も確かふたつあったのだと思ったけれども、よく覚えていない。「十二シチョウならば、ひとつくらいあげてもいいでしょう、十二もあるのだから。」という使用人の声が聞こえてくる。「ジュウニヒトエなら一枚くらい脱いでも寒くはならないでしょう。」寒い。窓は全部閉まっていて、暖房の振動が聞こえるのに、冷気が床からベッドの足を這い上ってくる。

深夜、きのこさんが、銀色の台に横たわって、真っ白なテーブルクロスを身体にかけられて、戻ってきた。わたしは眠っているふりをして、一部始終を観察していた。きのこさんは意識を失っているようだった。テーブルクロスには、イチゴジャムのしみがついていた。

翌朝、どういうわけか、わたしは明るくなるまで目がさめなかった。まぶしいので、目を開けると、きのこさんがわたしの顔を横からじっと睨んでいた。ぎょっとして、「本当に申し訳ないんですけれどね、お耳をお貸しすること、できないんですよ。人にだまし取られてしまって。」と言い訳すると、きのこさんは力なく微笑んで、「あら。それは、ごしゅうしょうさま。」と答えた。何か傷があると思って慰めてくれているらしい。耳を切り取られた後の傷口に、秋の心が染みる。そう思った途端、はっとした。「ごしゅうしょう」という漢字が一瞬ひらめいていたような気がしたのだ。

それにしても、みみきずは、実際どういう風に見えるのか、何しろ、目のすぐ隣なので自分では見えない。本当に切られてしまったらしい。ゆうべ、刃物で身体を切られたのは、わたしではなく、きのこさんの方なのに。昨夜のわたしは、うごめく者たちに脅され続けていた。これから、刃物を持って、取りに行くぞと、闇の中から予告に予告を重ねて。耳をひとつ削ぎ取るぞ、と言われた。それならば、耳にマジックペンで魔除けの詩を書いておこう、そうすれば、さわれないだろう、と答えると、それならば肝臓を切って取っていくぞ、と言われた。かたちのないものたちの脅迫。抱きつかれると、なかなか振《ふ》り解《ほど》けない。でも、自分の肝臓なんて見たことも触ったこともないものだから、たとえ取られても平気かもしれないとも思った。思えば、情けない存在。自分で自分の内臓も見たことのないような人間。

「あなた、ご自分のをご覧になったことありまして?」と言って、きのこさんは、けらけら笑う。わたしは、ぎょっとして、言葉が出なくなる。どうにか逃げようと思って、「鏡を見るのも億劫になってきました。」とありきたりの挨拶を返すと、「あら、手鏡ひとつあれば。」と言って、今度は風鈴のように笑う。わたしは、手を鏡に見立てて、自分のうなじを映してみる。「あなたは上の方ばかり眺めていらっしゃるんですね。」と、きのこさん。わたしは、はっとして、引き出しを開けて、手鏡を探した。手鏡が見つからなかったので、ほっとして、話をそらすきっかけになるような物はないかと、引き出しの中をかきまわした。昔は、雑物が多すぎて整理するのが面倒だった。雑物とはどんな物だったのかと聞かれても、おかしいくらい思い出せない。便利な物が多かったような気がする。今は何もない。やっと見つけたのは、カビの生えた財布がひとつ、小銭が中に入っているようだけれども、わざわざ開けるのも億劫で、そのままにしてある。

「あなた、ご自分のをご覧になったこと、ありませんの?」きのこさんの執拗な問いかけは止まない。知らん顔しているわけにもいかないので、きのこさんの顔を見ると、頬が桃色に染まり、唇が燃えている。「よく分かりました。助けてください。」というのが、わたしの答えだった。その夜も、翌日の夕暮れになっても、助けは来なかった。わたしは、待つだけの自分にいらいらしてくる。待つだけの女では受け身すぎる。演歌ではないのだから。せめて攻撃的なことを口の中だけでもやってみようと、歯ブラシをヴィヴァルディのヴァイオリン曲を考えながら、恐ろしい速さで動かしてみようとする。指がもつれて、うまくいかない。仕方なく、壁をどんどんと平手打ちする。けっこう、大きな音がする。それでも、どうしても、閉じこめられたようなところから出ることができない。こもってしまう。こめかみに血が上ってくる。「どうなさったんです。」心配そうな顔。誰だったか、忘れてしまった、この人。「そんなに大きな音を出して、どうなさったんです。」まだ、敬語を使っているな。敬語さえ使ってくれれば、何を言われてもそれほど腹が立たない。「大きな音って?　ききちがいでしょう。」と答えてやった。ところが、「ききちがえた」とうまく言えなくて、そのあたりが、くしゃくしゃになってしまった。「き」を続けて二回やるのを舌が面倒がる。「き」と言って舌と口蓋の間の狭すぎる通り道から摩擦する唾液を一気に送り出すのは一回でも大変なのに、それを続けて二度行うのがつらいので、「き」が一回になってしまう。「もう、おやめになってください。お食事のお時間ですよ。」「きそびれたんですよ。」「おいそがしくて。」「つい。」「それにしても、この頃は。」食事をしながら大勢と話をする時には、言いたいことを探しているのではなく、触ってはいけないことの間の細い通りを潜り抜けて、どうにか前に進んでいく。間違ったことを言うと、相手の粘膜に傷が付く。相手は、うめいて、眼をむき出す。それを見るのが面倒くさい時は黙ってしまう。何か言われても、答えない。早くきのこさんとふたりになりたい。きのこさんには気を使う必要がない。その代わり、何を言われるか、分からない。「ぴくぴくして、おもしろいですよ。」などと言って、きのこさんは息なく笑う。「でも、少し怖くはありませんか。」「そんなことないですよ。だって、自分のじゃありませんか。」「人様に見られたりしませんか？」「そんなこともう気にならなくなりました。」「濡れていたりして怖くありませんか。」「そんなこと。怖くはありませんよ。雨がふれば、窓さえ濡れるじゃありませんか。」

きのこさんの匂いが急に変った。シャネルの「利己主義者」という銘柄の香水を以前、世話をした人にもらったのだそうだ。「あ、いい香り、かぎちがえるような美人になりましたね。」と言うと、きのこさんは、ねっとりと笑ってわたしを睨んだ。匂いが変わると、親しい人でも急に他人になってしまったようで、なんだか居心地が悪くなる。「昔お世話をした人にね、いただいたんですよ。」どういう世話をしたのかと言うことまで尋ねては失礼に当たりそうで、尋ねることができない。そんなわたしの心を察したのか、「おむつのお世話からお風呂まで、何でもしましたよ。」と言うので、なんだ、息子のことかと納得した。

その「息子」というのは、実は話に出てくるだけで、姿を見たことがない。きのこさんの視線が、何も言わずに宙を彷徨っているような夕暮れ時には、あれかな、と思って、わたしも宙をじっとみつめる。無数のアメーバーが空中を漂っているのが見える。それはひょっとしたら、眼球をうっすらと包む液体の中を浮遊する埃にすぎないのかもしれない。「おとずれましたか。」と尋ねても、きのこさんは答えない。そこでわたしは、きのこさんのお皿の上の、ぱさぱさの食パンに手を延ばし、急いで自分の口に押し込む。日曜日にはパンが出る。キリストの肉のつもりで出しているのかと思っていたら、日曜日は料理人が休みで、ご飯が炊けないから、パンなのだそうだ。

月曜日の夜があけて、使用人たちの足音がばらばらと耳地平を乱しはじめると、きのこさんはふいに「食パンとわざわざ言うのは、おかしくありませんか。パンは食べるものと決まっておりますのに。食パンではないパンもありますか。」などと言う。わたしは知らん顔をしている。こういう時に、きのこさんの質問に答えると、まわりの人達に自分がきのこさんと同じ程度に見られてしまいそうで怖い。使用人たちは、きのこさんの身体をぺらっとひっくり返して、「パンを食べませんでしたね。」と責めたてる。「排泄がないということは、パンを食べなかったということです。どこかに捨ててしまったのですね。」きのこさんは、不思議そうに目をぱちぱちさせているだけで何も答えない。使用人たちは、きのこさんの背中を、ぱんぱんと叩く。すると、埃が舞い上がって、三人寄り集って、きのこさんの背中が真っ白になる。きのこさんは気持ち良さそうに目を細めているが、わたしは埃を吸い込んで苦しくなって咳込む。パンはどこよ、パンはどこよ、の騒動が起こる。ベッドの下に捨ててあるのではないかと腰を曲げて顔を傾けてのぞいている人がいる。窓の鍵がしまっているか調べている人もいる。パンよ、パンよ、おまえはどこに消えたのか。

朝の慌ただしさが引いて、使用人たちが姿を消すと、どこからか電話の音が聞こえてくる。受話器がないので、電話に出ることができない。受話器のない電話機をわざわざ作らせるのだから、ここの人たちは意地がわるい。でも、鳴っていることが分かるだけでも、全く何もないよりはいい。出られなくても電話は電話なのだから。鳴っている、と思うと上半身が暖まる。わたしに電話してくれる人がまだいるらしい。しばらくすると、電話機は黙ってしまう。わたしに触わられることなく。それから、きのこさんの電話が鳴り始める。そういう時に限って、きのこさんはうたたねしている。わたしは、向こうを向いて眠るきのこさんの背中をぴしゃぴしゃと叩いて、「なってますよ、なってますよ。」と繰り返す。きのこさんは、わざと気がつかないふりをしている。電話など頻繁にかかってくるから毎回出る必要はない、とわたしに自慢したいらしい。わたしはどうでもいいのだけれど、せっかく呼び出しがかかっているのに、意地を張って気がつかない振りをしていれば、後で後悔するに決まっている。耳地獄に落ちたら、電話がないかもしれないし、あっても、もう誰もかけてきてくれないかもしれないのだから。「呼んでますよ、聞こえないんですか。」鞭のようにしなりをつけて、きのこさんの背中をぴしゃんぴしゃんと叩く。ふいに後ろから身体を抑えられる。「やめなさい。どうしたんです。人をぶつのは、やめなさい。」不良少女たちがわたしを抱きしめて、叫んでいる。わたしが、きのこさんと付き合っているのが気に入らなくて、この人たちは時々、爆発する。ねたみ、そねみ、にくみに心が囚われているから、人の行動をすぐに誤解する。わたしの説明を聞く耳を持たない。若いから仕方ない面もあるけれども、若さにまかせて人の身体を抑えつけるのは許せない。目の前に手のひらが見えたので、力まかせに噛みついてしまった。すると、扇のように細い骨と骨の間に面白いように歯が入って、それから、悲鳴とともにその手がものすごい勢いで空に舞い上がったので、こちらの口も、ぐいと引き上げられて、顎が外れそうになり、それから先のことは何も覚えていない。

また、目が覚めてしまった。「おみみをおかして」ときのこさんが言うだろうと思って息をひそめているのに、あたりはしんと静まりかえって何の物音もしない。きのこさんの寝息さえ聞こえない。起き上がって電気をつけようと思うのに、起き上がる気になれない。こうして、ぐずぐずしていれば、いつかは、窓の外から光がさしてくるだろうけれど。毎朝、夜の明ける時間が遅くなっていく。待ちくたびれて、もう暗いままで結構、と言いたくなる。夜が引き伸ばされて、いつまでも暗いままで、毎日、朝も昼も暗いのが普通になってしまったら、それはそれでいいかもしれない。明るくなるのを待つのが苦痛なのだから、もう明るくならないことが分かったら、ほっとするに違いない。暗いままなら、暗い中を外出しよう。暗いのが当り前になれば、闇も怖くない。タールの空に、ここそこと光る星屑や遠い町の街灯の明り。すうっと起き上がってみた。すると、身体がとても軽くて、どこにも力を入れなくても起きあがることができる。妙に頭がすっきりしている。骨の痛みも肌の火照りも嘘のように消えて、踊子のように、すっとつま先で床に立つ。身体の重さがつま先にかからない。ちょっと跳躍すれば、すっと昇ってしまいそう。ぽんと跳んでみると、天井に指が届く。愉快で仕方がない。窓を開けると、目の前に電信柱のような樹木がすくっと伸びている。こんな木がここに生えていることには今まで気がつかなかった。葉は一枚も残っていない。天辺が見えないくらい背が高い。その木のかなり上の方に、きのこさんがコアラのようにしがみついている。左腕を幹にからめて、右手をふっている。あんなに高いところに、ひとりでよじ登ったのか、それとも、この窓から飛び移ったのか。「おいでなさいな。あなた、おいでなさいな。」きのこさんは、なんとか言う名前のウグイス科の野鳥のように不思議な音階で歌いながら繰り返す。わたしは、いつの間にか肩に力が入り、腕を翼のように悠々と動かし始めている。飛んでみたいような気がするけれども、腰の辺りがまだまだ重い。頭も砂袋のように重い。落ちれば腰の骨を砕かれて、頭蓋骨が潰れてしまう。「おいでなさいよ。」きのこさんの声が誘うと、落ちないような気もする。飛んでしまえば落ちないのかもしれない。声に乗ってしまえば、重力は消えるのかもしれない。そう思って、窓枠に足をかけた瞬間、後ろで喧しく騒ぎたてる人間の声がして、突然冷たい腕が脇の下に差し込まれ、乱暴に引き戻された。石鹼のにおいのする他人の手のひらが、なまなましい肉色の蝶となって目の前を飛び回る。いつの間にか、床に倒れていた。

「もうお会いできませんねえ。」ときのこさんが、夕焼けのカラスのように妙な声で歌っているのが遠くで聞こえたけれども、あわてて窓にしがみついて身を起こし、窓の外を見ると、電信柱のような樹木はもう消えていた。

裸足の拝観者

最澄《さいちょう》は椅子の上に足を引き上げて、目を閉じている。椅子の下にぬぎ置かれた靴が妙に大きい。それは彼が再び目を開いて、その靴を履く時には巨体になっているということなのか。靴の中には、緑がかった海の色が見える。そして、その同じ色が、彼の頭をすっぽりと頭巾のように包んでいる。白い卵型の顔に、紅をさしたような頰と口唇。まるで女のよう、と誰もが口にしかかるのは、このように肉のふっくらとした姿を表わす表現が他に見つからないからかもしれない。

両手で円を作って、それを通して、あたりの風景を眺めると、どうなるか。自分が風景の一部であることをやめて、丸い額に入れられた風景が急に平面的に見えるだろう。近くに置かれた湯飲みと、その向こうにいる客人の顔と、その背後にある襖絵とが同じ平面の上で触れ合って、パズルのように見えてしまう。今度は、両手で作った円を、親指を上にして、くるりとひっくり返して、膝の上に載せる。すると、腹の前にカメラをすえつけたようで、腹が目になる、腹で物を見る。腹に穴をあけて、中を見てください、と言っているかのようにも見える。わたしの腹の中を見てください。腹の中をのぞいてみたら、六万体、自分と同じ人間が入っていた。そのような幻視体験をした人間がもしもこの仏像を造ったのだとしたら、同じような体験をした現代人が細胞とか遺伝子とかいったものを考え出したのかもしれない。身体中で自分と同じ顔が六万体笑っているような感じは、わたしでも抱くことがある。その六万体に実際に形を与えるのは大変な仕事であるから、凡人ならいつの間にか全部忘れてしまう。本堂という場所は大抵、土足厳禁と書いてあるから、靴を脱いで上がる。秋も半ばのある日のこと、人影のない本堂の冷たい畳をひとり踏みしめて、じっと目を凝らして奥の闇の中から仏の顔を取り出そうとしていた。鉛筆型の懐中電灯は持っていたけれども、仏の顔をこちらから光で照らすのは失礼に当たるという思いがあり、今、その理由を考えてみると、信仰というのは、あちらさまがわたしを照らしてくださるのを祈り待つもので、こちらが光を当てて観るのはいけない、というような気がしていたせいらしい。それならば信仰を求めていたのかといえばそうでもなく、ただ仏像たちのカオを見たいというだけだった。半分眠っているように見える目元。わたしのまぶたもまた眼球を半分包み込もうと、いつも降りてくる。昔はアイシャドウを塗り、付け睫毛を付けて、まぶたを上へまくり上げようとしたこともあるけれども、今はむしろ、まぶたを落としたいだけ落とし、何かに目覚めることになど喜びを覚えずに、うたうたとうたたみている。そのようにして、うとうとと物を考えている時、ひとつ何かを思いつくと、それにまつわることがいろいろ頭に浮かんできて、ころんと球になり、次にまた、全く別のことが浮かんできて、それが、ころんと球になり、しまいには、そのような球が何十個も頭の外側に貼りついて、仏像の頭のようになってしまう。まぶたをますます重く感じ、頭に小さな球をたくさん付けて、本堂を出ようとすると、大変なことが起きていた。脱いで置いたわたしの靴がない。しかも、まわりには誰も人がいない。わたしは途方に暮れて、ポケットから最澄の絵ハガキを出して、もう一度、眺めた。中国風の椅子の上で冥想する人の足は見えず、椅子の下にある靴が、二艘の舟のように見える。人が足を尻の下にたくし込んで冥想している間に、靴は舟になってどこかへ流れていってしまうこともあるのだろうか。わたしは誰かに自分の思考回路をさぐられるのを恐れるかのように、目を伏せて、苔に覆われた地表を探った。視線が苔の中にもぐり込んでしまうと、苔は小さく杉は大きい、などという先入観は消えて、苔が杉になる。見ているわたしが小さくなるので、苔はぐっと伸びる。そうだった、何が大きくて何が小さい、などという知恵は、歩いていて物にぶつからないための便利な数式に過ぎなかった。わたしが蟻のように小さくなったため、靴が大きくなって靴のようには見えなくなっただけなのかもしれない。大き過ぎると物全体の姿が見極められなくなる。例えば、さっき別の角から見えた池も誰かがさっと筆で描いた楕円に過ぎなかったのかもしれない。線に囲まれた楕円の中味がよどんだ水になっていると、わたしが勝手に思い込んだだけかもしれない。この白い細長い輪は何ですか、闇の玄関に置き忘れられた白い輪は、と、いつだったか展覧会に展示された絵を指さして、しきりと尋ねている男がいた。あ、これは輪ではありませんよ、これはバレエシューズです。画家自身がそのように説明した瞬間、輪の中の底なし闇が靴の底になって、靴の中は閉じられた空間となった。なんだ靴ですか、と男は安心したように言った。輪は恐ろしいけれど、靴ならば恐ろしくない、と思っているのかもしれない。履いてしまうと踊り続けなければならなくなるオドリグツの話をこの人は聞いたことがないのだろうか。空海《くうかい》もまた中国風の椅子にすわって、足を尻の下にたくし込み、椅子の下には靴がきちんと並べて置いてある。靴を脱いでしまった方が、心が落ちつく。脱いだ靴が失くなってしまったわたしは、仕方なく縁側に腰をかけて空海の絵ハガキをながめるしかない。靴を履かずに外に降りれば、地に足のついた生活をしている、と誉められるかもしれないが、そのうち靴下が汚れて、すり切れてしまうだろう。わたしは白い木綿の靴下を脱いで、素足を白い砂の上に降ろした。枯山水の石庭を素足で踏んで歩くのが昔からわたしの夢だった。白い砂の波うつ皺に、ひんやり、じゃりじゃりと足が沈んで、水がくずれ始める。ゆがみなく描かれた水の紋に、ひとつ、ふたつと、あばたができる。歩く度に地表が壊れていく。こんな小さな庭の中を歩いていても仕方がない。砂の模様が全部壊れてしまっても、まだ、わたしは海を渡ったことにはならない。舟がなければ、舟の形をした靴がなければ。いったい誰がわたしの靴を履いていってしまったのだろう。お寺に入って靴を脱いだら、必ずビニール袋に入れて首から下げて歩けというのは、どうやら、このような危険をまぬがれるための知恵らしい。自分の靴は自分しか乗れない舟、人を乗せたくない舟であるから、見知らぬ足が入ってこないように注意すること。それとも、自分の靴だからこそ庭に流して、乗りたい人を乗せて行きたい方へ行かせた方がよいのか。思っていたところよりもずっと南に着いてしまうかもしれない。くるくるまわって元のところへ戻って来てしまうかもしれない。わたしもいつだったか舟に乗り、海を越え、この寺に着いて、面白半分に写経などしている間に、靴が失くなってしまい、帰れなくなった。帰る気持ちのある人間は同じ舟で海を渡っても、いつも自分の故郷に向かって語りかけているから帰れるらしい。おれはこれこれのことを調べて帰るぞ、それとそれを学んで帰るぞ、あれとあれを持って帰るぞ。ところが、わたしはふらりとこの寺に来て、何かをつかむつもりなど初めからなかった。写経をしたのも、他人の書いた字を写すのが好きだという、ただそれだけの理由から。他人の書いた文字は踊り子のように見える。ぐっと肩をおとし、腹をくねくねとまわしてから、足をぴんとはねる字もある。それを真似て筆ペンを紙の上で踊らせている。それが急に退屈になって、空という字を上半分だけ書いて、穴を残して外へ出ようとした時、靴が失くなっていることに気がついた。

失くなった靴を持って王子様が訪ねてくるという話もある。すると、それはあたしの靴よ、と言って、意地の悪い姉たちが無理に足を靴に押し込もうとする。いくら頑張っても入らないので、出刃包丁で、とんと足の親指を切り落として靴の中に足を入れると今度は入ったけれど、切り口から溢れる血が靴の中いっぱいになって、足が真赤に染まり、姉たちは思い出したように激痛に打たれて気絶してしまう。靴に足を合わせるなんてナンセンス。靴は舟で、足は旅人。小さな乗り物も大きな乗り物もあるけれど、乗り物に身体を合わせる必要なんか全くない。

苔に包まれたなだらかな曲線の谷間から、ひとつ、腰の曲がった巨体が立ち上がろうとしていた。その表面は茶色い鱗に包まれ、乾き切っている。どんな顔をしているのだろうと思って視線を這い上がらせていくと、顔はなくて、代りに杉の葉が後光となって視界を刺した。顔を見ればそれが誰だか分かると思ったわたしも浅はかだった。顔のない連中もいる。杉の木のように。だから上ばかり見ていないで、とそこまで考えて、わたしはどきっとした。まさかとは思ったが、その杉の木には足があって、失くなったわたしの靴を履いているのも、その杉の木だった。縄や白い紙飾りを腰に巻いているだけでは物足りないのか、人の靴を履いて、庭から本堂を見下している。その時、本堂の奥のうす暗い所で何かが動いた。あたしも樹木を真似て身体からたくさん枝を生やしてみたけれど、やっぱり樹木にはなれなかった、と言って千手観音が溜め息をついた。

光とゼラチンのライプチッヒ

銅でできたそのやかんは、つぎ口が左右にふたつ突き出していて、色は全体的にはくすんだ黄色をしているが、底の方は煤けて黒かった。それを見上げる私は、昼休みで閉まっている税関の窓口のななめ下の床に座って、もう二時間以上も待っているのに、税関員がもどって来ないので、喉が渇いてきたところだった。やかんを持っているのは、黒い長靴を履いて、ヒマワリの模様のスカーフを頭に被った肉付きのよい女で、アジア人ではないが、〈東〉の方角から来たことは確かだった。女が私に話しかけると、肩から下げたナイロンの買い物袋の中でガラスのコップがぶつかりあい、やかましい音をたてた。飲み物を売りに来たらしい。私は喉が渇いていたくせに、首を横に振ってしまった。ブランドの印刷してある容器に入っていない飲み物など、まだ一度も買ったことがなかったし、口が二つあるやかんなど見たことがなかったので軽蔑の念がこみあげてきた。三つ、五つ、七つ、九つ、口のある蛇の話なら東南アジアで聞いた事があるが、ふたつ口のやかんの話は聞いた事がない。これは工業化が遅れていて、製品検査が行き届いていないために生まれた所謂〈欠陥商品〉に違いないと思ったが、それをはっきり言うのは気の毒なので、

「昔は私の国にもこんなやかんが時々ありましたよ。」

と言うと、女は馬鹿にしたように笑って唾を脇に吐いた。私は、知らない物を見ると、すぐ自分の国の〈昔〉と比べるので、欧米人ではないけれど〈西〉から来たことがすぐばれてしまうのだった。女は、ふたつのつぎ口を交互に指差して、

「ブドウジュースと黒スグリのジュースと両方あるんですがね。」

と言うので、私は驚いた。もし本当にそれぞれの口から違う飲み物が出るのだとしたら、これは私がこれから東で売るつもりのあの製品よりもっと魅力がある。が、もしかしたら女は、私がブドウも黒スグリも育たない国で生まれたことを知っていて、私をだまそうとしているのかも知れなかった。つまりジュースは一種類しかないのに、ブドウを注文すれば私はそれがブドウだと思って満足し、黒スグリを注文すればそれが黒スグリだと思って満足する、と思っているに違いない。私は女を困らせるため、

「両方のジュースを一杯ずつ、ください。」

と言ってやかんをにらんだ。女は平然としてコップをふたつ私の目の前に並べてジュースを注ぎ、驚いたことに左右の液体は色の濃さが異なっていた。女は得意げに十マルク請求した。缶にも瓶にも入っていない飲み物がそんな高値になるはずはないので、これは詐

欺だとすぐ気がついたが、喉の渇きはますますひどくなり、口の中いちめんに茸の胞子が張り付いたように不快だったので、私は黙って十マルク札を差し出した。こんな簡単な飲み物が一杯五マルクで売れるなら、私がこれから売ろうとしている商品はどんな高値で売れるだろうと思って自分を慰めた。私は、女が立ち去る前にふたつのジュースの味を比べるために、急いで左右のコップから一口ずつ飲んでみると、色はそれぞれ違うのに、両方とも炭酸の抜けたコカ・コーラの味がした。飲み終わって、まだそこに立っている女の顔を見上げると、その顔にはしわがふえていて、急に年取って見えた。旅人にこうやって毒のある果汁を飲ませる老婆の話は読んだ事があるが、あれはロシア民話だっただろうか。一口ごとに老婆は若返り、私は年を取るはずだった。だが、たとえ今飲んだのが本当に毒性の化学薬品を含んだ液体だったとしても、子供の頃から毒を飲みつけていて血液の一部が毒でできている私が、これくらいの量で具合が悪くなるはずはなかった。女はゆっくりと向こうのもうひとつの税関の方へ歩いていった。それは多分、あちらからこちらへ来る人のための税関なのだろう、混んではいたが、人の流れは早く、昼休みなどないようだった。こちらからあちらへ向かうのは私ひとりで、列などなかったが、税関員がもどって来ないので私はその場から一歩も先へ進めずにいた。特に扉や柵がある訳ではないので、勝手に通ってしまえば誰にも文句は言われないのかも知れないが、〈税関〉と書いた看板と窓口があり、〈昼休み〉の札が立ててあるのだから、やはりそこは無断で通ってはいけないのだろうし、昼の休みが夜まで続く訳はないのだから、待つべきなのだろう。税関員が戻って来ないかと立ち上がって向こうの方を眺めてみたが、オレンジ色の作業服姿の男がひとり這いつくばって仕事している他に人はいなかった。床にこびりついたチューインガムでも剝がしているのだろうか、と思って目を凝らしてよく見ると、男は電気剃刀で、床の一部に生えてきたヒゲを刈っているのだった。スターリンの鼻の下だけでなく税関の床にまでヒゲが生え始めたのでは私も商用で旅行する時には、足の裏のやわらかい皮膚を守るために長靴を履いていった方がいいかも知れない。十年前この税関を通って向こうからこちらへ来た時には、私はサンダルを履いていた。私も恐いもの知らずだった、とつくづく思う。十年前のあの日行列はなかなか前へ進まなかった。大きな長靴を履いた男が私の数人前に並んでいて、税関員に命じられてその長靴を脱いで見せると、なかに真っ黒な粒々の入ったビニール袋が隠してあった。税関員に、

「どうしてキャビアを長靴の中に入れているのだ。」

と聞かれると、男は恥ずかしそうに、

「水虫に効くから……」

と答えた。そのすぐ後ろに並んでいたのは大柄な紳士で怪しいところは何もなかったが、税関員は荷物をくわしく調べ鼻紙を一枚ずつはがしてライターの火であぶると最後の一枚に文字が浮かび上がった。そこには〈リーザ、愛しているよ〉と書いてあった。これ

が本当はどう言う意味なのかはスパイ小説を読んだ事のなかった私には全くわからなかった。もしこの暗号が文字通りの意味だったとしても、なぜあの男はそれを暗号として表現しなければならなかったのか。その後ろの女は東洋学者で、朝鮮語とモンゴル語の本を持っていたので怪しまれた。専門家が電話で呼び出され、文字の種類から、韓国の本なのか北朝鮮の本なのか、内モンゴルの本なのか外モンゴルの本なのか調べ、結局、韓国の本と内モンゴルの本は没収された。あの頃は検査がそれほどきびしかったが、それでも一時間半待っただけで済んだのに、今はもう三時間近く経過したのにまだ待たされている。それでも、あちらへ行って計画を実行するまでは、諦める訳にはいかない。自分の商品をそこで売るまではその国を本当に訪れたことにはならない、と私は学校で教わった。十年前に比べると東で物を売るのは簡単そうに見えたが、実は少しも簡単にはなっておらず、私の従兄は例えばマッチ箱大の電気ひげそりを売ろうとして失敗した。理由は全く不明で、日本と違って住居が広いので小さい製品を買って場所を節約する必要がないからなのか、ひげが太くて堅いので小さい機械では刈れないのか、大きい機械の方が男らしいと思うからなのか、とにかく「商売には、沼に沈むように失敗しました。」と手紙に書いてあった。私の小学校時代の恋人は、地下鉄の中で見るための、新聞の形をしたテレビを売ろうとして失敗した。「この国の人達は野蛮で、地下鉄の中でテレビを見る習慣がないのです。」と手紙に書いてあった。私は彼等のように想像力の乏しい工業製品を売るつもりはなく、もっとずっと良いアイデアがあるのだが、この税関を通れないのでは、その商売を始めることもできない。

さっきから床にはえたヒゲを刈っていた作業服姿の男のところへ、インテリ風の若い男が近付いていって話しかけているのが見えた。仕事は中断され、ふたりは並んで壁にもたれた。ふたりが、どんな関係にあるのか知らないが、あまり長いこと楽しそうに話しているので、私は好奇心をそそられた。若い男は、りすの色の髪をきちんと七三に分けて撫でつけ、角ばった黒い縁のめがねを掛け、臆病そうな小さい口をしていた。作業服の男は年は十歳くらい上だろうか、野球のグローブをはめたような手をしていた。その左手で若い男の肩を抱いてその耳もとにしきりと言葉をささやき始め、同時に右手で電気剃刀を若い男の胸にぐいぐい押しつけた。私はもし〈税関〉の看板がなかったら、すぐにでもふたりの所へ駆け寄って行って、その動作がどんな意味なのか尋ねただろう。若い男はしきりとうなずき、かすかに笑みまで浮かべていたから、脅されているのではないらしい。作業服の男は突然インテリの小さい口に接吻すると、電気剃刀をその口のまわりに当てて滑らせ唇の上を滑らせ、唇がなくなってしまうまで滑らせ、目の上も滑らせ、すると目も消えて鼻もそげおち、若い男はのっぺらぼうになってしまった。すると若いのっぺらぼうは、報復のつもりなのか作業服の男から手さぐりで電気剃刀を取り上げ、作業服の男の顔に当てて、同じように顔をそってしまった。それから、目がないのに、ごみ箱の方向に正確に電気剃刀を投げ捨てた。電気剃刀は、やかましい音をたてて、金属製のごみ箱の底に落ちていった。まだ壊れていない道具を簡単に捨てたところを見ると、ふたりは西で生まれたらしい。

「すみませんが、この税関、いつ開くんでしょうか。」

と尋ねると、目のないふたりの顔が同時に私の方を向いて、それから首をかしげた。私の発音が間違っているのか、それとも〈税関〉という言葉の意味を忘れてしまったのか、話が通じない。

「税関の事を聞いているんですよ、税関、わかりますか。」

と私はもっと大きな声で繰り返したが、ふたりはまた首をかしげただけだった。その時、背後で、

「税関なんて、どこにあるんですか。」

と男の声がしたので振り返ると、ふっくらとやわらかく太った男がひとり立っていた。右手を左のポケットに入れ、左手を右のポケットに入れているので、縛られているようにも見えた。

「だって、ここは税関でしょう、向う側へ行く時の。」

そう言って、向う側を指差すと〈向う側〉など無く、閑散として、薄く煙草の煙に包まれたホールが広がっているだけだった。ふたりののっぺらぼうも消えていた。私の立って

いるのは税関の前ではなく、ベルリンの、使われなくなったある地下駅の改札の前なのだった。街の真ん中に税関があるはずはないのに、そして実際、税関員もいないのに、自分で自分をだまして先へ行かない私が臆病者なのだが、それを見も知らぬ他人に知られるのが恥ずかしいので、私はごまかすために急に足の曲げ伸ばし運動を始めて、

「さて、今日はどこに行こうかな。」

と気ままな旅行者の真似をしてみた。

「ライプチッヒへ行くんだったら、地下鉄では行かれませんよ。」

と男が冷ややかに言うので、私はあわてて、この人は企業スパイで、私のアイデアを盗み、商売の邪魔をしようと企んでいるに違いないと思った。そうでなければ、なぜ私がライプチッヒへ行く事を知っているのか。スパイに会ったら、こちらがそれに気付いた事を気付かれてはいけないと思い、極めて無邪気に、

「地下鉄が駄目なら、何に乗って行けばいいんですか。」

と尋ねると、

「イスタンブール行きのバスに乗るのが一番でしょう。停留所を教えてあげましょう。」

と、てきぱきと答えてスパイは先へ歩いて行った。

停留所の一番乗り場に大きく書いてある〈イスタンブール〉という名前が私をまた不安にした。ライプチッヒに着いたら、それがライプチッヒだと言う事がバスの窓から見てわ

かるだろうか。私は、どうしても西を脱出して、東に行かなければならないのだが、あまり東に行き過ぎても困るのだ。イスタンブールまで行くと、町の中に大きな橋がかかっていて、その向こうはもうヨーロッパではないのだそうだ。バスの中で眠ってしまったら、東に行く代わりにヨーロッパを出てしまう。スパイは、券を二枚買って売り場からもどって来た。私といっしょに行くつもりらしいところを見ると、やはり何か探りだしたい事があるのだろう。巧みな罠にかかって、極秘のアイデアを取られてしまうよりは、あからさまに全部話して聞かせてしまった方がいいかもしれない。隠さなければ、暴露される心配もない。私があれの事をしゃべっても、商品と言う概念についてよほど新しい考えを持っていない限り、男はそれが商品だとは気付かないだろう。

バスの中は薄暗く、窓の代わりに風景写真のポスターが並べて貼ってあった。窓から外が覗けないのでは、ライプチッヒに到着しても到着したと気付かないで乗り過ごしてしまうのではないかと心配になって、

「窓のある乗り物でライプチッヒに行きたいんですけれど。」

と言うと、スパイは私の腕をつかんで、顎でポスターを指し、

「通過する町の景色はすべてポスターにして、ほら、そこに貼ってありますから、大丈夫ですよ。」

と言って慰めてくれた。十年前は事情は逆だった。乗り物の窓から写真を撮る事は禁止

されていたが、窓から外を見るのは自由だった。私は出口の近くの席に座って、隣に来て座ったスパイに聞こえるように、わざとおおげさに溜め息をついてみせた。が、窓のない事を気にしているのは私だけらしく、隣の八人家族は、雑誌や食べ物やカセットレコーダーを取り出して、私の知らない言葉をしゃべりながら楽しそうに騒いでいたし、前の席の黒い革ジャンの少年たちは体を前後にゆすりながら、うつむいて煙草を吸っていたし、後ろの女は、あわただしく化粧中で、鏡の中ばかり見ていた。窓から知らない町を見る事ができる、と期待する私がまちがっているのかも知れない。窓から見えるのは町ではなく、畑か駅なのだ。駅は見ていると感傷的になるから嫌いだし、畑を見ると眠くなる。スパイは隣で咳払いし、

「これから、ふたりで、いっしょに仕事できたらすばらしいと思いませんか。」

と言った。

「仕事？　でも、私、主婦なんですけれど。」

バスは走り出したらしく、左右にひどく揺れて、隣の家族は歓声をあげた。

「主婦だというのは隠れ蓑で、本当はこっそり商品開発に携わっているんでしょう。従業員もいらないし、税金も払わなくていい、頭の中から直接出てきて、金と替えてもらえる商品を考えているんでしょう。」

と言って、スパイは得意そうに私の顔を覗き込んだ。それから、体を寄せてきて、私の

頬に唇を押し当てたが、同時に脇腹に堅い物が押し当てられたので、そっと覗くとナイフの柄だった。どうやら会話の罠ではなく、脅しによって〈あれ〉を聞き出すつもりらしい。横の家族は、カセットから流れる甘ったるい恋の歌にあわせて歌い、何も気がついていない。父親と末っ子はひどい音痴で、メロディが踏み外される度に、私はどこかにつかまりたくなった。言葉の通じない彼等に助けを求めることはできない。前の席の黒い革ジャンの少年たちのひとりが振り返り、私達をにらんで、

「人種混合反対。」

と小さい声でつぶやいたが、スパイがズボンのポケットから黄色い手帳を出して見せると黙ってしまった。

「頭の中から商品が出てくる事があり得るかしら。商品はやっぱり、工場の内部で自然の一部を加工しないとできないんじゃないでしょうか。」

私は、自分を落ち着かせるため、ゆっくり一語一語発音した。スパイは私の肩に腕をまわし、私の肩に首をもたせかけた。後から見たら恋人どうしのように見えただろう。

「あなたの事が知りたいんです。うちではいつも何をしているんです。」

今度は違う方角から攻めてくるつもりらしい。

「夜はテレビの前に座っている事が多いですね。」

私は嘘をつかないように注意しながら、わざと危ない点に話を近付けていった。そうす

れば、スパイは、私が話をそらすためにわざわざ重要でない事柄を話題にしていると思って別の方向に話を進めてくれるかも知れないと思ったのだ。

「それなら、なぜ三年前から壊れて何も映らないテレビを修理させないんです。」

と、スパイはすぐに反撃した。昔馴染みだから、そんな事を知っているのは当り前といった口調で、私に驚く隙さえ与えなかった。

「いったい、壊れたテレビに誰が映っているんです。普通なら、光の消えた画面には自分の顔が映るはずだが、あなたが自分の顔なんか見ない人間だという事は、ちゃんとわかってますよ。」

彼ほど私の生活を知り尽くしている人は、他にいないに違いない。ここ数年、私は誰も、うちの中へは入れず、うちで何をしているのか、どんな本を読んでいるのか、など話題にしないようにしてきた。彼ほど私を理解し私に関心を持ってくれている人といっしょに仕事すれば成功するはずなのに、それだけは嫌だと思う。なぜ嫌なのか、その理由は自分でも分からない。私の脇腹にナイフの柄を押しつけるスパイの手がいつの間にか赤らんで、指に茂る銀色の毛に浮かぶ小さい汗の滴を私は勝手に想像している。

バスが止まって、運転手がバス停の名前をマイクで告げたが、声が大きすぎて割れて、理解できなかった。後ろの女がすっかり化粧を済ませた顔で降りて行き、代わりに、私の友人と似た女が、本を一冊だけかかえて乗ってきた。この人なら助けてくれるかも知れないと思っていると、ちょうど私の真後ろに席を取り、しかもバスが走り出すとすぐに私に話しかけてきた。向こうから話しかけてきたので、スパイもそれを防ぎ止める事はできなかった。

「こうして眺めるとどの町も同じに見えますね。」

女は並んで貼られたポスター写真をひとつひとつ観賞しながら皮肉な調子で言った。私は首だけ後ろへ回して、うなずいた。

「どうしてだか、わかりますか。理由は簡単。どの写真家も、高い屋根が上方に突き出していて下の方には水の見える風景を撮るからですよ。」

と、女は解説した。私はそれを聞くと、紙で作った円錐形の帽子を被った少女が大晦日のパーティーの最中、ひとり便器に腰掛けて、涙を流している写真を思い出した。この写真は、孤児院への寄付を求めるポスターで、私はこのポスターが嫌いで、これの貼ってあるバス停をいつも避けるようにしていた。

「私はでもライプチッヒの事を頭に思い描く時、屋根の事も水の事も考えませんね。」

と、言ってみると、自分でそれと知らず何か大切な事を口にした気がした。女は、よくわかるとでも言いたげに何度もうなずいて、

「私は、ライプチッヒという名前を聞くと、今では簡単には手に入らない古い書物が、自分の価値を見せつけようともせずに、静かにさわやかに立っているショウウインドウの中

を、クモが一匹散歩しているところを思い浮かべますね。」

と言った。私はこの機会を利用しなければならないと思い、

「でも、正直に言えば、クモも散歩どころではないでしょう。クモはもともと散歩なんてしないんです。はっきりした目的があってある場所へ行かないとならないのに、それを悟られたら、つぶされてしまうので、気楽な散歩のふりをしているのです。」

と早口に言った。女は私が何か間接的に伝えようとしている事に感づいたらしく、私の目の中を覗き込んだ。その時スパイが笑い出し、

「妻は古いものや忘れられた物が大好きなんで、クモとの付き合いは長いんですよ。」

と、口をはさんだ。〈妻〉という言葉がひどく不自然に響いたと思ったのは、私だけだろうか。女が問いかけるように私を見たので、私は苦しそうな表情を作って、女が何か悟ってくれるのを期待した。が、女は乗り物の中で個人的な問題に立ち入るのはよくないと考えたのか話題を変えて、

「ライプチッヒへ行く古い物好きな日本人と言うと、やっぱりあのガラス板の技術が目当てですか。」

と、尋ねた。私は驚いて、何も答えが浮かばず、否定もできずにあわてていると、隣でスパイがにやにやしているのに気がついた。

「ガラス板にゼラチンを塗るあの技術も、もうすぐ、地上から無くなってしまうでしょう

ね。最近は、文化の失われる速度が早くなってきましたね。」

早く話すのをやめてくれないか、と思った時、物凄い音がしてバスは止まった。それから前方から炎の柱が吹き立ち、そこから何枚も燃える舌が伸びて、ふるえながらバスの内部をなめはじめた。私達は、叫びながら中央出口に殺到した。幸い、私は出口のそばに座っていたので、自動的に開いた出口から最初に飛び出して、外の野原をふりかえらず走っていった。背中が熱いと感じたのは気のせいだろうが、そのうち転んで、湿った芝生に両手のひらをつけると冷たさがまず心地好かった。助かった、と思ったとたん、後ろから砂袋のように人がかぶさって倒れてきた。

「僕たち助かったんだ。よかった。」

と言うのは、スパイの声だった。ほっとした気持ちは消えて、不安が指先から徐々に振動して伝わっていった。みんなはどこにいるのだろう。亀のように首だけ持ち上げてあたりを見回すと、それは何もない野原で、遠くに燃え上がるバスの車体が見えたが、人影は全く無かった。昔、これと似た光景を見たことがある。人影のない野原、遠くにも何も見えない風景、ただ走っていく事物だけが、撃たれ、燃え上がり、灰になる光景。

「僕たちふたりきりで、もう誰も邪魔する奴はいない。まるで、無人島に着いたみたいに幸せですね。」

スパイは下手な役者のようにそう言ったが、だからと言って、これがスパイの本心ではないとは限らない。油断はできない。〈幸せ〉などということを言い出したところをみると商品の問題以上に面倒なことが私を襲ってくる可能性があった。私は体を起こそうとしたが、スパイの重い体が乗っているので、動けなかった。

「無人島では商品を作っても、買い手がいませんね。」

と言う私の声は、かすれていた。

「買う人なんかいなくってもいい。生産して金が儲かればそれでいい。ガラス板にゼラチンを塗って、それでどうするんだか話してくれませんか。」

黙っているのは恐いので、嘘をつこうと思ったが、それが思いつかなかった。ずっと嘘をつき続け、嘘が本当になるまでしゃべり続けてきたので、もう嘘とは何なのかわからなくなってきていた。スパイは私の肩の上に山猫のように座って私の髪の毛を撫でて言った。

「言いたくないなら、当ててみましょうか。その代わり、当っていたらそう言わないと、後悔することになりますよ。」

スパイの予想はこうだった。ガラス板で仕切られた部屋のそれぞれに裸体の男女が入る。ガラス板に両側からゼラチンを塗って半透明にし、それを隔ててふたりは体を合わせる。私は恐いという気持ちを忘れて、思わず笑ってしまってから、「私の国でも昔、男女が自由に会えなかった頃は、そういうガラス板があった。」と言おうとして、それが根も葉もない嘘だと気がついた。そんなガラス板の話は、これまで聞いた事もない。嘘とはこんなものだろうか。とにかく私は嘘をつき続けなければいけない。

「ガラス板があれば、一方が風邪を引いていても、うつらないからいいですね。」

と私が答えると、スパイは馬鹿にされたと思って怒ったのか、名誉を取り戻すために、

「男女と言ったのはね、東と西のことなんですよ。」

と真面目な声で説明をくっつけて私をにらみつけた。私はそれを聞くと急に笑いがしおれて、喉が渇いてきた。秘密をばらすまでは、スパイは私に水を飲ませてくれないだろう。本当は〈あれ〉をしゃべってしまっても構わない。スパイがどうしてもそれを知りたがるので、私はわざと教える時間を引き延ばしているうちに簡単には教えられなくなってしまった。この遊びがなければ、スパイは私になど関心を無くしてしまうだろうし、又、教えるのが遅過ぎれば、スパイは私を殺してしまうだろう。スパイのやわらかい足を包む頑丈な男らしい革靴が目の前に見えて、それは、まぎれもなく西の製品だった。横たわり、土に押しつけられている私は、敗北しているのかいないのか。もし敗北しないことが私の目標だったとしたら、秘密をあかして、スパイが喜んで油断している隙に彼の右足を靴ごとナイフで切り取ってポケットに入れてうちへ帰った方がいいのだが。親戚は「せっかくライプチッヒに行ったのになぜライプチッヒ製の靴と足を買って帰って来なかったのか。」と非難するだろうが、それでも、国境地帯の雑草のにがい汁のにおいを嗅いで倒れ

ているより、うちへ帰って親戚に嘲笑われながらも、行かれなかった束について、作り話でもした方がいいのではないか。喉が渇くだけでつまらないのが旅行というものだとわかっているのだから、適当に切り上げて帰宅するのが一番なのだ。でも、考えてみれば〈敗北しないこと〉は、私の目標ではない。だから、敗北を理由に旅行をやめる必要はないのであって、又、私が敗北したと決まった訳でもなく、とにかく嘘が下手でも、最後に商品を売りつける事に成功すればいいのではないか。

「ゼラチンの特色は、湿り方によって光を通す度合いが異なってくる事です。」

と私が前置きもなしに話し始めると、スパイは跳び上がるようにして、私の体から降りて脇に正座した。

「湿り方ですか。度合いね。ゼラチンの。特徴か。なるほど。」

話し方が急に丁寧になった。私はゆっくり身を起こし立ち上がった。相手を見下ろして話すのは、背が高くなったようで気持ちが悪い。

「例えば私がゼラチンを塗ったガラス板に正面からぴったり体をくっつけて立つと、目や口のところは湿っているからゼラチンが変質して光を通し、残りの部分は反対側からは見えないまま全く忘れられてしまう訳です。」

スパイは落ち着きをなくし、呼吸を早めていた。そんな事はみんな、カメラを手にした事のある人間なら誰だって知っている、こんな風だから女と話をするのは、まどろっこしくて嫌だ、と考えているに違いなかった。それでも辛抱して文句を言わないのは、よほどその先が聞きたいのだろう。

「でも私がガラス板に体をつけて立ったのでは商売にならないのです。女性の姿を印刷すると、車の広告や、雑誌の表紙を、どうしても思い出させてしまうので、使い古した感じになってしまうんですね。」

「女は駄目ですか。」

「何か印刷した物ですね、印刷物としては。」

商品は。ちょっとつまらないですね。

スパイは気の抜けた声で言った。印刷した物と言えば、紙の束に活字がびっしりこびりついていて、その紙が山積みにされているあれだが、そんな光景を思い浮かべると、ますます喉が渇いてきた。紙は湿り気を吸い取ってしまい、光を通さない。そんな渇いた商品を私が売りたいと考える訳はないのに、やっぱりスパイは私の体質をそれほど分かっていてくれる訳ではないらしい。私は立ち上がり、とにかく飲み物のあるところまで歩いて行きたいと思った。こんなに喉が渇いていたのではライプチッヒに行くこともできないだろうし、スパイと話を続ける事もできない。炭酸飲料の自動販売機がないなら、草地の果てによくある牛の水飲み場のようなものでもいい、と思った。牛は一頭も見当らなかったが、まだ国境地帯がなかった頃、ここは牧草地であったに違いないから、どこかに水道の蛇口が突き出しているに違いない。土のついた金属の筒にむしゃぶりついて、喉を鳴らして水を飲みたい。体が水槽になってしまうまで飲みたい。

しばらく歩いてからスパイが後を追って来ない事に気がついた。振り向く訳にはいかないが、歩く速度を落としても、背後に何の物音もしない。事故の後、私の話し方が退屈になったので興味をなくされてしまったのか、話し方が間違っていたため誤解されたのか、それとももっと魅力的な商品アイデアが現れて、気がそちらに移ってしまったのか。スパイに邪魔されない商売では、やっても意味がないので、是非ともスパイを取りもどさなければならないのだが、こう喉が渇いていては、それもできない。この帯状の国境地帯だって終わりなく続いているはずはないから、いつか町が始まり、町には喫茶店があって、黒スグリかブドウのジュースが飲めるはずだ。そう思って歩いて行く草原は意外に広く、地平線は全く見えないのに終わりがなく、町どころか村さえ見えてはこない。頭の中の考え事がとぎれとぎれになってきて、時々はっとする言葉があると、喉が少しだけ湿って、その粘膜が透き通り、光が通った気持ちがするのだった。ところが、その同じ言葉をもう一度繰り返すともう湿らず、そこが逆に影になって重く、私はまた別の言葉を捜さなければ前へ進めなくなった。前へ踏み出す一歩一歩が、印刷機のリズムのようで、それでも紙というものがないので印刷とは呼べず、つまり刷られては捨てられていく紙切れの映像ではなく、歩行のリズムに合わせていろいろな言葉が交替で湿っては光を通し、その度に同じ話を全く違った風に聞かされたような感じがするのだった。その話はどんな話かと言われても、かいつまんで話す訳にはいかず、一歩ごとに内容が違ってくるため印刷する事もできないだろう。国境地帯を歩いている間しか存在しない、こんな物語を商品化するためにはぜひともあの印刷機が必要だと信じてこんな遠い所までわざわざ来たのだが、このままでは、ライプチッヒに着く前に私自身が印刷機に変わってしまうかも知れない。

漢字文化圏と文化の漢字圏

著者から読者へ

多和田葉子

十一年ぶりで中国を旅し、ある日本人留学生と言葉を交わした。「飛魂」を読んだのが中国語を始めたきっかけのひとつだったかもしれない、と言われ、わたしは嬉しいと同時に恥ずかしかった。なぜなら、わたし自身は、中国を訪れるのはもう四回目だというのに、中国語を齧《かじ》ったことさえなかったからだ。

中国語を勉強したことがなかったのは関心がなかったからではなく、漢字とわたしの関係が変わってしまうのが恐かったのだ。漢字は表意文字とは言え、中国語においては、はっきりとした音韻体系と結びついている。中国語のできないわたしはそんなことは忘れて、漢字を絵のように眺め、映像の世界に遊ぶことができる。「飛魂」を書きながら、わたしは登場人物の名前の読み方を決めず、その字面を楽しんだ。

もちろん日本語でも漢字を声に出して読む。でも、一つの漢字にたくさんの読み方があり、名前をつける時など自分なりの読み方をしてもいいわけだから、無数に読み方があると言ってもいい。どんな読み方をされようと、漢字は動じることなく一つの映像としてそこにある。アルファベットと違って、漢字は音声化してもらわなくても激しくイメージを発散し続ける。漢字が花で、読み方は蝶々のようなものだ。いろいろな蝶々が飛んで来て、漢字の花にとまっては、また飛び去っていく。その軽やかさ、所有欲のなさ、いい加減さがわたしは好きだが、一種の不安を感じないわけではない。

それは、発音もできないのに英語から必要以上にたくさんの単語を取り入れて、それを日本風に加工して使っていることに対して感じる不安と似ている。たとえば、わたしたちは「ファミレス」とか「ステンレス」という単語を平気で使っているが、この二つの語に入っている「レス」が綴りも発音ももちろん語源も実は全く別物なのに、それがカタカナでは同じ「レス」になってしまっていることを気にしていない。LとRの区別がない日本語に、やたら英単語を取り入れれば、同音異義語が増えてしまう。同じようなことが、中国語を取り入れた時期にもあったに違いない。ちゃんと発音もできないのに取り入れてしまった単語の山に埋もれ、恥じ入り、日本語の使い手として溜息をつくこともある。

でも、日本語の歴史には、考えただけで気持ちが明るくなることもある。たとえば、中国にもらった漢字を使って、日本で造られた熟語がたくさんあるということ。「社会」、

「人権」、「個人」など、なかなかよくできている。これらの単語なしでは考えられないというくらい大切な単語ばかりである。しかも、その中には中国に逆輸入された単語もたくさんある。まだ逆輸入されていない単語でも、たとえば詩人の田原（ティエン・ユアン）さんに言わせると、中国語を母語とする人の目にも美しく見えるメイド・イン・ジャパンの漢字熟語が少なからずあると言う。たとえば「空港」。空の港。それは彼にとっては、中国語の「机场」より美しいと言う。日本語を母語とする人間に漢字加工業という仕事が向いているとしたら、わたしも一つこの道で芸を磨いてみたい、と思った。もしかしたら、「飛魂」を書きながら、わたしはすでにそういう作業をしていたのかもしれない。漢字を二つ組み合わせて、あるイメージを創り出すという半ば絵を書くような作業。声には出さないで、沈黙の中にあらわれる映像を楽しむ。たとえば、「梨」という字と「水」という字を組み合わせた時に生まれる水のしたたるような新鮮な歯ごたえ、光を含んだ限りなく白に近い緑色が赤らむ感じ、秋のひんやりした空気、成熟に向かうほんのりした甘さなど。

「飛魂」の文庫版が出るという嬉しい知らせを聞いてから、ＣＤの付いた中国語の入門書を買い入れ、おそるおそる中国語の音に触れ始めた。どきっとするほど近く、ふらっとするほど遠い。絵としての漢字と響きとしての漢字は矛盾しない。むしろ耳が目を、目が耳を刺激しながら、わたしたちを魅惑し続ける。

魂が飛び、虎が憑き、鬼が云う——多和田葉子と言葉の魔法

解説

沼野充義

1

二〇一〇年七月、「井上ひさしさんお別れの会」で印象的だったのは、丸谷才一によって示された文学の見取り図だった。痛切な追悼の言葉の中で丸谷氏は、現代の日本文学は昭和初期と同様に、芸術派、私小説、プロレタリア文学の三派に分けられ、それぞれの代表が、村上春樹、大江健三郎、井上ひさしだと整理して見せたのである。こんなにはっきりとこれまで誰も言わなかったのに、言われてみれば、なるほどそうかと思わせる不思議な力がこの図式にはあった。

しかし、何か足りないものがある、という感じも残った。そして今回、この解説を書くために、『飛魂』を読み返して、思い当たった。丸谷氏の提示した三派に加えて、「言語派」というものがあってもいいのではないか。多くの作家がそこに集う流派とは言えない

にせよ、文学の創造に対するある際だった姿勢を示すものとしてこれは別途、一派を立てるべきではないのだろうか。つまり、言語に対して強く意識的であり、何かを表現するための便利な道具として言語を使うのではなく、言語そのものが目的であるような、そんな言語との付き合い方を実践する作家がいる。その鮮やかな代表者が、多和田葉子である。文学は言語によって書かれる（あるいは読まれる）のだから、どんな作家であってもある程度は「言語派」的ではあるのだが、「言語派度」が多和田氏ほど高い作家は現代日本では他にいないのではないだろうか。

本書は長篇『飛魂』（初出『群像』一九九八年一月号、同年五月に講談社より単行本として刊行）の他に、単行本『光とゼラチンのライプチッヒ』（二〇〇〇年八月、講談社）に収められた表題作他短篇を四つあわせて再録した作品集である。「かかとを失くして」（群像新人文学賞受賞）、「犬婿入り」（芥川賞受賞）といった作品によって日本でデビューした多和田氏の初期の先鋭的な言語意識と実験的な書法が強く出た作品群だが、とりわけ『飛魂』の作品としての強さは圧倒的である。この作品によって多和田葉子は、自分の言葉だけを武器に何かを作り出せる特別な才能に恵まれた作家であるということを示し、現代文学の中に自分だけの居場所を確保した。いまから振り返ってみると、これは彼女の創作の経歴の中で、決定的な分水嶺となる作品だったのではないかと思えてくる。その一方で、これは読者にとっては多和田文学を感受し、面白く思えるかを試す試金石であると言えるかもしれない。それほど「多和田度」の高い作品であって、それだけに魅力が満載なのだが、その一方でこれを「難解」として戸惑い、敬遠する読者がいてもおかしくないだろう。以下、この『飛魂』に焦点を合わせて解説を試みることにしたい。

冒頭のあたりの文章は特に密度が高いため、確かにとっつき易い作品とは言えないかもしれないので、まず設定や物語のあらましを最初に示しておこう。時代も場所もはっきりとはわからない。登場人物はすべて漢字二文字からなる名前を持っており、文明の利器に類するものも出てこないので、古代の中国のような印象を受ける読者もいるかもしれないが、特定の国であることを示す手がかりは他には特になく、むしろ時間や場所を具体的に設定することに意味がないような書き方になっているとも言える。森の奥に「亀鏡」という女が住んでいる。亀鏡は「虎の道」の師であり、その原典を講読する学舎を運営し、彼女のもとには多くの子弟ならぬ「子妹」(ほとんどすべて女性なので)が集まってくる。語り手の「梨水」はそんな子妹の一人。入門を希望する手紙を書き、運良く承諾の手紙をもらって(というのもなかなか入門を許されない者が多いからだが)、森の奥へと旅をして学舎にたどりつき、他の多くの子妹たちとともに、亀鏡の指導のもと、「虎の道」を究めるために研鑽の日々を送る。

おおよそこれが小説の基本的な設定である。しかし、よくわからないことは多い。亀鏡が依拠する「虎の道」の原典にしても、全三六〇巻あって、とうてい読み通せるものではないうえ、「一度読んだだけでは意味を表わさない部分が多いので」結局、通読しても意味がないのだという。いったいこの「書」には何が書かれているのか。梨水は書の音読を得意とするが、音読によってテキストを自由に変えていく梨水のアプローチは書を聖典として護持しようとする正統派からは批判され、それゆえ彼女は文字を軽蔑する異端派と見なされるようになる。そんな彼女に「短髪族」の女が接近し、亀鏡が「陶酔薬」の密造によって学舎を経営しているという情報を探りだそうとする。このスキャンダルを利用して「短髪族」は亀鏡を失脚させ、学舎に革命を起こそうとするのだが……といった、アクションらしきものが小説の後半では起こるけれども、結局のところ、梨水は学舎に残り、亀鏡の講義を聞く日々を続ける。時間の経過もはっきりしないが、梨水が亀鏡のもとに入門してから十年になる、という言及が結末の近くに現れる。

2

さて、このような小説について何が言えるだろうか。主として女性だけの学舎というコミュニティで展開する物語という点に注目すれば、男同士の「ホモソーシャル」な絆をひっくり返そうとするジェンダー論的企みをここに読み取ることもできるだろう。実際、日常的に我々が使う、ジェンダー的先入観の含まれた言葉、例えば「子弟」「娼婦」などの男女を逆転した「子妹」「娼夫」といった新語もここには登場する。

しかし、そういった側面にいきなり入り込む前に、この小説の前面に出てきて、いわば小説の主役そのものであるかのように、鮮やかに読者の目と耳に訴えかけてくるのは、言葉そのものである。小説全体を彩る新語と奇抜な比喩の数々は、作品の文体的密度を異様に高めるとともに、小説全体を実験的な言葉の織物のようにしている。

まず目につくのは、人名である。学舎の中心である亀鏡、語り手の梨水のほか、粧娘、煙花、紅石、指姫、朝鈴、軟炭、緑光、桃灰、婦台といった子妹たちの名前が次々に出てくる。子妹たちの性格付けは、セクシャリティ（性的な志向性）と学問的能力の違いによってそれぞれ異なっているが、こういった名前がその性格をある程度反映しているのだろう。これらの名前は中国語でもあり得ないようなものが大部分で、創作的な造語といってよい。

さらに漢字の使いかたから、意味はおおよそ想像できるけれども辞書に登録されていないような新語や、語結合も相当な数に上る。「意識を立て続ける」「幽密（これは男女の性的交渉の意味で一貫して使われている）」「藍媚茶（色の一種らしい）」「礼儀で角を仕切って」「芳情」「聴界（「視界」をもじったもの）」「学弱者（語り手の梨水がそう呼ばれる）」といった具合だ。そして何よりも小説のタイトルそのものの「飛魂」も、そういった造語の一つである。もっとも、これは登場人物名と同様、ごく普通の漢字を組み合わせただけのものだから、これ自体は誰にも思いつけないような奇抜なものとも言えないだろう。実際、調べてみると、過去に『飛魂』と題された一冊の本が出版されていることがわかる。「海軍飛行科第九・十期予備学生出身者の手記」という副題のついた自費出版の本（中野弘一編、一九八二年）で、要するに戦死した海軍飛行科予備学生たちを追悼した文集である。本文中に「飛魂」という表題の説明は特にないが、「飛行機乗りの魂」という意味であることは想像に難くない。

作家はおそらくこの先例は知らなかったのかもしれない。小説『飛魂』では、古代の人々がそう呼んでいたある特別な心の働きがあり、「記憶の中のひとつの状況に魂を飛ばして、今そこに居るのも同然になる」というのが、どうやらそれに近いものらしいという説明がある。同じ言葉でもこちらは文字通り魂が飛ぶ。その結果、神話的な世界が現出する。まったく言葉の作り方も意味も違うのである。

つまり、多和田葉子の世界では、造語によって、実際にあり得ないものがまるで実体化するかのようなのだ。ごく単純な例をあげれば、「ハヤカ虫」「ウシカ虫」「ナガメ虫」、「アシマシ鳥」、「サナラギ」（これは植物名だが、「毒にも薬にもならない草の代表として慣用句」にまでなっているという）、という虚構の動植物名がここには頻出するのだが、読者はこれらの名前が何を指すのか、もちろんわからない。普通、名前（意味するもの）

は、現実に「意味されるもの」が実在することを前提とし、それを指し示す機能を持つのだが、この場合は、完全に逆である。つまり言葉が先にあって、その名前が喚起するなにかがこの虚構世界に、そして読者の心の中に生まれるのだ。

3

さらに『飛魂』の世界には、神話的と呼んでもいいような奇怪な現象や超自然的存在も、ほとんど何の説明もないまま登場する。「鳴神」「枝叫び」「水鬼」「断頭風」「震霊行列」「火霊」といった具合である。これらもまた現実に存在するものを指し示す単語ではなく、むしろこれらの言葉によって小説世界の中に召喚される現象であると言ってよい。言葉が世界を創っていくのだ。

こういった神話的な超自然現象に、何らかの典拠があるのだろうか。多和田葉子の書き方は、言わば虚空から花束をつかみ出すように、自分の言葉で何かを現出させるものなので、特定の典拠などないと考えていいのかもしれないが、そもそも言葉の一つ一つ、漢字の一つ一つは長い歴史の中で多くの人々によって使われ、担われ、変化させられ、新しい意味を与えられながら存続してきた。その意味では現在という歴史の最前衛で新しい言葉を紡ぎ出す多和田葉子といえども、じつは気が遠くなるほど古く、豊かな歴史と伝承に間接的に支えられているとも言える。

じつは『飛魂』を読みながら私が思い出したのは、「虎」のイメージが強いせいもあって、突飛な連想かもしれないが、南方熊楠の『十二支考』である。古代語から現代語まで多くの言語を読みこなし、古今東西の文献に通じていた彼の、天才的な博覧強記が発揮されているのが、十二支の動物のそれぞれについて世界中の文献から関連事項をひっぱってきて縦横無尽に論じた『十二支考』という著作だが、その巻頭に置かれたのは「虎」についての章である。これを改めてひもといて見ると、そのまま小説になりそうな奇怪な伝承が満載である。たとえばこんな箇所はどうだろう（南方の文体は古めかしいので、現代風に書き直して引用する）――「さて妊婦がその胎児の魂の宿った鳥を殺して、鳥が虎乳《とらちち》の菌《たけ》の上に落ちると、虎二匹の魂が菌を抜け出て鳥の中に入り、その鳥を妊婦が食べると胎児の体に入って、虎と人の魂の闘争が始まる（中略）。この戦いの結果、胎児は流産となるのだが、戦いの果てには、人魂がいつも虎魂に勝つ」（岩波文庫『十二支考』（上）、八二ページ）。

これまた『飛魂』に負けず劣らず奇想天外な世界ではないか。ただし誤解しないでいただきたいのだが、この引用を通じて私が言いたいのは、南方が古今東西の文献の博捜の結果、知識の絢爛豪華な曼荼羅を紡ぎ出したとすれば、多和田氏はそれに匹敵することを、言わば素手で、つまり自分の言語感覚のみによって作り出したということである。これは南方とはまた違う才能の仕事と呼ぶしかない。

4

さらに、『飛魂』には、その後の多和田葉子の創作全体を貫く通奏低音ともなった、言語の身体性や文字と音声の相互作用といった、言語哲学的な主題がほぼ出そろっていることも見逃してはならない。この小説で梨水は「虎の道」を究めるためにはたとえ異端であっても、音読を好み、音読を通じて、言葉そのものと直にふれあうような感覚を抱く。例えば彼女はこんなことを言っている。「わたしの声が大きくなるのは、書かれたものを朗読する時だけだった。音読するために、前へ進み出ていくわたしは、一歩、歩くごとに虎に変身していった」「音読していると、文章の意味がコウモリのようにあわただしく飛び去っていった。そして、その代わりに、言葉の体温が身体に乗り移ってくるようだった」。

このように音読という身体的行為の決定的重要性が強調される一方で、考えてみれば奇妙なことがある。単純なことだが、登場人物たちの名前は読み方が示されていないため、その多くは常識的に推定できるけれども(例えば「亀鏡」は「ききょう」、「梨水」は「りすい」といった具合に。しかしこれとて百パーセント正しい読み方であるという保証はない)、「粧娘」や「指姫」「朝鈴」はどう読んだらいいのだろうか。本書のどこにもルビは振られていない。言語の音声面を重要視しながら、その一方でこのようにどう読んだらいいかも分からない名前が散乱しているのは、自己矛盾ではないのだろうか。

ここで思い当たるのは、言語の音声面とは別の、もう一つの書記面（文字がどのような形を取り、どのように書かれるか）についても、多和田葉子は非常に意識的であるということだ。漢字のような表意文字、象形文字は、音声を表すだけでなく、それ自体が形として自立し、意味を持って立ち上がる。それがもっとも驚くべき形で読者に突きつけられるのは、梨水が旅の男と「幽密」の関係を持ったときの描写である。「相手の身体も自分の身体も柔らかくなって、曲がらないはずの場所まで曲がり始める、そんな抱擁を何十回も繰り返した。胴は縮んで、手足が長く伸びていく。すると、旅の男の下腹から、植物的な管が二本伸びてきた。それが水分を求める根のようにどこまでも長く伸びて、わたしの臀部の穴と出産の穴とにそれぞれ入っていく。二本のしなやかな管は、どんどん伸びて、奥へ奥へと進み（後略）」。

誰でもこの「二本の管」とは一体なんだろう、と疑問に思うだろう。しかし、そのすぐ後に、梨水をおそったのはじつは「虎」という字の「字霊」であり、二本の「足のような生殖器のようなあの管は、「虎」という字の下半分に生えた二本の線に過ぎなかった」のではないか、という衝撃的な推測が示される。つまりここでは、文字の表す意味以前に、文字の形そのものが自立し、物質化し、人間に作用しているのである。

また結末で、梨水は「魂」という漢字を分解して、これは「鬼」が「云う」ということなのだという驚くべき説を展開する。しかし、漢和辞典を見ればわかるように「魂」という漢字の音符「云」は本来「言う」の意味ではなく、「巡る」の意味だった。つまり「鬼（＝死者のたましい）」が休まずにめぐっている、それが「魂」だというのがこの漢字の本来の成り立ちである。だから「鬼が云う」というのはあり得ない「創造的」語源解釈なのだが、ここでも固定された古い意味から視覚的なものが解き放たれることによって、新たな強烈な意味を獲得していることがわかる。

このように多和田葉子の世界では、一方では音声、他方では文字がそれぞれ重要な機能を持ち、その両者が意味と複雑な相互作用を及ぼしあいながら、現実（意味されるもの）によって支えられるべき固定した意味を離れ、自由に遊ぶようになる。『飛魂』には「文字の魔法」という表現も見られるが、多和田葉子はまさに虚構の自立した世界を作り出す「言葉の魔法」の実践者に他ならない。ここで私がもう一つ引き合いに出したいと思うのは、ロシア象徴派を代表する詩人、アンドレイ・ベールイの言葉である。まさに「言葉の魔法」と題された論文で、彼はこう宣言した。「言語は最も強力な創造手段である。私がある対象をある言葉で呼ぶとき、私はその存在を確かなものとして認めるのである。あらゆる認識はものを名付けることからすでに生ずるのだ」（一九〇九年）。多和田葉子が一九九八年にチューリッヒ大学に提出した、ドイツ語で書かれた博士論文もまた、奇しくも『ヨーロッパ文学における玩具と言語魔術』というタイトルのものだったという。

もっとも、その魔力をもった言葉が、魔力の通じないような手強い現実と対峙したとき、いったい何が起こるのか。現実を締めだして言語の内部に退行するのか、あるいは言語を武器にして外部に立ち向かうのか、それとも第三の道があるのか。私の見るところ、『飛魂』以後の多和田葉子は、次第にその第三の道を探るようになってきたのではないかと思う。究めることのできない「虎の道」と同様に、その道はまだ果てしなく遠く、目的地は見えてこない。しかし、「かかとを失くして」ふらふら歩き始めたように見えたこの作家は、その後のますます豊かになっていく創作の成果が示すように、当初は想像もできなかったような健脚を誇る旅人だった。『飛魂』はその旅の途上に開けた、素晴らしい風景の一つとして、今後長く記憶に留められることだろう。

年譜

多和田葉子

一九六〇年（昭和三五年）

三月二三日、東京都中野区本町通四丁目に生まれる。父栄治、母璃恵子の長女。父は翻訳、出版、書籍輸入等の仕事をしていた。

一九六四年（昭和三九年）　四歳

妹の牧子が生まれる。

一九六六年（昭和四一年）　六歳

小学校入学直前に東京都国立市の富士見台団地に転居。四月、国立市立第五小学校入学。

一九七二年（昭和四七年）　一二歳

三月、国立市立第五小学校卒業。四月、国立市立第一中学校入学。

一九七五年（昭和五〇年）　一五歳

四月、東京都立立川高校入学。第二外国語としてドイツ語を選択。文芸部に入り小説を創作するほか、友人と同人誌「さかさづりあんこう」を発行する。

一九七七年（昭和五二年）　一七歳

秋、立川高校演劇祭で自作の戯曲を上演。

一九七八年（昭和五三年）　一八歳

三月、都立立川高校卒業。四月、早稲田大学第一文学部入学。専攻はロシア文学。在学中、同大学の語学研究所でドイツ語の学習を続けるほか、「落陽街」等の同人誌を発行。

一九七九年（昭和五四年）　一九歳

夏休みに一人で初めての海外旅行に出かけ

る。船でナホトカへ、さらにシベリア鉄道でモスクワへ行き、ワルシャワ、ベルリン、ハンブルク、フランクフルト等を訪れる。

一九八二年（昭和五七年）二二歳
三月、早稲田大学卒業。卒業論文はロシアの現代女性詩人ベーラ・アフマドゥーリナ論。二月、インドへ旅立つ。ニューデリー、ローマ、ザグレブ、ベオグラード、ミュンヘン等を経て、五月、ハンブルクに到着。以後、同市に在住。父の紹介で同市のドイツ語本の輸出取次会社グロッソハウス・ヴェグナー社に研修社員として就職。夜は語学学校に通う。

一九八五年（昭和六〇年）二五歳
一月、日本文学研究者ペーター・ペルトナー（当時ハンブルク大学講師、のちミュンヘン大学教授）に出会う。ドイツに来てから日本語で書いた作品が彼によってドイツ語に訳され始める。二月、チュービンゲン市の出版社コンクルスブーフ社の編集者クラウディア・ゲールケに出会う。詩のドイツ語訳を見せ、出版の企画が持ち上がる。以後、ドイツ語での著書はほとんど同出版社から刊行される。

一九八六年（昭和六一年）二六歳
一〇月、ハンブルク大学ドイツ文学科教授ジークリット・ヴァイゲル（のちチューリッヒ大学を経てベルリン文学研究所所長）のゼミに初めて参加する。

一九八七年（昭和六二年）二七歳
三月、グロッソハウス・ヴェグナー社を退社。一〇月、初の著書となる日本語（多和田）・ドイツ語訳（ペルトナー）併記の詩文集『Nur da wo du bist da ist nichts（あなたのいるところだけ何もない）』刊行。この年、ドイツで初めて朗読会を行う。以後、日本、ヨーロッパ各地、アメリカ等で朗読会を続け、パフォーマンスも含めて二〇一二年夏までに約八五〇回に及ぶ。

一九八八年（昭和六三年）二八歳

二月、初めてドイツ語で短篇小説『Wo Europa anfängt』（ヨーロッパの始まるところ）を書き、後に「konkursbuch」二一号に発表。この年よりドイツ語の朗読も行う。

一九八九年（昭和六四年・平成元年）二九歳
日本語で書いた短篇小説をペルトナーがドイツ語に訳した作品が『Das Bad』（風呂）として刊行される。

一九九〇年（平成二年）三〇歳
一月、『Wo Europa anfängt』等によりハンブルク市文学奨励賞を受賞。八月、ドイツ語学・文学国際学会（ＩＶＧ）で劇作家ハイナー・ミュラーと能の関係を発表。この時、ミュラー本人に初めて会う。一〇月、オーストリアのグラーツ市で毎年開かれる芸術祭「シュタイエルマルクの秋」に初めて参加。このために『Das Fremde aus der Dose』（缶詰めの中の異質なもの）を執筆。修士論文執筆中の一一月、日本語で小説『偽装結婚』を書く。この作品を群像新人文学賞に応募。

一九九一年（平成三年）三一歳
五月、『かかとを失くして』（受賞発表時に改題）が第三四回群像新人文学賞を受賞。日本でのデビュー作となる。二作目の日本語作品『三人関係』を「群像」一二月号に発表。同作は三島由紀夫賞と野間文芸新人賞の候補になる。この年、ドイツでの二冊目の著書『Wo Europa anfängt』を刊行。

一九九二年（平成四年）三二歳
三月、日本での第一作品集『三人関係』（講談社）刊。『ペルソナ』を「群像」六月号に発表、第一〇七回芥川賞候補になる。『犬婿入り』を同誌一二月号に発表。富岡多恵子の短篇小説『とりかこむ液体』のドイツ語訳『Mitten im Flüssigen』等を「manuskripte」一一五号に発表。この年、ハンブルク大学大学院修士課程修了。修士論文はハイナー・ミュラーの『ハムレット・マシーン』論。

一九九三年（平成五年）　三三歳
二月、『犬婿入り』で第一〇八回芥川賞受賞。同月、短篇集『犬婿入り』（講談社）刊。『光とゼラチンのライプチッヒ』を「文學界」三月号に発表。四月、ドイツ語で執筆中の短篇小説『Ein Gast』（客）に対し、ニーダーザクセン基金から奨学金を受ける。九月、『アルファベットの傷口』（河出書房新社）刊（のち文庫化の際に『文字移植』と改題）。一〇月、初の戯曲『Die Kranichmaske, die bei Nacht strahlt』（夜ヒカル鶴の仮面）が「シュタイエルマルクの秋」で初演。
一九九四年（平成六年）　三四歳
『隅田川の皺男』を「文學界」一月号に、戯曲『夜ヒカル鶴の仮面』を「すばる」一月号に発表。『聖女伝説』を「批評空間」四月号から連載開始（一九九六年四月号完結）。エッセイ『モンガマエのツェランとわたし』を「現代詩手帖」五月号に発表。五月、ハンブルク市よりレッシング奨励賞が贈られる。短篇連作『きつね月』を「大航海」一二月号から連載開始（一九九七年一〇月号完結）。『犬婿入り』『かかとを失くして』『隅田川の皺男』のペルトナーの訳『Tintenfisch auf Reisen』（旅のイカ）刊。
一九九五年（平成七年）　三五歳
『無精卵』を「群像」一月号に、『ゴットハルト鉄道』を同誌一一月号に発表。後者は川端康成文学賞の候補になる。四月、ヴォルフェンビュッテル市のアカデミーで開かれた作家集会に招待される。以後、九年間に亘って参加し、ペーター・ウォーターハウスら様々な作家と知り合う。『雲を拾う女』を「新潮」一〇月号に発表。一一月、ゲーテ・インスティテュートの招待でニューヨークに一週間滞在。初めてのアメリカ訪問となる。
一九九六年（平成八年）　三六歳
二月、バイエルン州芸術アカデミーからシャミッソー賞を日本人で初めて受賞。この賞はドイツ語圏以外の出身の作家によるドイツ語での文学活動に贈られる。五月、『ゴットハルト鉄道』（講談社）刊、女流文学賞の候補になる。訳編『ドイツ語圏の現役詩人たち』を「現代詩手帖」九月号から連載開始（一九九七年九月号完結）。ドイツでは作品集『Talisman』（魔除け）刊行。

一九九七年（平成九年）三七歳

『チャンチィエン橋の手前で』を「群像」一二月号に発表。八月〜一〇月、カリフォルニアにあるユダヤ系亡命作家リオン・フォイヒトヴァンガーの旧宅にライター・イン・レジデンスで招かれる。『ニーダーザクセン物語』（単行本刊行時に『ふたくちおとこ』と改題）を「文藝」秋季号より連載開始（一九九八年夏季号完結）。一〇月〜一一月、『無精卵』をもとにドイツ語で書いた戯曲『Wie der Wind im Ei』（卵の中の風のように）がグラーツとベルリンで上演され、朗読者として出演する。一一月、ベルリン芸術アカデミーのラジオドラマ週間に『Orpheus oder Izanagi』（オルフェウスまたはイザナギ）で参加。この年、詩文集『Aber die Mandarinen müssen heute abend noch geraubt werden』（でもみかんを盗むのは今夜でないといけない の意）刊行。

一九九八年（平成一〇年）三八歳

長篇小説『飛魂』を「群像」一月号に発表。一月〜二月、チュービンゲン大学で詩学講座を担当。講義内容は『Verwandlungen』（変身）に収められる。日独二ヵ国語の戯曲『Till』（ティル）が劇団らせん舘とハノーバー演劇工房によって、四月にハノーバーで、一一月に東京等で上演される。エッセイ『ラビと二十七個の点』を「新潮」九月号に発表。この年、戯曲集『Orpheus oder Izanagi/Till』が刊行されたほか、翻訳では、『犬婿入り』『かかとを失くして』『ゴットハルト鉄道』の英訳『The Bridegroom was a Dog』（マーガレット満谷訳、講談社インターナショナル）刊。

一九九九年（平成一一年）　三九歳
『枕木』を「新潮」一月号に発表。一月〜五月、マサチューセッツ工科大学にライター・イン・レジデンスで招待される。五月、日本での第一エッセイ集『カタコトのうわごと』（青土社）刊。八月、ワイマール市で開かれたゲーテ生誕二五〇年祭で「世界文学」という概念に関するパネル・ディスカッションに参加。八月〜九月、ハンブルク・マルセイユ姉妹都市交流でマルセイユに滞在。

二〇〇〇年（平成一二年）　四〇歳
一月、ベルリンの日独文化センターでジャズピアニスト高瀬アキと初めての公演。以後、高瀬と組んで朗読と音楽の共演を続け、日本、ドイツ、その他ヨーロッパ各地、アメリカ等で公演する。三月、ドイツの永住権獲得。同月、短篇集『ヒナギクのお茶の場合』（新潮社）刊。長篇小説『Opium für Ovid』（オウィディウスのためのオピウムの意）が刊行され、その日本語版『変身のためのオピウム』を「群像」七月号より連載開始（二〇〇一年六月号完結）。八月、高瀬と下北沢アレイホールで公演。初の日本公演となる。同月、短篇集『光とゼラチンのライプチッヒ』（講談社）刊。戯曲『サンチョ・パンサ』を「すばる」一〇月号に発表。一一月、『ヒナギクのお茶の場合』で第二八回泉鏡花文学賞受賞。この年、博士論文『Spielzeug und Sprachmagie in der europäischen Literatur』（ヨーロッパ文学における玩具と言語魔術）が刊行される。これによりチューリッヒ大学（一九九八年までヴァイゲルが所属）で博士号を取得。またこの年から二年間文藝賞の選考委員をつとめる。

二〇〇一年（平成一三年）四一歳
『容疑者の夜行列車』を「ユリイカ」一月号から連載開始（一二月号完結）。一月、イタリアのサレルノ大学に、二月〜三月、ダブリン大学に招かれ、朗読会やワークショップを行う。三月、モスクワでの日露作家会議に出席。同月、ゲーテ・インスティテュートの招きでソウルを訪問。四月、仏訳作品集『Narrateurs sans âmes』（魂のない語り手、ベルナール・バヌン訳、ヴェルディエ社）刊。六月〜八月、バーゼルの文学館の招待で同市に滞在。九月、北京での日中女性文学シンポジウムに出席。一〇月、『変身のためのオピウム』（講談社）刊。
二〇〇二年（平成一四年）四二歳
長篇小説『球形時間』を「新潮」三月号に、エッセイ『多言語の網』を「図書」四月号に発表。七月、『容疑者の夜行列車』（青土社）刊。一〇月、『球形時間』（新潮社）で第一二回 Bunkamura ドゥマゴ文学賞受賞。一一月、セネガルのダカール市で開かれたシンポジウムに参加し、母語の外に出た状態をさす「エクソフォニー」という言葉と出会う。同月、ベルリンで行われたクライスト学会に出席。この時の発表は年鑑『Kleist-Jahrbuch 2003』に収録された。一二月、チュービンゲン大学で初めて自由創作のワークショップを行う。この年、翻訳、舌などのドイツ語が隠れた題名の作品集『Überseezungen』を刊行したほか、高瀬との共演がＣＤ化（「diagonal」コンクルスブーフ社）される。翻訳では『Opium für Ovid』の仏訳『Opium pour Ovide』（バヌン訳、ヴェルディエ社）、英訳作品集『Where Europe begins』（スーザン・ベルノフスキー他訳、ニュー・ディレクションズ社）刊。
二〇〇三年（平成一五年）四三歳
一月、Bunkamura ドゥマゴ文学賞の副賞としてパリのドゥマゴ文学賞授賞式に参加。四月、アメリカを訪れる。コロンビア大学等で朗読と講演。六月、『容疑者の夜行列車』で第一四回伊藤整文学賞を受賞。八月、エッセイ集『エクソフォニー』（岩波書店）刊。一〇月、『容疑者の夜行列車』で第三九回谷崎潤一郎賞を受賞。翻訳では『Das Bad』のイタリア語訳『Il bagno』（ペローネ・カパーノ訳、リポステス社）刊行。

二〇〇四年（平成一六年）　四四歳

この年で日本での在住期間とドイツでの在住期間が同じ二二年になる。群像新人文学賞の選考委員になる。長篇小説『旅をする裸の眼』を「群像」一二月号に発表。ドイツでは同作と並行して執筆された『Das nackte Auge』（裸の眼の意）を刊行。二月〜三月、ケンタッキー大学のライター・イン・レジデンスとして招待される。期間中、同大学日本学科の主催で多和田文学をめぐるシンポジウムが開かれる。九月、チェーホフ東京国際フェスティバルにシンポジウムのパネリストとして参加。一一月、ドイツ文学基金の招待でライター・イン・レジデンスとしてニューヨークに滞在（二〇〇五年一月末まで）。一二月、「ユリイカ」増刊号で「総特集多和田葉子」が組まれ、『非道の大陸』の「第一輪スラムポエットリー」を発表。同月、『旅をする裸の眼』を講談社より刊行する。

二〇〇五年（平成一七年）　四五歳

三月、ゲーテ・メダル受賞。「現代詩手帖」六月号より連載詩『傘の死体とわたしの妻』を発表（〜同年一一月号、二〇〇六年一月号〜七月号）。七月、スペインのカネット・デ・マール繊維大学で多和田葉子国際ワークショップが開催される。九月、『容疑者の夜行列車』の仏語訳『Train de nuit avec suspects』（バヌン訳、ヴェルディエ社）刊行。一一月、日独現代作家の朗読と討論の会

「出版都市TOKYO」にドイツ側の作家として参加。書き下ろしの小説『シュプレー川のほとりで』を「DeLi」一一月号に発表。
二〇〇六年（平成一八年）　四六歳
短篇『時差』を「新潮」一月号に発表。一月七日から「日本経済新聞」朝刊にエッセイ『溶ける街　透ける路』の連載を開始（一二月三〇日まで）。二月、アメリカに滞在し、アリゾナ大学、ワシントン大学（シアトル）、エリオット・ベイ書店で朗読会。同月、戯曲『Pulverschrift Berlin』（粉文字ベルリン）がらせん館によりベルリンで初演。三月、ベルリンに転居。四月～六月、ボルドーに滞在。『最終輪　とげと砂の道』を「ユリイカ」八月号に発表して『非道の大陸』の連載完結。『レシート』を「新潮」九月号に発表。一〇月、ノルウェーのトロムソの文学祭に参加。同月、『傘の死体とわたしの妻』（思潮社）を刊行。一一月、作品集『海に落とした名前』（新潮社）、連載に書き下ろしの最終章を加えた『アメリカ　非道の大陸』（青土社）を、それぞれ刊行。
二〇〇七年（平成一九年）　四七歳
三月、多和田葉子国際ワークショップが早稲田大学で開催される。同月、作品集『Sprachpolizei und Spielpolyglotte』（言語警察と多言語遊戯人）刊行。在日朝鮮人作家・徐京植との往復書簡『ソウル―ベルリン玉突き書簡』が「世界」四月号から連載（二〇〇八年一月号まで）。「現代詩手帖」五月号が「特集　多和田葉子　物語からの跳躍」を組む。九月、多和田文学をめぐる国際論集『Yoko Tawada : voices from everywhere』（ダグ・スレイメイカー編、レキシントン・ブックス社）がアメリカで刊行。一一月、東京で高瀬アキとパフォーマンス「飛魂I」を公演。（「飛魂II」を翌年公演）
二〇〇八年（平成二〇年）　四八歳

短篇『使者』を「新潮」一月号に発表。三月～四月、セントルイスのワシントン大学にライター・イン・レジデンスで滞在。四月、カリフォルニア大学バークレー校で言語的越境作家とコスモポリタンの想像をテーマにした朗読会とシンポジウムに参加。四月、『犬婿入り』が東京で舞台化。六月末～七月、ストックホルムで開かれた作家と翻訳家の会議に出席。八月、ハノーバーのプロジェクトでワルスローデの修道院に滞在。九月、フィンランドに朗読旅行。同月、『Schwager in Bordeaux』(『ボルドーの義兄』ドイツ語版)刊行。

二〇〇九年(平成二一年)　四九歳
長篇『ボルドーの義兄』を「群像」一月号に、短篇『おと・どけ・もの』を「文學界」一月号にそれぞれ発表。二月にスタンフォード大学、三月から四月にかけてコーネル大学に滞在。四月、リンツでハンガリー人作家ラスロー・マルトンと朗読会。五月、トゥール大学で多和田葉子の国際コロキウム開催。同月、『飛魂』のポーランド語訳『Fruwająca dusza』(バーバラ・スロムカ訳、ヴィダニットファ・カラクテア社)、『旅をする裸の眼』の英訳『The naked eye』(ベルノフスキー訳、ニュー・ディレクションズ社)刊。七月、横浜開港一五〇周年記念企画のパフォーマンス「横浜発―鏡像」を高瀬アキと行う。八月、『ボルドーの義兄』の仏語訳『Le voyage à Bordeaux』(バヌン訳、ヴェルディエ社)刊。一一月、第二回早稲田大学坪内逍遙大賞受賞。同月、トルコ系ドイツ語作家エミーネ・エツダマらと名古屋市立大学の国際シンポジウムに参加。

二〇一〇年(平成二二年)　五〇歳
短篇『てんてんはんそく』を「文學界」二月号に発表。三月～四月、アメリカに滞在し、ミネソタ大学、ブラウン大学等で講義、朗読会、ワークショップを行う。四月〜六月、ドイツ、スイス、スウェーデン、フランス、日本で朗読や講義。七月、イギリス・イーストアングリア大学の文芸作品の翻訳に関するワークショップに招かれる。八月、国際論集『Yoko Tawada : Poetik der Transformation』(クリスティーネ・イヴァノビッチ編、シュタウヘンブルク社)刊行。『祖母の退化論―雪の練習生(第一部)』を「新潮」一〇月号に発表。以後、第二部『死の接吻』(一一月号)、第三部『北極を想う日』(一二月号)を同誌に発表し、『雪の練習生』完結。一一月、戯曲『さくら の その にっぽん』がイスラエルのルティ・カネルの演出により東京で初演。一一月、詩集『Abenteuer der deutschen Grammatik』(ドイツ語の文法の冒険)刊行。

二〇一一年(平成二三年) 五一歳

『雲をつかむ話』を「群像」一月号より連載開始(二〇一二年一月号まで)。二月、書き下ろしの戯曲『カフカ開国』がらせん館によりベルリンで上演される。三月、ミュンヘンでシャミッソー賞受賞作家の催しに参加。六月、ハンブルクで詩学講座を行う。多和田文学に関するシンポジウムも併せて開かれる。七月、雑誌「TEXT + KRITIK」で多和田特集が組まれる。九月、初めてオーストラリアを訪れ、メルボルン大学やモナシュ大学等で朗読会。同月、東京大学で集中ゼミを担当。一一月、『尼僧とキューピッドの弓』(講談社)で第二一回紫式部文学賞受賞。一二月、『雪の練習生』(新潮社)で第六四回野間文芸賞受賞。

二〇一二年(平成二四年) 五二歳

一月、出演した映画「Unter Schnee」(雪の下で、ウルリケ・オッティンガー監督)がベルリンで上演される。短篇『鼻の虫』を「文學界」二月号に発表。三月、ソルボンヌ大学に滞在。滞在中に開催されたパリ書籍見本市で東日本大震災一年後の日本は特別招待国となり、大江健三郎、島田雅彦らと共に招かれる。四月、ミンスクで朗読会。六月、ゲッティンゲンで多和田文学の他言語性とメディア性をテーマにシンポジウムが開かれる。七月、ミドルベリー大学にライター・イン・レジデンスで滞在。同月、二〇一一年にハンブルクで行われた詩学講座とシンポジウムをまとめた『Yoko Tawada : Fremde Wasser』(オルトルード・グートヤール編）刊行。八月末から九月にかけて中国を訪れ、清華大学、東北師範大学、吉林大学、北京の国際ブックフェア等で朗読会やシンポジウムに参加。

参考資料
多和田葉子「年譜」(『芥川賞全集16』平14・6　文藝春秋）
「多和田葉子自筆年譜」(「ユリイカ」36巻14号）
多和田葉子公式ウェブサイト
http://yokotawada.de/?page_id=22

（谷口幸代編）

著者（撮影・Yves Noir）

著書目録

多和田葉子

【単行本】

Nur da wo du bist da ist nichts（『あなたのいるところだけ何もない』） 昭62 Konkursbuchverlag

Das Bad 平元 Konkursbuchverlag

Wo Europa anfängt 平3 Konkursbuchverlag

三人関係 平4・3 講談社

Das Fremde aus der Dose 平4 Literaturverlag Droschl

犬婿入り 平5・2 講談社

アルファベットの傷口 平5・9 河出書房新社

Ein Gast 平5 Konkursbuchverlag

Die Kranichmaske, die bei Nacht strahlt 平5 Konkursbuchverlag

Tintenfisch auf Reisen 平6 Konkursbuchverlag

Tabula rasa（『タブラ・ラサ』） 平6 Steffen Barth

ゴットハルト鉄道 平8・5 講談社

聖女伝説 平8・7 太田出版

Talisman 平8 Konkursbu-

Aber die Mandarinen müssen heute abend noch geraubt werden 平9 Konkursbuchverlag
Wie der Wind im Ei 平9 Konkursbuchverlag
きつね月 平10・2 新書館
飛魂 平10・5 講談社
ふたくちおとこ 平10・10 河出書房新社
Orpheus oder Izanagi /Till 平10 Konkursbuchverlag
Verwandlungen（講義録） 平10 Konkursbuchverlag
カタコトのうわごと 平11・5 青土社
ヒナギクのお茶の場合 平12・3 新潮社
光とゼラチンのライプチッヒ 平12・8 講談社
Opium für Ovid 平12 Konkursbu-

Spielzeug und Sprachmagie in der europäischen Literatur（博士論文） 平12 Konkursbuchverlag
変身のためのオピウム 平13・10 講談社
球形時間 平14・6 新潮社
容疑者の夜行列車 平14・7 青土社
Überseezungen 平14 Konkursbuchverlag
エクソフォニー 平15・8 岩波書店
旅をする裸の眼 平16・12 講談社
Das nackte Auge 平16 Konkursbuchverlag
Was ändert der Regen an unserem Leben? oder ein Libretto 平17 Konkursbuchverlag
傘の死体とわたしの 平18・10 思潮社

妻

海に落とした名前　平18・11　新潮社

アメリカ　非道の大陸　平18・11　青土社

溶ける街　透ける路　平19・5　日本経済新聞社

Sprachpolizei und Spielpolyglotte　平19　Konkursbuchverlag

ソウル―ベルリン玉突き書簡＊　平20・4　岩波書店

Schwager in Bordeaux　平20　Konkursbuchverlag

ボルドーの義兄　平21・3　講談社

尼僧とキューピッドの弓　平22・7　講談社

Abenteuer der deutschen Grammatik　平22　Konkursbuchverlag

うろこもち　Das Bad（新装版）　平22　Konkursbuchverlag

雪の練習生　平23・1　新潮社

雲をつかむ話　平24・4　講談社

Fremde Wasser＊　平24　Konkursbuchverlag

【文庫】

犬婿入り（解＝与那覇恵子）　平10・10　講談社文庫

文字移植（解＝陣野俊史）　平11・7　河出文庫

ゴットハルト鉄道（解＝室井光広　年・著＝谷口幸代）　平17・4　講談社文芸文庫

旅をする裸の眼（解＝中川成美）　平20・1　講談社文庫

＊は共著を示す。【文庫】の（ ）内の略号は、解＝解説、年＝年譜、著＝著書目録を示す。

（作成・谷口幸代）

【初出一覧】

飛魂　「群像」一九九八年一月号
盗み読み　「群像」一九九六年一〇月号
胞子　「群像」一九九九年一二月号
裸足の拝観者　「すばる」一九九九年一月号
光とゼラチンのライプチッヒ　「文學界」一九九三年三月号

【底本一覧】

飛魂　『飛魂』（一九九八年五月　講談社刊）
盗み読み／胞子／裸足の拝観者／光とゼラチンのライプチッヒ　『光とゼラチンのライプチッヒ』（二〇〇〇年八月　講談社刊）

飛魂《ひこん》
多和田葉子《たわだようこ》

二〇一二年一一月九日第一刷発行
二〇二五年六月一三日第六刷発行

発行者――篠木和久
発行所――株式会社 講談社
東京都文京区音羽2・12・21 〒112-8001
電話 編集（03）5395・3513
販売（03）5395・5817
業務（03）5395・3615

デザイン――菊地信義
印刷――株式会社KPSプロダクツ
製本――株式会社国宝社
本文データ制作――講談社デジタル製作

定価はカバーに表示してあります。

講談社文芸文庫

ISBN978-4-06-290173-4

講談社文芸文庫

高橋源一郎－さようなら、ギャングたち　加藤典洋――解／栗坪良樹――年
高橋源一郎－ジョン・レノン対火星人　内田 樹――解／栗坪良樹――年
高橋源一郎－ゴーストバスターズ 冒険小説　奥泉 光――解／若杉美智子－年
高橋源一郎－君が代は千代に八千代に　穂村 弘――解／若杉美智子・編集部－年
高橋源一郎－ゴヂラ　清水良典――解／若杉美智子・編集部－年
高橋たか子－人形愛｜秘儀｜甦りの家　富岡幸一郎－解／著者――年
高橋たか子－亡命者　石沢麻依――解／著者――年
高原英理編－深淵と浮遊 現代作家自己ベストセレクション　高原英理――解
高見順――如何なる星の下に　坪内祐三――解／宮内淳子――年
高見順――死の淵より　井坂洋子――解／宮内淳子――年
高見順――わが胸の底のここには　荒川洋治――解／宮内淳子――年
高見沢潤子－兄 小林秀雄との対話 人生について
武田泰淳――蝮のすえ｜「愛」のかたち　川西政明――解／立石 伯――案
武田泰淳――司馬遷―史記の世界　宮内 豊――解／古林 尚――年
武田泰淳――風媒花　山城むつみ－解／編集部――年
竹西寛子――贈答のうた　堀江敏幸――解／著者――年
太宰 治――男性作家が選ぶ太宰治　編集部――年
太宰 治――女性作家が選ぶ太宰治
太宰 治――30代作家が選ぶ太宰治　編集部――年
田中英光――空吹く風｜暗黒天使と小悪魔｜愛と憎しみの傷に 田中英光デカダン作品集 道籏泰三編　道籏泰三――解／道籏泰三――年
谷崎潤一郎－金色の死 谷崎潤一郎大正期短篇集　清水良典――解／千葉俊二――年
種田山頭火－山頭火随筆集　村上 護――解／村上 護――年
田村隆一――腐敗性物質　平出 隆――人／建畠 晢――年
多和田葉子－ゴットハルト鉄道　室井光広――解／谷口幸代――年
多和田葉子－飛魂　沼野充義――解／谷口幸代――年
多和田葉子－かかとを失くして｜三人関係｜文字移植　谷口幸代――解／谷口幸代――年
多和田葉子－変身のためのオピウム｜球形時間　阿部公彦――解／谷口幸代――年
多和田葉子－雲をつかむ話｜ボルドーの義兄　岩川ありさ－解／谷口幸代――年
多和田葉子－ヒナギクのお茶の場合｜海に落とした名前　木村朗子――解／谷口幸代――年
多和田葉子－溶ける街 透ける路　鴻巣友季子－解／谷口幸代――年
近松秋江――黒髪｜別れたる妻に送る手紙　勝又 浩――解／柳沢孝子――案
塚本邦雄――定家百首｜雪月花(抄)　島内景二――解／島内景二――年

▶解＝解説 案＝作家案内 人＝人と作品 年＝年譜を示す。 2025年5月現在

講談社文芸文庫

塚本邦雄—百句燦燦 現代俳諧頌　橋本 治—解／島内景二—年

塚本邦雄—王朝百首　橋本 治—解／島内景二—年

塚本邦雄—西行百首　島内景二—解／島内景二—年

塚本邦雄—秀吟百趣　島内景二—解

塚本邦雄—珠玉百歌仙　島内景二—解

塚本邦雄—新撰 小倉百人一首　島内景二—解

塚本邦雄—詞華美術館　島内景二—解

塚本邦雄—百花遊歴　島内景二—解

塚本邦雄—茂吉秀歌『赤光』百首　島内景二—解

塚本邦雄—新古今の惑星群　島内景二—解／島内景二—年

つげ義春—つげ義春日記　松田哲夫—解

辻 邦生—黄金の時刻の滴り　中条省平—解／井上明久—年

津島美知子-回想の太宰治　伊藤比呂美-解／編集部—年

津島佑子—光の領分　川村 湊—解／柳沢孝子—案

津島佑子—寵児　石原千秋—解／与那覇恵子-年

津島佑子—山を走る女　星野智幸—解／与那覇恵子-年

津島佑子—あまりに野蛮な 上・下　堀江敏幸—解／与那覇恵子-年

津島佑子—ヤマネコ・ドーム　安藤礼二—解／与那覇恵子-年

坪内祐三—慶応三年生まれ　七人の旋毛曲り 漱石・外骨・熊楠・露伴・子規・紅葉・緑雨とその時代　森山裕之—解／佐久間文子-年

坪内祐三—『別れる理由』が気になって　小島信夫—解

坪内祐三—文学を探せ　平山周吉—解／佐久間文子-年

鶴見俊輔—埴谷雄高　加藤典洋—解／編集部—年

鶴見俊輔—ドグラ・マグラの世界|夢野久作 迷宮の住人　安藤礼二—解

寺田寅彦—寺田寅彦セレクション I 千葉俊二・細川光洋選　千葉俊二—解／永橋禎子—年

寺田寅彦—寺田寅彦セレクション II 千葉俊二・細川光洋選　細川光洋—解

寺山修司—私という謎 寺山修司エッセイ選　川本三郎—解／白石 征—年

寺山修司—戦後詩 ユリシーズの不在　小嵐九八郎-解

十返 肇—「文壇」の崩壊 坪内祐三編　坪内祐三—解／編集部—年

徳田球一・志賀義雄—獄中十八年　鳥羽耕史—解

徳田秋声—あらくれ　大杉重男—解／松本 徹—年

徳田秋声—黴|爛　宗像和重—解／松本 徹—年

富岡幸一郎-使徒的人間 —カール・バルト—　佐藤 優—解／著者—年

講談社文芸文庫

富岡多恵子 - 表現の風景　秋山 駿——解／木谷喜美枝-案
富岡多恵子編 - 大阪文学名作選　富岡多恵子-解
土門拳——風貌｜私の美学 土門拳エッセイ選 酒井忠康編　酒井忠康——解／酒井忠康——年
永井荷風——日和下駄 一名 東京散策記　川本三郎——解／竹盛天雄——年
永井荷風——[ワイド版]日和下駄 一名 東京散策記　川本三郎——解／竹盛天雄——年
永井龍男——一個｜秋その他　中野孝次——解／勝又 浩——案
永井龍男——カレンダーの余白　石原八束——人／森本昭三郎-年
永井龍男——東京の横丁　川本三郎——解／編集部——年
中上健次——熊野集　川村二郎——解／関井光男——案
中上健次——蛇淫　井口時男——解／藤本寿彦——年
中上健次——水の女　前田 塁——解／藤本寿彦——年
中上健次——地の果て 至上の時　辻原 登——解
中上健次——異族　渡邊英理——解
中川一政——画にもかけない　高橋玄洋——人／山田幸男——年
中沢けい——海を感じる時｜水平線上にて　勝又 浩——解／近藤裕子——案
中沢新一——虹の理論　島田雅彦——解／安藤礼二——年
中島敦——光と風と夢｜わが西遊記　川村 湊——解／鷺 只雄——案
中島敦——斗南先生｜南島譚　勝又 浩——解／木村一信——案
中野重治——村の家｜おじさんの話｜歌のわかれ　川西政明——解／松下 裕——案
中野重治——斎藤茂吉ノート　小高 賢——解
中野好夫——シェイクスピアの面白さ　河合祥一郎-解／編集部——年
中原中也——中原中也全詩歌集 上・下 吉田凞生編　吉田凞生——解／青木 健——案
中村真一郎 - この百年の小説 人生と文学と　紅野謙介——解
中村光夫——二葉亭四迷伝 ある先駆者の生涯　絓 秀実——解／十川信介——案
中村光夫選 - 私小説名作選 上・下 日本ペンクラブ編
中村武羅夫 - 現代文士廿八人　齋藤秀昭——解
夏目漱石——思い出す事など｜私の個人主義｜硝子戸の中　石﨑 等——年
成瀬櫻桃子 - 久保田万太郎の俳句　齋藤礎英——解／編集部——年
西脇順三郎 - *Ambarvalia*｜旅人かへらず　新倉俊一——人／新倉俊一——年
丹羽文雄——小説作法　青木淳悟——解／中島国彦——年
野口冨士男 - なぎの葉考｜少女 野口冨士男短篇集　勝又 浩——解／編集部——年
野口冨士男 - 感触的昭和文壇史　川村 湊——解／平井一麥——年
野坂昭如——人称代名詞　秋山 駿——解／鈴木貞美——案
野坂昭如——東京小説　町田 康——解／村上玄一——年

講談社文芸文庫

野崎 歓——異邦の香り ネルヴァル『東方紀行』論　阿部公彦——解
野間 宏——暗い絵|顔の中の赤い月　紅野謙介——解／紅野謙介——年
野呂邦暢——[ワイド版]草のつるぎ|一滴の夏 野呂邦暢作品集　川西政明——解／中野章子——年
橋川文三——日本浪曼派批判序説　井口時男——解／赤藤了勇——年
蓮實重彥——夏目漱石論　松浦理英子—解／著者——年
蓮實重彥——「私小説」を読む　小野正嗣——解／著者——年
蓮實重彥——凡庸な芸術家の肖像 上 マクシム・デュ・カン論
蓮實重彥——凡庸な芸術家の肖像 下 マクシム・デュ・カン論　工藤庸子——解
蓮實重彥——物語批判序説　磯﨑憲一郎—解
蓮實重彥——フーコー・ドゥルーズ・デリダ　郷原佳以——解
花田清輝——復興期の精神　池内 紀——解／日高昭二——年
埴谷雄高——死霊 I II III　鶴見俊輔——解／立石 伯——年
埴谷雄高——埴谷雄高政治論集 埴谷雄高評論選書1立石伯編
埴谷雄高——酒と戦後派 人物随想集
埴谷雄高——系譜なき難解さ 小説家と批評家の対話　井口時男——解／立石 伯——年
濱田庄司——無盡蔵　水尾比呂志—解／水尾比呂志—年
林 京子——祭りの場|ギヤマン ビードロ　川西政明——解／金井景子——案
林 京子——長い時間をかけた人間の経験　川西政明——解／金井景子——年
林 京子——やすらかに今はねむり給え|道　青来有一——解／金井景子——年
林 京子——谷間|再びルイへ。　黒古一夫——解／金井景子——年
林 芙美子——晩菊|水仙|白鷺　中沢けい——解／熊坂敦子——案
林原耕三——漱石山房の人々　山崎光夫——解
原 民喜——原民喜戦後全小説　関川夏央——解／島田昭男——年
東山魁夷——泉に聴く　桑原住雄——人／編集部——年
日夏耿之介-ワイルド全詩(翻訳)　井村君江——解／井村君江——年
日夏耿之介-唐山感情集　南條竹則——解
日野啓三——ベトナム報道　著者——年
日野啓三——天窓のあるガレージ　鈴村和成——解／著者——年
平出 隆——葉書でドナルド・エヴァンズに　三松幸雄——解／著者——年
平沢計七——一人と千三百人|二人の中尉 平沢計七先駆作品集　大和田 茂——解／大和田 茂——年
深沢七郎——笛吹川　町田 康——解／山本幸正——年
福田恆存——芥川龍之介と太宰治　浜崎洋介——解／齋藤秀昭——年
福永武彦——死の島 上・下　富岡幸一郎—解／曾根博義——年
藤枝静男——悲しいだけ|欣求浄土　川西政明——解／保昌正夫——案

講談社文芸文庫

藤枝静男 ― 田紳有楽|空気頭　川西政明 ― 解／勝又 浩 ― 案
藤枝静男 ― 藤枝静男随筆集　堀江敏幸 ― 解／津久井 隆 ― 年
藤枝静男 ― 愛国者たち　清水良典 ― 解／津久井 隆 ― 年
藤澤清造 ― 狼の吐息|愛憎一念 藤澤清造 負の小説集 西村賢太編・校訂　西村賢太 ― 解／西村賢太 ― 年
藤澤清造 ― 根津権現前より 藤澤清造随筆集 西村賢太編　六角精児 ― 解／西村賢太 ― 年
藤田嗣治 ― 腕一本|巴里の横顔 藤田嗣治エッセイ選 近藤史人編　近藤史人 ― 解／近藤史人 ― 年
舟橋聖一 ― 芸者小夏　松家仁之 ― 解／久米 勲 ― 年
古井由吉 ― 雪の下の蟹|男たちの円居　平出 隆 ― 解／紅野謙介 ― 案
古井由吉 ― 古井由吉自選短篇集 木犀の日　大杉重男 ― 解／著者 ― 年
古井由吉 ― 槿　松浦寿輝 ― 解／著者 ― 年
古井由吉 ― 山躁賦　堀江敏幸 ― 解／著者 ― 年
古井由吉 ― 聖耳　佐伯一麦 ― 解／著者 ― 年
古井由吉 ― 仮往生伝試文　佐々木 中 ― 解／著者 ― 年
古井由吉 ― 白暗淵　阿部公彦 ― 解／著者 ― 年
古井由吉 ― 蜩の声　蜂飼 耳 ― 解／著者 ― 年
古井由吉 ― 詩への小路 ドゥイノの悲歌　平出 隆 ― 解／著者 ― 年
古井由吉 ― 野川　佐伯一麦 ― 解／著者 ― 年
古井由吉 ― 東京物語考　松浦寿輝 ― 解／著者 ― 年
古井由吉・佐伯一麦 ― 往復書簡『遠くからの声』『言葉の兆し』　富岡幸一郎 ― 解
古井由吉 ― 楽天記　町田 康 ― 解／著者 ― 年
古井由吉 ― 小説家の帰還 古井由吉対談集　鵜飼哲夫 ― 解／著者・編集部 ― 年
北條民雄 ― 北條民雄 小説随筆書簡集　若松英輔 ― 解／計盛達也 ― 年
堀江敏幸 ― 子午線を求めて　野崎 歓 ― 解／著者 ― 年
堀江敏幸 ― 書かれる手　朝吹真理子 ― 解／著者 ― 年
堀口大學 ― 月下の一群 (翻訳)　窪田般彌 ― 解／柳沢通博 ― 年
正宗白鳥 ― 何処へ|入江のほとり　千石英世 ― 解／中島河太郎 ― 年
正宗白鳥 ― 白鳥随筆 坪内祐三選　坪内祐三 ― 解／中島河太郎 ― 年
正宗白鳥 ― 白鳥評論 坪内祐三選　坪内祐三 ― 解
町田 康 ― 残響 中原中也の詩によせる言葉　日和聡子 ― 解／吉田凞生・著者 ― 年
松浦寿輝 ― 青天有月 エセー　三浦雅士 ― 解／著者 ― 年
松浦寿輝 ― 幽|花腐し　三浦雅士 ― 解／著者 ― 年
松浦寿輝 ― 半島　三浦雅士 ― 解／著者 ― 年
松岡正剛 ― 外は、良寛。　水原紫苑 ― 解／太田香保 ― 年

宝島SUGOI文庫

学校では教えてくれない
本当の日本史（がっこうではおしえてくれないほんとうのにほんし）

2012年1月27日　第1刷発行
2024年2月21日　第8刷発行

著　者　「歴史の真相」研究会
発行人　関川 誠
発行所　株式会社 宝島社
〒102-8388　東京都千代田区一番町25番地
電話：営業 03(3234)4621／編集 03(3239)0928
https://tkj.jp
印刷・製本　株式会社広済堂ネクスト

ISBN978-4-7966-8866-6